Nach langer Regierungszeit in Luxus und Korruption stirbt der Medici-Papst Leo X., der große Gegner Luthers. In Rom wählen die zerstrittenen Kardinäle ratlos einen Abwesenden zum neuen Papst, einen Flamen und mickrigen Asketen. Diese unerhörte Wahl führt zu Aufregung und Aufruhr: die korrupte Bürokratie zittert, die Fetten fallen vor Schreck vom Fleisch, Huren und Künstler bangen um Kundschaft, Bestochene um Bestechungen, das Volk tobt über den Ausländer. Die Kardinäle müssen sich in acht nehmen, verrammeln sich in ihren Palästen und versuchen, die gewohnten Intrigensuppen auf häuslicher Flamme zu kochen: Wie komme ich zu frischem Geld, neuen Frauen, noch mehr Pfründen…? Ein beziehungsreicher »historischer Kriminalroman« aus dem barocken Rom – voller Anspielungen auf die derzeitigen politischen Verhältnisse in Italien –, für den Ute Stempel Luigi Malerba in der ›Süddeutschen Zeitung‹ den Ehrentitel eines »großen Erzählers« verlieh.

Luigi Malerba wurde am 11. November 1927 in Berceto geboren. Mitbegründer der »Gruppe 63«, ist er heute einer der bedeutendsten Autoren der italienischen Gegenwartsliteratur. Malerba lebt in Rom und Orvieto. Wichtige literarische Veröffentlichungen: ›Die Entdeckung des Alphabets‹ (1963, dt. 1983), ›Die Schlange‹ (1966, dt. 1973), ›Salto mortale‹ (1968, dt. 1971), ›Der Protagonist‹ (1973, dt. 1976), ›Die nachdenklichen Hühner‹ (1980, dt. 1984), ›Tagebuch eines Träumers‹ (1981, dt. 1984), ›Das griechische Feuer‹ (1990, dt. 1991).

Luigi Malerba

Die nackten Masken

Roman

Deutsch von
Iris Schnebel-Kaschnitz

Deutscher Taschenbuch Verlag

Ungekürzte Ausgabe
Juli 1997
Deutscher Taschenbuch Verlag GmbH & Co. KG,
München
© 1995 Arnoldo Mondadori Editore S.p.A., Milano
Titel der italienischen Originalausgabe: ›Le maschere‹
© 1995 der deutschsprachigen Ausgabe:
Verlag Klaus Wagenbach, Berlin
ISBN 3-8031-3112-X
Umschlagkonzept: Balk & Brumshagen
Umschlagbild: ›Susanna im Bade‹ (um 1500) von Tintoretto
(© BPK, Berlin)
Satz: Reinhard Amann, Aichstetten
Gesetzt aus der Monotype Garamond 10,5/12ʹ (QuarkXPress 3.32)
Druck und Bindung: C. H. Beck'sche Buchdruckerei, Nördlingen
Gedruckt auf säurefreiem, chlorfrei gebleichtem Papier
Printed in Germany · ISBN 3-423-12341-9

Inhalt

»...und denk daran:
einen Menschen zu töten
ist die leichteste Sache
der Welt.«

Die Papstwahl

Verkündet von den Schlägen der großen Glocke des Kapitols rief der plötz-
liche Tod Papst Leos X. am Morgen des 2. Dezember 1521 in der römischen
Bevölkerung jene gemischten Gefühle von Ergriffenheit und Aufregung her-
vor, die stets das Dahinscheiden von Personen begleiten, welche durch ihre Ge-
genwart Leben und Geschichte einer großen Gemeinde bestimmt haben.

Nach dem Tod des Papstes stellte sich sofort das Problem der Nachfolge.
Aber das Kardinalskollegium zögerte fast einen Monat, ehe es sich im Kon-
klave versammelte, denn es wollte die Befreiung des Kardinals Ferreri abwar-
ten, der von den Karl V. ergebenen »Kaiserlichen« in Pavia gefangengehalten
wurde. Die Partei der Kardinäle, die dem König von Frankreich, Franz I.
gewogen war, mochte nicht auf die Stimme eines Mitglieds des Heiligen Kolle-
giums verzichten, das erklärtermaßen frankophile Gefühle hegte.

Die Wahlgeschäfte begannen erst am 27. Dezember, unter düsteren Au-
spizien wegen des Zwists der beiden Faktionen – den »Kaiserlichen« und den
»Franzosen«. Die Wahl eines neuen Papstes erwies sich sofort als Serpenti-
nenpfad, der aber die Kardinäle jedesmal zum Ausgangspunkt zurück-
brachte. So folgte eine Abstimmung auf die andere, ohne zu einer Mehrheit
zu führen. In der Stadt feierte man Messen, und schloß Wetten ab; es gab
auch ein paar Prozessionen, um eine rasche Übereinkunft unter den Mit-
gliedern des Heiligen Kollegiums zu erflehen. Baldesar Castiglione, Gesand-
ter der Gonzaga von Mantua beim Kirchenstaat, schrieb: »Jeden Morgen er-
wartet man die Herabkunft des Heiligen Geistes, aber mir scheint, daß er
sich weit von Rom entfernt hat.« Am 9. Januar 1522, beim elften Wahlgang,
kam der Heilige Geist endlich flügelschlagend herab in das hohe Gewölbe der
Sixtinischen Kapelle, wo das Konklave tagte, und führte eine hastige Über-
einkunft herbei, die viele und schwerwiegende Unbekannte barg.

Kardinal Medici – angesichts solcher Schwierigkeit eines mehrheitlichen

Konsensus unter den Kandidaten zweier gegensätzlicher Lager – hielt eine kurze Ansprache an die Wähler.

»Ich sehe, daß von uns, die wir hier versammelt sind, keiner Papst werden kann. Ich habe drei oder vier Vorschläge gemacht, aber sie wurden zurückgewiesen. Die von anderer Seite vorgebrachten kann ich aus vielen Gründen nicht akzeptieren. Wir müssen also jemanden suchen, der nicht in unserer Mitte ist, der aber Kardinal sein muß und ein guter Mensch. Nehmt den Kardinal von Tortosa, Adrian Floresz von Utrecht, ein ehrenwerter Mann von 63 Jahren, der von allen als Heiliger betrachtet wird.«

An diesem Punkt intervenierte der Kardinal Caetani, der den neuen Kandidaten kannte und ihn als achtbaren Mann beschrieb. Nach solcher erster Zustimmung zum Vorschlag des Medici folgten ihm die anderen – ein wenig aus Müdigkeit, ein wenig aus undeutlicher Überzeugung – und binnen kurzem wurde die Zweidrittelmehrheit erreicht.

So hatten die beiden rivalisierenden Faktionen sich nach vielen Auseinandersetzungen endlich auf einen abwesenden flämischen Kardinal geeinigt, den die Mehrheit der Stimmberechtigten gar nicht kannte. An diesem Punkt fiel Kardinal Cornaro, dem Dekan des Kardinalskollegiums, die Aufgabe zu, vom Fenster zum Domplatz hinaus den Namen des neuen Papstes zu verkünden. Aber der alte Cornaro hatte eine so schwache Stimme – vielleicht zusätzlich geschwächt durch die tiefe Unsicherheit über das Ereignis – daß Kardinal Campegio dem wartenden Volk die Verkündigung wiederholen mußte.

Eine große Menschenmenge war vor St. Peter zusammengeströmt, um zu erleben, wie sich der neue Papst am Fenster zeigte, aber man erfuhr mit Erstaunen und Zorn, daß es sich um einen flämischen Papst handelte, der sich gar nicht zeigen konnte, weil er im fernen Spanien wohnte. Die Nachricht von der Wahl eines »Barbaren« als Oberhaupt der Römisch-katholisch-apostolischen Kirche erschien als Beleidigung für den Stuhl Petri und für das Volk der Gläubigen. Es würden also noch Monate vergehen, bis der neue Papst überhaupt in Rom ankommen konnte. Oder man riskierte gar ein neues Avignon. Das Volk machte sich mit Geschrei und Verwünschungen Luft. Doch am verzweifeltsten von allen waren die Höflinge Leos X., weil sie wohl wußten, daß sie während des Interregnums ihre Präbenden nicht erhielten, und daß der flämische Papst gewiß seine eigenen Landsleute nach Rom rufen würde, um diese mit den Ämtern der größten Einkommen und Ehren zu bekleiden.

Die Kardinäle des Konklaves wurden sich alsbald über den Irrtum klar, den sie begangen hatten, über die Unpopularität und die Risiken dieser Wahl. Sie bereuten schon jetzt ihre Entscheidung, die zu hastig und in einem Moment von Müdigkeit getroffen worden war, nach so vielen ergebnislosen Wahlgängen. Ein Zeuge beschrieb sie wie die Geister des Limbus, in bleicher Bestürzung. Der Kirchenstaat hatte große Schulden wegen der grandiosen Verschwendungssucht des verstorbenen Leo X., wegen der Vergeudung und des Luxus der Kurie, und wegen der Notwendigkeit kostspieliger militärischer Unternehmungen, die den fortgesetzten Versuchen der beiden Rivalen Karl V. und Franz I., die päpstlichen Territorien in Besitz zu nehmen, Einhalt gebieten sollten. Ein abwesender Papst, dazu noch ein »Barbar«, emporgekommen durch die Protektion Karls V., erschien jetzt allen als schlechteste Lösung, um die Schwierigkeiten der Kirche zu überwinden.

Als die Kardinäle das Konklave verließen, empfing sie die Menge mit Pfiffen, Drohungen und höhnischen Worten. Es flogen auch ein paar Steine, weshalb die Purpurträger von diesem Tag an in ihren Palästen eingeschlossen blieben und sich mehrere Monate lang nicht auf die Straße wagten, um dem zornigen Volk nicht zu begegnen.

Der chinesische Schlaf

Kardinal Cosimo Rolando della Torre machte gerade ein Schläf-chen in seinem Arbeitszimmer in der Beletage seines Palasts an der Piazza dell'Oro am Ende der Via Giulia. Hinter den Scheiben der zwei hohen Fenster, die auf den Tiber hinausschauten, glühte die Sommersonne und entzog der feuchten Erde in den Wein- und Gemüsegärten längs des Flusses einen dichten Dunst, der seit den ersten Morgenstunden reglos über Rom lag und die Umrisse der Engelsburg verwischte und das ganze Panorama des Borgo und des Vatikanischen Hügels verschwimmen ließ. Schon zwei-mal war ein Vogel gekommen und hatte mit den Flügeln gegen die Scheiben geschlagen, in der Hoffnung, eine Bleibe und vielleicht ein wenig Futter zu finden, und hatte den Kardinal aus dem Schlaf gerissen, der sich nun fragte, warum wohl alle gerade bei ihm Schutz suchten, der ohnedies so viel Mühe hatte, die in seinem Pa-last ansässige familia zu erhalten. Einem kurzen Gedanken fol-gend, sagte er sich, daß sein magerer Kardinalsunterhalt ihm nicht erlaube, seinen Hausstand zu vergrößern, nicht einmal um die Gegenwart dieses lästigen Vogels, der nicht begriff, daß dies kein günstiger Moment war, ihn um Gastfreundschaft zu bitten.

Der Kardinal hatte die Füße in erholsamer Haltung auf eine Fußbank gestützt, in den für den nachmittäglichen Schlaf gelö-sten Pantoffeln. Den Füßen pflegte der Purpurträger alle seine Beschwerden zuzuschreiben, auch die häufigen Anfälle von Mi-gräne, und ihnen widmete er weiche Samtpantoffeln, seidene Strümpfe und auch ein paar Gebete. In der Hand, die von der Armlehne des strengen Sessels herunterbaumelte, der zwischen den beiden Fenstern stand, hielt der Kardinal einen großen

Schlüssel fest umklammert. Dann und wann umnebelte sich sein Sinn für eine kurze Weile, die Augen fielen ihm zu, der Kopf sank nach hinten und die Finger lockerten ihren Griff, bis der Schlüssel herunterfiel und das metallische Klirren auf dem Marmorboden den kaum begonnenen Schlaf unterbrach.

Der Kardinal richtete den Kopf wieder auf, öffnete wieder die Augen, und streckte langsam die Hand aus, um den Schlüssel aufzuheben. Dann lehnte er den Kopf erneut gegen die Rückenlehne seines hohen Sessels, senkte die Augenlider, und war erneut zum Schlaf bereit. Kein Gedanke durchzog seinen Sinn, nur das verschwommene Bild eines weiblichen Gesichts, das in einer Wolke von Traum und nachmittäglicher Schwüle erschien und verschwand.

Kurze Augenblicke der Ruhe verstrichen, bis die Hand ihren Griff lockerte und der Schlüssel durch das gewohnte metallische Klirren auf dem Marmorboden seinen Schlaf abermals unterbrach. Geduldig und mit eingeübter Hartnäckigkeit hob der Kardinal den Schlüssel auf und schickte sich an, die seltsame Übung zu wiederholen.

Mit dieser Kriegslist, die wie eine ausgeklügelte Folter erscheinen mochte, wollte der Kardinal sich nicht für die Sünden bestrafen, die er trotz der hohen Würde des Purpurs sicherlich begangen hatte. Er bediente sich vielmehr einer alten chinesischen Methode, um in ständiger Alarmbereitschaft zu sein. Es scheint in der Tat, daß jene kurzen Momente, in denen der Schlaf den Geist verdunkelt und sich unserer Glieder bemächtigt, diejenigen sind, die eine wahre Erholung gewähren – mehr als ein langer Schlaf. Und Gott weiß, wie sehr der Kardinal della Torre Erholung nötig hatte in jenen Tagen städtischer Turbulenzen und zermürbender Verhandlungen innerhalb der Römischen Kurie. Beunruhigungen Intrigen Bitterkeiten Verdächtigungen, zusammen mit den Qualen der Migräne, hatten sich um die Person des Kardinals, seinen Palast und seine familia verdichtet.

Der Kardinal war mit der Zeit an die täglichen Täuschungen

gewöhnt, die notwendig waren für das Überleben in jener Periode fortgesetzter Ungewißheiten und jäher Veränderungen an der Spitze der Provisorischen Regierung des Kirchenstaats – von Mal zu Mal angeordnet oder provoziert von solchen, die aus der Abwesenheit des Papstes Profit zu ziehen suchten. Hinzu kamen die täglichen Zügellosigkeiten und Türkereien der Konservatoren auf dem Kapitol, die stets schnell bei der Hand waren, Unordnung und Hurerei in der Stadt zum eigenen Vorteil zu nützen. Die Hauptstadt der Christenheyt, zerrüttet in ihren Grundvesten, ihrem Leben und ihrer Ehrbarkeyt, sah sich anheymgegeben der schendlichen und endehaften Zerstörung. Einer der Governore, entzündet zu groszer Hitze und noch heftigerem Zorn, zieh gar Gott selbst der schweren Schulde an dem Unheyl der Römer. Rom, einst Königinne und allherrschende Göttinne, sah sich in der Gegenwärtigkeit zernichtet zum Sturtz in allerdunkelste und einsamste Klüfte.

Die fortgesetzte Wachsamkeit, die Notwendigkeit, alle zu verdächtigen, auch seine Familiaren, erlaubten es dem Kardinal nicht, dem Gegenstand seiner Wünsche, der den lieblichen Namen Palmira trug, genügend Gedanken zuzuwenden. Der nebelhafte Zustand des chinesischen Schlafs schien besonders geeignet, das Gesicht jener Frau zu beschwören, die vor seinen geistigen Augen im Licht und in den Farben der sogenannten Liebe erschien. Er hatte bereits beschlossen, der strenge Kardinal, daß er ihr die Gedanken der Nacht widmen und die Stunden des Tags für die Geschäfte und Bedrängnisse freihalten würde, die ihm sein hohes Amt bescherte.

Diese Teilung war ihm als eine weise Entscheidung erschienen, aber immer häufiger drang der Gedanke an Palmira auch in das für die anderen Gedanken reservierte Feld ein. Er sagte sich darum, daß er die Zeiten des chinesischen Schlafs – jene wenigen dem Licht geraubten Momente von Dunkel und Entspannung – wohl auch dem nächtlichen Gebiet zuordnen konnte. War denn der Schlaf nicht von Natur aus eine nächtliche Institution?

17

Daß der Kardinal mit seinem Amt nicht zufrieden war, hatte er nie verheimlicht, schon seit dem Tag als er sich den Kardinalspurpur mit klingenden Golddukaten erkaufte. Der hohe Preis hatte sich als nötig erwiesen, weil ihm schon zweimal andere Bewerber für dieses erhabene Amt vorgezogen wurden – zuerst ein obskurer junger Patrizier aus Genua, mehrfach verwandt mit den Bankiers seiner Stadt, welche die Finanzen Leos X. unterstützten, und dann ein Piccolomini, bei dem, wie es boshaft hieß, alles klein war, angefangen beim Kopf.

Am Tag des großen Ämterschubs von 1513 hatte der Papst auf einen Schlag 31 neue Purpurträger ernannt und mit den erhaltenen Geldern die Bilanzen des Kirchenstaats wenigstens teilweise saniert. Aber den vielen Ernennungen entsprachen nicht ebensoviele Benefizien, und seit jener Zeit mußte sich der neue Kardinal Cosimo Rolando della Torre – von bescheidenem Adel und geringen persönlichen Mitteln – mit dem spärlichen Kardinalsgehalt begnügen, um eine gefräßige familia zu ernähren und einen Palast zu erhalten, der seine Mittel überstieg. Ein üppichter Lebenswandel, weytverbreytet und von den vielen verurteylet, die den hohen Prälaten Vorhalt machten, nicht zu bedencken, daß das prunkende und übermaßene Bauen und das allgemeyne Verlangen der Bürger nach Mehrung des Zierrats, zu besorgen gab, es könne für jene Geschlechter, welche die große Bedrohung irer Umstände nur unter etlichen Mühen wahrnahmen, den Ruin eintragen.

Als der Schlüssel zum zehnten Mal auf den Boden fiel und zum zehnten Mal das metallische Klirren seinen kaum angedeuteten Schlaf jäh unterbrach, beschloß der Kardinal, daß er ausreichend geruht hatte. Er streckte die noch gefühllose Hand aus, und zog, statt den Schlüssel aufzuheben, viermal kräftig an der Klingelschnur, um seinen Kammerdiener, den jungen Diakon Baldassare zu sich zu rufen, der den Auftrag hatte, das Haustor so lange zu bewachen, bis die Schlosser das schwere Gittertor angebracht hätten, das den Palast vor den möglichen Überfällen schützen sollte, die in jenen Tagen städtischen Aufruhrs vornehmlich denjenigen Residenzen drohten, in denen die reichste Beute vermutet wurde.

Sieben Kardinalspaläste waren bereits geplündert worden, und auch wenn sein eigener gewiß keine Gold- oder Silbermine war – die beiden begehrten und geschätzten Metalle der Räuber, die Rom verheerten – so mußte er doch auch mit privaten Racheakten und mit der Wut des Volks auf die Kardinäle rechnen, die den ausländischen Papst gewählt hatten. Noch immer klangen ihm die Schmähungen und Drohreden beim Verlassen des Konklaves mit den anderen Purpurträgern in den bestürzten Ohren. Nachdem sie den Weg vom Vatikanspalast zur Engelsburg durch den von Alexander VI. auf der Leoninischen Mauer gebauten Wehrgang zurückgelegt hatten, hatte das Geschrei der Menge sie noch am Ausgang der Burg empfangen und war ihnen über die Engelsbrücke bis zum anderen Tiberufer gefolgt, wo ihre Kutschen standen.

Der Kardinal wußte mit Sicherheit, daß er Feinde hatte, die jede seiner Bewegungen verfolgten wie Falken auf der Lauer. Kein anderer Zeitpunkt war so günstig wie dieser für Überfälle und für die anonyme Beseitigung wehrloser Christen. Nachdem das Gift den alten geistlichen Kammerherrn in den Himmel befördert hatte, den er einst seiner familia beizutreten bat, mit dem Ziel, das Amt des Abbreviators und die damit verbundenen Benefizien von ihm zu erben, sagte er sich, daß nun auch für ihn der Augenblick gekommen sei, wachsam zu sein.

In wessen Auftrag war der alte Kleriker vergiftet worden? Alles schien klar als man erfuhr, daß das Amt des Abbreviators in den Büros der Datarie schon vorgemerkt war, für den Fall, daß es durch Verzicht oder Tod des Inhabers verfügbar würde, und zwar für seine Eminenz den Kardinal Valerio Ottoboni. So hatte also Kardinal della Torre diesen über jede Toleranzgrenze hinaus lästigen und gefräßigen Alten sechs Jahre lang in seinem Hause durchgefüttert, um dann zu erfahren, daß ein Fremder ihm das

Amt gestohlen hatte – mit einem Handstreich, der ihn im übrigen bei der gesamten Römischen Kurie lächerlich machte. Ein niederträchtiger Raub und ein entwürdigendes Schelmenstück, zumal Kardinal Ottoboni sich nicht damit begnügte, das Amt des Abbreviators an sich zu reißen, das er seinem schon reichen cursus honorum beifügte, sondern den Anlaß auch noch mit einem großen Bankett feierte, an dem zahlreiche Mitglieder des Kardinalskollegiums teilnahmen.

Die Schmach war umso bitterer, als sie die Komplizenschaft zwischen den Beamten der Datarie offenbarte, welche die Vormerkung des Kardinals Ottoboni eingetragen hatten, ohne denjenigen zu verständigen, der den alten Amtsinhaber schon seit Jahren in seinem Haus beherbergte. Der Erwerb des Abbreviatoramts und der damit verbundenen Benefizien fügte sich in einen großangelegten Plan Ottobonis, der die Anhäufung jener päpstlichen Pfründen anstrebte, die nicht nur die einträglichsten waren, sondern auch nicht in Gefahr standen abgeschafft zu werden, wie die nicht päpstlichen, über die der neue Papst sich schon negativ geäußert hatte, weil er sie als ein Element der Unordnung und der Korruption im Schoß der Römischen Kurie ansah.

Endlich hörte der Kardinal della Torre die Schritte des jungen Diakons näherkommen, seines Kammerdieners für vielerlei vertrackte und vertrauliche Obliegenheiten, wie geheime Botschaften überbringen, Anträge in den Büros der Datarie für vakante Benefizien stellen, diplomatische und administrative Neuigkeiten sammeln, in den Büros des Schatzamts das Kardinalsgehalt abholen, und andere höchst private Aufträge wie das Sammeln von Informationen über den Absender jener Gifte, die in den Kardinalspalast eingeschleust worden waren.

Während der Stunde des nachmittäglichen Schlafs mußte der Diakon Baldassare das Haus überwachen, um zu verhindern, daß verdächtige Personen hereinkamen, mußte die Lieferanten und alle anderen kontrollieren, die von den zwei Gendarmen am Eingangstor einen Passierschein erhalten hatten. Durch sein Guckfenster an einer Seite des Eingangs mußte er außerdem all diejenigen verhören, die um eine Audienz beim Kardinal ansuchten, mußte aufpassen, daß niemand auf anderen Wegen ins Haus gelangte, und mußte Alarm schlagen, wenn er auf der Straße verdächtige Bewegungen bemerkte. Nach der Wahl des flämischen Papstes, der zwar noch abwesend war, aber bereits Anlaß zu wütenden Volksunruhen gab, wurde es ein schwieriges Unterfangen, die Antragsteller von jenen Übeltätern zu unterscheiden, die versuchten, sich in den Palast an der Piazza dell'Oro einzuschleichen.

Als der junge Diakon Baldassare vor dem Kardinal erschien, der noch auf seinem Sessel saß, hatte er zu warten, bis dieser das Wort an ihn richtete. Der junge Mann war verstört vor dem Kardinal stehengeblieben, der ihn mit ironischem Blick forschend ansah aber schwieg. Er begann deshalb nervös zu werden, und obwohl er an die Wunderlichkeiten seines Herrn gewöhnt war, hatte diese Art des Schweigens seine besinnliche Ruhe und seine heitere Gelassenheit eines treuen Dieners schon manchmal gestört.

Endlich begann der Kardinal zu sprechen. »Hat sich niemand am Haustor gezeigt?«

»Niemand, Eminenz.«

»Kann ich mich auf deine Umsicht verlassen? Denkst du, daß ich unbesorgt ruhen kann, oder sollte ich lieber mein eigener Wächter sein?«

Der junge Diakon sah den Kardinal ängstlich an.

»Ich bin ein schwacher, aber ein treuer Mensch.«

»Was meinst du damit, wenn du von deiner Schwäche sprichst?«

»Ich meine damit, Eminenz, daß der Mensch nicht vollkommen ist, weder mit den Augen noch mit dem Gehör, und daß ihm deshalb gelegentlich Fehler unterlaufen. Aber meine gute seelische Veranlagung und meine Treue Euch gegenüber sind Eigenschaften, auf die Ihr zählen könnt.«

»Willst du damit sagen, daß du den Auftrag mit Umsicht ausgeführt hast, oder muß ich mich mit deiner guten seelischen Veranlagung begnügen?«

»Beides, Eminenz.«

»Tritt näher.«

Der junge Diakon tat einen Schritt auf den Kardinal zu, der ihm aufmerksam ins Gesicht sah.

»Dreh dich zur Seite und komm noch näher.«

Der Kardinal befahl ihm, sich so zu drehen, daß seine rechte Wange vom Licht des Fensters besser beleuchtet wurde.

»Ich sehe auf deiner Backe rote geometrische Zeichen. Wenn ich mich nicht irre, entsprechen diese Zeichen dem Muster des dünnen Eisengitters, durch das du den Eingang überwachen solltest. Was bedeuten diese in deine Backe gepreßten Zeichen?«

Der Diakon Kammerdiener verharrte einige Augenblicke in Schweigen, so lang wie er brauchte, um eine würdige und nicht allzu kompromittierende Antwort zu finden.

»Es bedeutet, Eminenz, daß ich die Backe an das Gitter des kleinen Fensters gelehnt habe.«

Der Kardinal deutete ein Lächeln an.

»Darüber besteht kein Zweifel. Aber jetzt frage ich dich: glaubst du, daß deine Antwort ausreichend ist, oder könnte sie irgendeine Verschweigung verbergen?«

»Verzeihung, Euer Eminenz, aber Verschweigung ist ein doppeldeutiges Wort.«

»Wir wollen sehen, ob ich klarer sein kann. Ich habe früher einmal Rhetorik unterrichtet an einem Internat in Perugia, und ich habe es verstanden, den Wörtern einen Sinn zu geben, der klar genug war, auch für die unwilligsten Schüler. Ich würde sagen, daß Verschweigung ein Verhalten von Vorsicht oder Arglist ist, wodurch man einen wesentlichen Teil der Rede unterdrückt, um ihren Sinn zu verfälschen.«

Der Diakon verharrte nochmals ein paar Augenblicke in

Schweigen. Dann senkte er die Augen und entschloß sich endlich, sein Geständnis zu machen.

»Ich habe etwas verschwiegen, Eminenz.«

»Diese Zeichen auf deiner Backe haben dich verraten, sie sind das sichtbare Zeichen der Verschweigung.«

»Ja, Eminenz.«

»Du hast gestanden, daß du deine Backe an das Fenstergitter gelehnt hast, aber du hast verschwiegen, daß du in dieser Stellung eingeschlafen bist, hab' ich recht?«

»Ihr habt recht, Eminenz.«

»Es ist dir gelungen, die Wahrheit zu verbergen, ohne zu lügen.«

Der Diakon hatte Mühe, ein Lächeln der Befriedigung zu unterdrücken.

»Ja, Eminenz.«

Der Kardinal machte eine Pause.

»Wann wird das Gittertor vor dem Eingang angebracht?«

»Im Lauf des morgigen Tages – so sagt der Schlosser.«

»Wenn das Tor angebracht ist, bekommst du ein paar Tage frei. Deine Wachsamkeit läßt viel zu wünschen übrig, aber bei anderen Gelegenheiten hast du dich nützlich gemacht durch das Sammeln von Informationen, auch wenn es mir noch nicht gelungen ist, eine Bestätigung in bezug auf die Person zu bekommen, welche die Vergiftung unseres Abbreviators und Kammerherrn – requiescat in pace – und zugleich einen Anschlag auf meine Person angeordnet hat.«

Der Diakon sah ihn mit unverhohlener Verwunderung an.

»Es wäre nicht das erste Mal, Eminenz, daß man eine Person umbringt, damit ihr Amt verfügbar wird, aber ich verstehe nicht, warum jemand es auf Eure Gesundheit abgesehen hätte.«

»Wenn du die jüngsten Zwischenfälle in deine Rede einbeziehst, dann wirst du merken, daß ich es jetzt bin, der in Gefahr ist. Der alte Geistliche war sicherlich das erste Ziel des Giftmörders, aber ich glaube, daß das Gift auch für meine Person bestimmt war, mit der Absicht, ein doppeltes Ergebnis zu erzielen: das Amt des Abbreviators an sich zu reißen und einen gefährlichen Rivalen im Hinblick auf weitere noch begehrtere und gehaltvollere Ehren auszuschalten. Auch wenn ich diesmal dem Gift entronnen bin, so spüre ich doch um mich herum einen Dunst der Verschwörung, und ich kann mir nicht erlauben, friedlich auszuruhen, nicht einmal während der kurzen Weile, die ich mir nach dem Mittagsmahl gönne.«

»Ich werde mich bemühen, die Nachrichten, die Ihr von mir haben wollt, zu bekommen, aber seit man diese Frau beseitigt hat, die unten in der Küche beschäftigt war, habt Ihr meiner Ansicht nach in Eurem Haus nichts mehr zu befürchten.«

»Das Wort ›beseitigt‹ gefällt mir nicht. Man hat diese bösartige Giftmischerin ins Gefängnis von Tor di Nona gebracht, und das scheint mir die Strafe, die sie verdient hat und für die ich mich verantwortlich fühle. Daß sie in ihrer Zelle erdrosselt wurde, gehört zu ihrem Schicksal, das vom Willen Gottes und nicht von meinem abhängt.«

»Vielleicht sollten wir auch den Tod unseres Abbreviators dem Willen Gottes zuschreiben und unsere Sorgen vergessen. Wie denkt Ihr darüber, Eminenz?«

»Oh nein, Gott hat unseren Geistlichen keineswegs vergiftet. Im übrigen war er schon so alt, daß er auch ohne das Gift bald in den Himmel gekommen wäre.«

»Er war der Älteste Eures ganzen Hausstands, und das Gift hat seinen Tod nur beschleunigt.«

»Möchtest du damit sagen, daß die Giftmörder weise gehandelt haben?«

»Ich sagte nur, daß er sehr alt war.«

»Aber ich bin noch nicht sehr alt. Also?«

Der Diakon war verwirrt und fand keine Worte.

»Und du hast dich nicht gefragt, warum ich nach dem Ende dieser Frau noch immer in Gefahr bin? Wer mit Gift umzugehen weiß, der kann seine Feinde auch mit anderen Mitteln beseitigen, glaubst du nicht? Der Wille zu töten ist stärker als das Gift und der Dolch. Er findet hundert, ja tausend Wege. Unser Leben ist so gefährdet und so fragil.«

»Ab morgen haben wir ein robustes Gittertor, das uns vor den Gefahren der Straße schützt.«

»Das genügt mir nicht. Es gibt Räuber, die eiserne Gittertore nicht fürchten.«

»Ich kann mir denken, auf wen Ihr anspielt, Eminenz, aber ich verstehe nicht, warum Ihr Euch so sehr vor einem Menschen fürchtet, der die gleiche Macht hat wie Ihr. Ihr habt beide den gleichen Rang, soviel ich weiß.«

Der Kardinal della Torre hatte ein festes Vertrauen in die Loyalität des Diakons Baldassare, dem er – trotz mancher jugendlicher Naivität und Achtlosigkeit – schon manches Mal vertrauliche Aufträge erteilt hatte.

»In meiner Eigenschaft als Kardinal bin ich nicht in Gefahr, aber als Konkurrent für das Amt des Kardinalkämmerers – um dir den Wettkampf um die begehrten Ränge begreiflicher zu machen.«

»Das hatte ich verstanden, Eminenz, aber ich glaubte nicht, daß Euer Leben deshalb in Gefahr sei.«

»Das ist es aber.«

»Die Wahrheit ist manchmal ganz und gar unwahrscheinlich. Sagt mir, was ich tun soll.«

»Wie du siehst, habe ich keine Geheimnisse vor dir. Ich habe dich in analytischem Sinn über die Lage informiert und über meine Wünsche und die Gefahren, in die mich diese Wünsche bringen. Jetzt möchte ich nur, daß du einen kurzen Urlaub nimmst«, sagte der Kardinal mit einem halben Lächeln, »in der Hoffnung, daß es dir gelingen möge, ihn gewinnbringend zu nutzen.«

Der Kardinal machte eine Gebärde, um seinem Vertrauten zu bedeuten, daß das Gespräch beendet sei. Der Diakon Baldassare küßte den Saphirring und entfernte sich mit leichtem Schritt.

Die Gifte und das Absolute

Vier Wochen nach dem Tod Leos X. war der alte Kardinal Accolti, Kardinalkämmerer der Hochwürdigen Apostolischen Kammer, an der Pest erkrankt – zum Entsetzen der vielen Kardinäle, die sich einbildeten, ihr Purpur würde sie vor Ansteckung schützen. Man sagte sogar, der arme Accolti sei ganz schwarz gewesen, wie rußgeschwärzt, und niemand sei hingegangen, um der Leiche die letzte Ehre zu erweisen. Er wurde ohne Trauerfeier beerdigt, mit einer hastigen Grabrede, vorgetragen von einem Dichterling der Akademie der Schlafmützen, den man aus Civitavecchia kommen ließ, weil sich in Rom niemand fand, der bereit gewesen wäre, über den an der schwarzen Pest Gestorbenen zu reden.

Kaum hatte Kardinal Accolti seinen Geist aufgegeben, erhoben Kardinal Cosimo Rolando della Torre einerseits und Kardinal Valerio Ottoboni andererseits unverzüglich Anspruch auf die Nachfolge im Amt des Kardinalkämmerers – auch diesmal wieder in härtestem Wettstreit.

Das Amt des Kardinalkämmerers verlieh diesem das Recht, auf einem weißen Maultier reitend und mit einem wappengeschmückten roten Koffer ausgestattet an den feierlichen Umzügen teilzunehmen, gold- und purpurgewirkte Tressen an seinem Seidenmantel zu tragen, und sich mit dem Titel eines »Tischgenossen des Papstes« zu schmücken. Die Präsenz des Kardinalkämmerers in den Büros der Apostolischen Kammer war erforderlich bei der Herausgabe der Päpstlichen Breven, die vom römischen Amtssitz abgingen, mit zwingender Wirkung und Pflicht zu unbedingtem Gehorsam, während die eher empfehlenden Breven in der Geheimen Kammer besprochen oder dem

Ermessen des Papstes überlassen wurden. Die Präsenz des Kardinalkämmerers, sei es in der Apostolischen Kammer, sei es in der Geheimen Päpstlichen Kammer, verlieh diesem Amt nicht nur ein hohes Ansehen, sondern auch eine wirkungsvolle Möglichkeit, die Entscheidungen des Papstes zu beeinflussen.

Der Kardinalkämmerer war de facto und nominell das Haupt der Apostolischen Kammer und vereinigte in seiner Person die Kompetenzen der verschiedenen Rangordnungen dieses höchsten Organs der Macht: das Hauptschatzamt, die Allgemeine Buchhaltung, die verschiedenen Provinzschatzämter, die Ämter der geistlichen Kammerherren, die außer dem Büro des Abbreviators auch die Ernährungspräfektur und den Vorsitz in weiteren Ämtern umfaßten – denen der Lebensmittelversorgung, der Straßen- und Uferpflege, der Münze, der Gefängnisaufsicht, des Zolls, der Wasserversorgung, der Waffen und Archive – und schließlich das Meereskommissariat und die Präfektur der Engelsburg. Der Vizekämmerer, der dem Kardinalkämmerer direkt unterstand, bekleidete außerdem das Amt des Gouverneurs von Rom, mit weitreichenden zivil- und strafrechtlichen Vollmachten, gemeinsam mit dem Richter der Kammer.

Nach dem Tod des alten Kardinalkämmerers, der sofort nach der Wahl des flämischen Papstes gestorben war, ohne noch an der Abstimmung teilzunehmen, munkelte man, daß eben diese schreckliche Nachricht, die ihn aus dem Konklave erreichte, ihm den letzten Stoß zum Flug in den Himmel gegeben habe, mit dem er sich endgültig von dieser unglücklichen Welt verabschiedet hatte.

Es begannen nun also seitens der beiden Kardinäle Cosimo Rolando della Torre und Valerio Ottoboni die mannigfachen Machenschaften, um das äußerst ertragreiche Amt des Kardinalkämmerers zu ergattern.

In der Regel war dessen Einsetzung dem Papst vorbehalten, aber während einer längeren Abwesenheit des Papstes konnte sie auch durch Abstimmung im Heiligen Kardinalskollegium geschehen. Eine solche Abstimmung in Abwesenheit des Papstes warf aber ein widersprüchliches Problem hinsichtlich der Prozedur auf. Zunächst mußte das Kardinalskollegium zusammengerufen werden, das in Abwesenheit des Papstes zur Wahl des neuen Kardinalkämmerers befugt war, wenn diese als notwendig und dringend erachtet wurde. Aber die Einberufung des Heiligen Kollegiums war ausschließliches Vorrecht und Pflicht des Papstes. Also gedachte man, dieses prozedurale Hindernis zu umgehen, durch eine Versammlung der Kardinäle ohne offizielle Einberufung, so als wäre sie ganz zufällig oder durch das Eingreifen des Heiligen Geistes zustande gekommen. Gelänge dieser Plan, dann würde der Papst das Faktum schließlich »pro bono pacis« akzeptieren und den neuen Kardinalkämmerer im Amt behalten. Aber niemand ergriff die Initiative, die Kardinäle »sine forma« einzuladen, und der Heilige Geist war unauffindbar.

Der Einsatz war sehr hoch und so beschaffen, daß er alle Energien der beiden konkurrierenden Kardinäle in Anspruch nahm, wobei keinerlei Mittel ausgeschlossen wurden – nicht einmal das des Gebets, zu dem der eine wie der andere nur in höchsten Notfällen als allerletzte Hilfe Zuflucht nahm. Aber die Lage blieb festgefahren, durch ein Übermaß an diplomatischer Vorsicht bei den Hauptinteressenten, und wegen der Arbeitsscheu der anderen Kardinäle.

Seitdem das Gift den alten Klerikus Abbreviator, diesen beharrlichen Sünder der Völlerei, ins Paradies oder manchen zufolge ins Fegefeuer, wenn nicht gar in die Hölle befördert hatte, war beim Kardinal della Torre eine gewisse Beunruhigung eingetreten, die seinen Ruf eines entschlossenen Mannes und starken Charakters zu widerlegen schien. Beunruhigung durch die Furcht vor Attentaten und die häufigen Migräneanfälle, die von Melancholien rätselhafter Ursache begleitet waren, über die der Diakon Baldassare bereits seine Vermutungen angestellt hatte.

So beschäftigte sich der Kardinal in seinen Lektüren der letzten Zeit zum Beispiel mit historischen Angaben über die Freudenmädchen im alten Rom. Aus Gründen der Menschlichkeit, hatte der Kardinal seinem Kammerdiener, dem jungen Diakon Baldassare erklärt. Aber was bedeuteten diese sibyllinischen Worte? Was suchte der Purpurträger in solchen Lektüren? Riefen die sittenlosen Damen der Antike ihm vielleicht das weiße Antlitz Palmiras ins Gedächtnis? Der Diakon war fest überzeugt, daß der Wettstreit mit dem Kardinal Ottoboni um das Amt des Kardinalkämmerers auch eine dunkle und verzweifelte Leidenschaft verdeckte. Der bleichen Ferraresin mit den roten Haaren und dem sommersprossigen Gesicht war es gelungen, schon im Vorbeigehen wilde Eifersüchte zu entfachen. Ein verliebter Kardinal verhält sich nicht wie irgendein anderer Verliebter und nicht einmal mehr wie ein Kardinal. Er ist ein Wesen außerhalb der Norm, selbst wenn man von außen gesehen keine Zeichen von Abartigkeit bemerkt. Die Liebe verwandelt die Menschen, sie setzt innere Wirrungen in Gang und stellt einen Kardinal barhäuptig in den Wind. Sie raubt ihm Purpur und Würde und läßt ihn beinah einem Menschen ähnlich erscheinen.

Als der Diakon eines Tages in der Bibel des Kardinals blätterte, entdeckte er im Evangelium des Heiligen Markus einige unterstrichene Zeilen. Der Abschnitt behandelte die Gefangennahme Jesu durch die römischen Soldaten im Garten Gethsemane, während die Jünger erschrocken fliehen. Die unterstrichenen Zeilen lauteten: »Und es war ein Jüngling, der folgte ihm nach, der war mit Leinwand bekleidet auf der nackten Haut, und die Soldaten griffen ihn. Er aber ließ die Leinwand fahren und floh nackt von ihnen.« Der Diakon war verstört von diesen wenigen Zeilen, die er nicht kannte, vor allem aber von der Unterstreichung des Kardinals. Er prüfte die Evangelien von Matthäus, Lukas und Johannes. Keine Spur eines nackten Jünglings. Wie sonderbar. Der Diakon fragte sich, wer dieser Jüngling wohl sei und was er im Garten Gethsemane suchte, aber vor allem, welche verschrobe-

nen Ideen im Kopf des Kardinals herumschwirrten, der diese
wenigen so zweideutigen Zeilen unterstrichen hatte. In welche
Richtung mochten seine enttäuschten Gefühle und Triebe gehen? Was für ein schlechter Ratgeber ist doch die Enttäuschung!

Bis zu diesem Tage hatte der Diakon im Leben des Kardinals
nie Anzeichen einer verdächtigen Abwegigkeit bemerkt, aber die
eben entdeckte machte ihm Sorgen. War es nur akademische
Neugier oder eine gefährliche Verirrung der Sinne? Wie vielen
Geheimnissen begegnet man täglich um sich herum – auf der
Straße, in den Büchern, in den Augen und Herzen der Nächsten.

Der junge Diakon versetzte sich in die Gemütslage dessen, der
nicht nur das Leben des Kardinals schützen, sondern auch darauf achten muß, seine eigene Integrität zu wahren. Er fürchtete
sich nicht vor Attentaten finsterer Feinde wie der Kardinal della
Torre, aber er mußte sich vor jenen anderen verderbten und ruhelosen Wesen hüten, die gleich ihm im Dienst der Mächtigen
standen, und die ihn schon mehr als einmal belästigt oder es wenigstens versucht hatten. In allen schwierigen Momenten erinnerte er sich daran, daß die Luft schwer und die Erde hart ist,
und daß leider nur diese eine einzige Welt existiert, die man so
bequem wie möglich bewohnen sollte, wohlgenährt und behütet,
vor Wind und Regen geschützt, und weit weg von Flöhen und
Ratten.

Das Haus des Kardinals – wie zerrüttet dessen Finanzen auch
waren, seit er sich von den florentinischen Bankiers im Brückenviertel fünfhundert Dukaten geliehen hatte, und wie sehr der
Purpurträger sich auch über die Dürftigkeit seines Kardinalsge-
halts beklagte – war komfortabler als die öde Zelle des Franziskanerklosters in der Via della Scrofa, aus der die Anstellung als
Kammerdiener im Kardinalshaus an der Piazza dell'Oro ihn
herausgeholt hatte.

Der Prior des Klosters hatte ihm eine Zelle ganz oben unter dem Dach zugewiesen, mit niedrigen Balken, die ihm gegen die Stirn stießen, und kalten Luftzügen, die durch das kleine Fenster und die Türritzen hereindrangen. An einer der bröckeligen Wände hatte er eine obszöne Kohlezeichnung entdeckt – vielleicht das Werk eines Klosterbruders, der diesen Ort vor ihm bewohnt hatte, oder eines boshaften Eindringlings.

Der junge Diakon hatte das Gekritzel nicht weggewischt, denn, so hatte er sich gesagt, da er der Versuchung zu sündigen sowieso widerstehen mußte, konnte dieses Zeugnis des Bösen auch eine Ermahnung zu sittsamem Denken und Verhalten sein. Er hatte sich gesagt, daß der Glaube jedes Mittel benützt, um die Oberhand zu behalten, aber immer wenn er abends nach der Vesper in seine Zelle zurückkehrte, eilten seine Augen zu den obszönen Figuren, etwa so wie ein ehrenhafter Mann oft die erregende Gesellschaft eines Diebs oder Glücksritters nicht verschmäht. Die unbeholfen skizzierte aber in ihrer Aussage deutliche Zeichnung war schließlich zu einer Zerstreuung für seinen durch Gebete und zehrendes Fasten geschwächten Geist geworden, eine von unbekannter Hand gebotene Gelegenheit für seine Phantasie – gefesselt an diesen Ort täglicher Einsamkeit und unterdrückt von der stets wiederkehrenden Melancholie über die unwiederbringlich verlorenen Tage und Jahre seiner Jugend.

Aber was der junge Diakon in dieser Zelle am meisten fürchtete – mehr als die Kälte und die Hitze – das waren die Ratten. Große Ratten, die aus den Senkgruben bis dort oben heraufkamen, dicht an den Wänden entlanghuschend, über die Treppen und durch die Klostergänge rennend, unter den schadhaften Türen durchschlüpfend, bis sie zum Dach gelangten. Die Ratten waren die Träger der Pest und die Herren der Dämmerung und der Nacht. Wie oft war er durch das leichte Geräusch ihrer Ankunft aufgewacht – ein weiches, rasches und unverwechselbares Geräusch. Aber sobald er die Kerze neben dem Bett anzündete, ergriffen sie die Flucht, ihre großen und weichen Leiber durch unglaublich enge Ritzen zwängend. Der junge Diakon fürchtete, daß sie ihn im Schlaf angreifen könnten. Er hatte von Kanalarbeitern gehört, die von Ratten gefressen worden waren, von schlafenden Kindern, deren Gesichter die Ratten angenagt hatten, von auf der Bahre zerfleischten Leichen. Aber was den Ratten am besten schmeckte, das waren die Pergamente.

Eines Tages hatte er zwischen den Seiten eines alten theologischen Traktats ein Blatt gefunden, auf dem in fast unleserlicher Schrift wenige Zeilen geschrieben standen, und hatte es auf seinen Schreibtisch gelegt, um es am nächsten Tag zu lesen. Während der Nacht zernagte eine Ratte das Blatt und verstümmelte dabei den Satz, den er schließlich mit großer Mühe entzifferte. Der Satz lautete: »Demonstratio absoluti stat cum evidentia in existentia ...« Worin aber bestand, dem anonymen Schreiber des zernagten Pergaments zufolge, der offensichtliche Beweis des Absoluten? Das hatte er sich schon so oft gefragt, und der verstümmelte Satz blieb fortan ein ständiges Ärgernis für den armen Diakon.

Welches Geheimnis enthielt das zwischen die Seiten der Theologia des Proklos geschobene Pergament? Es war nicht so sehr die Hoffnung, in den von der Ratte verschlungenen Wörtern die Wahrheit zu finden, als vielmehr die beunruhigende Vorstellung, nie mehr im Leben den Gedanken jenes unbekannten Schreibers zu erfahren, der mit solcher Sicherheit behauptete, den Beweis für das Absolute zu kennen. Er hatte den ganzen Band des Proklos aufmerksam durchgelesen, um zu prüfen, ob der Satz aus dem Text des neuplatonischen Philosophen abgeschrieben war, aber ohne Resultat. Eine Leere – und diese wahrlich absolut – war durch eines dieser abscheulichen Nagetiere in seinem Gehirn entstanden.

Ottoboni und seine Gäste

Der junge Bischof Ottoboni hatte sich – kaum unter dem Ponti-
fikat Leos X. aus Venedig angekommen – in einem dreistöckigen
Palast beim Alten Zollamt nahe dem Pantheon eingerichtet. Er
hatte sofort begriffen, wie in Rom der Mechanismus der Ämter-
vergabe funktionierte und hatte sich mit dem Sekretär der Datarie angefreundet, der ihn stets im voraus benachrichtigte, wenn
irgendwelche Pfründen durch Verfall, Verzicht oder Tod eines
Amtsinhabers verfügbar wurden. So war der unaufhaltsame Aufstieg des jungen Prälaten in Gang gekommen: die Anhäufung
von Pfründen, die Renovierung und Neueinrichtung des prächtigen Palasts unweit des Pantheons und die raschen Schritte hin
zum Purpur und zum weltlichen Erfolg.

Unter den hohen Prälaten der Leoninischen Stadt raunte man
sich zu, daß Ottoboni Flügel an den Füßen haben müsse wenn
nicht gar die Gabe der Allgegenwart. Es war üblich, daß die oberen Hierarchien in den Genuß von Pfründen auch außerhalb der
Grenzen ihrer eigenen städtischen oder vorstädtischen Bezirke
kamen, aber noch nie hatte man eine derartige Anhäufung von
Benefizien gesehen, an so fernen Orten und so weit in den Staa-
ten der Christenheit verstreut. Nie hätte Ottoboni all die ihm zu-
gewiesenen Prälaturen besuchen können, selbst wenn er sich
entschlossen hätte, alle Jahre seines Lebens auf dem Meer oder
den staubigen Straßen Europas zu verbringen.

Bereits ein Jahr nach seiner Ankunft in der Hauptstadt zum
Kardinal an der Kirche der Heiligen Francesca Romana ernannt,
war Valerio Ottoboni zugleich Bischof von Gloucester, Primat
von Reims. Als Mitgift von seinem Vater hatte er bereits in jun-

gen Jahren die Titel des Kanonikus der Kathedralen von Fiesole und Arezzo erhalten, sowie die des Rektors zu Carmignano, zu Giogoli und zu San Casciano. In der Folge hatte er seine kanonischen Lehrbefugnisse auf San Pier di Casale, San Marcellino di Cacchiano, San Giovanni im Valdarno, auf Speyer in der Pfalz und Mainz ausgedehnt. Er war Prior in Montevarchi geworden, Cantor an Sant' Antonio zu Florenz, Propst zu Prato, Abt an San Giovanni zu Passignano, am Miransù im Valdarno, an der Santa Maria von Morimondo, an San Martino zu Fontedolce, an San Salvatore von Vaiano, an San Bartolomeo zu Anghiari, an San Lorenzo von Coltibuono, an der Santa Maria von Montepulciano, an Saint Julien von Tours, an San Clemente zu Volterra, an Santo Stefano zu Bologna, zu Pin im Poitou und in La Chaise-Dieu.

Kardinal Ottoboni rechtfertigte die Anhäufung von Benefizien mit den Ausgaben für Haushalt, Marstall, die gleichermaßen kostspieligen für Stallknechte und Pferde, und mit der Speisung der Armen, die in Wahrheit aus den Resten des Fischmarkts und den Gemüseabfällen vom Campo de' Fiori zubereitet wurde. Es war eine so karge und unappetitliche Speisung, daß die Bettler des Bezirks, allesamt abgemagert wie Gekreuzigte, sich eines Tages auf der Straße des Alten Zollamts vor seinem Hause versammelten und zu fluchen begannen, und einer von ihnen schleuderte sogar seine Schüssel voll Suppe gegen ein Fenster der Beletage, wo sich der Kardinal eingeschlossen hatte.

Die Liste der Pfründen des Kardinals Ottoboni erregte Heiterkeit beim Volk und Zorn bei den anderen Purpurträgern, aber seine Informanten in den Büros der Datarie und die Gunst des Generalsekretärs ließen nicht davon ab, seine Kollektion noch zu erweitern und seine unersättliche »libido pecuniae« zu befriedigen. Allerdings erwies sich der Erwerb von Benefizien, zumal derer im Ausland, vom pekuniären Standpunkt her fast immer als mittelmäßiges Geschäft, weil der Aktivposten der Zehnten und Regalien in den jährlichen Abrechnungen, die bei der Buchhaltung der Ehrwürdigen Apostolischen Kammer eingingen, jeweils durch Steuern beträchtlich gekürzt erschien.

Mit der Angelegenheit hatte sich auch Pasquino in einem Schmähgedicht befaßt, das in Knittelversen und dialektaler Rede die acht Todsünden des Kardinals – hier Ottovizzi* genannt – aufzählte und mit einer obszönen Anspielung auf die exzessive Nutzung seiner beiden gefräßigen Körperöffnungen schloß. Nachdem der Kardinal das Plakat durch einen Bediensteten hatte abreißen lassen, wurde er zur Zielscheibe weiterer und noch unanständigerer Spottgedichte, die binnen kurzem in aller Munde waren von einem Tiberufer zum andern.

»Die Spottverse des Pasquino sind ein Zeichen meines Erfolgs«, sagte der Kardinal zu denen, die ihn fragten, wie er sich gegen diese Beleidigung zu verteidigen gedächte.« Gibt sich Pasquino etwa mit Stallburschen oder zerlumpten Klerikern ab?«

Nach der umstrittenen Wahl des flämischen Papstes hatte sich auch Kardinal Ottoboni in freiwilliger Haft im Palast am Alten Zollamt eingeschlossen und wagte sich nur eskortiert von acht bewaffneten Männern von dort wegzubewegen, um sich der Feindseligkeit der Bevölkerung nicht auszusetzen, aber mehr noch aus Angst vor den Übeltätern, welche nun freie Bahn hatten in dieser Stadt – anheimgegeben dem Verfall und gänzlicher Auflösung; in keynerlei Achtung mehr vor ehrwürdiger Gesetzesmacht, verdancke es sich Gottes oder der Menschen Hand; in solcher Trübsal und solcher Elendigkeit – ein Rom, gefallen und zur Beute geworden einer jeglicher Unthat.

Auf den Straßen begegnete man Gaunern, Halunken oder maskierten Männern, die zu Fuß oder zu Pferd umherstreiften,

---

* Wortspiel: Ottoboni bedeutet etwa »acht gute« (Taten); die Todsünden heißen »i sette vizi cardinali« (Anm.d.Übers.)

35

bewaffnet mit Schwertern und Keulen – den wahren Herren der Stadt. Die unbewaffneten Bürger bogen bei ihrem Anblick um die nächste Ecke oder verschwanden im ersten offenen Haustor. Andere Bürger, einstmals durch die Angst vor Galgen oder Gefängnis gebremst, zogen des Nachts umher, um sich für eine Beleidigung zu rächen, einen Rivalen auszuschalten oder einfach aus einer finsteren Laune. Jeden Morgen fand man in den Staub hingestreckte Opfer, Männer und Frauen im eigenen Blut. Und wer nicht den Mut hatte, sich allein auf die nächtlichen Straßen zu wagen, der rief junge Leute zu Hilfe, die für wenig Geld zu jeder Schandtat bereit waren.

Von beißendem Hunger geplagte Bedienstete trotteten barfuß über das in der Sonne glühende Pflaster von Haus zu Haus, mit Botschaften, worin die zum Schutz ihrer Gesundheit und ihrer Gold- und Silberschätze eingeschlossenen Herren sich gegenseitig um Hilfe baten. Das gleiche taten die hohen Prälaten, die leichte Zielscheiben wurden, wenn sie sich ohne den Schutz wohlbewaffneter Männer auf die Straße wagten. Die käuflichen Frauen vom Ortaccio oder vom Pozzo Bianco verließen ihre Viertel, um ihre Blößen zur Schau zu stellen und boten ihre Betten für wenige Karlinen feil: den Ausländern, Handelsleuten, Priestern, Pilgern oder Glücksrittern, die auf den Straßen anzutreffen waren. Zur allgemeinen Unordnung gesellte sich der Schrecken der Pest, und täglich erhielt man Kunde von ach zu vielen neuen Opfern.

In seinem schattigen und luxuriösen Palast verkrochen, wohlgeschützt durch starke Eisengitter und bewaffnete Gendarme, konnte Kardinal Ottoboni also noch immer seine privaten Vergnügungen und Privilegien genießen und spann – mit immer kühnerer Entschlossenheit – seine weltlichen Netze. Köche, Bäcker, Konditoren und Mundschenke standen ihm zu Diensten, und er führte in Rom, zum großen Erstaunen seiner Gäste, erstmals den Gebrauch der Gabel ein, die aus Venedig importiert, dort ihrerseits durch Import aus Byzanz in Gebrauch gekommen war. Wildgerichte, süße Mehlspeisen, edle Weine kamen an der Tafel des Hauses Ottoboni zum Verzehr, serviert auf prunkvollen Gedecken aus Porzellan, Silber, Kristall und leinener Tischwäsche aus Reims und Flandern.

Seine Kandidatur für das Amt des Kardinalkämmerers – so berichtete der Diakon Baldassare dem Kardinal della Torre – genoß weitreichende Unterstützung durch seine Beziehung zu den hohen Prälaten, die in seinem Haus verkehrten und an seinen Banketten teilnahmen. Die Präsenz des Kardinals Ottoboni bei den Jagdpartien Leos X. in den Wäldern der Magliana, gab ihm das Recht, auch nach dem Tod des Papstes jene Streifzüge zu unternehmen, die ihm gestatteten, mit Wild beladen nach Hause zurückzukehren. Wiewohl von Schulden und persönlicher Knickerigkeit erdrückt, war Ottoboni ein großer Meister in privaten Zeremonien und in der Kunst der Schmeichelei. Womit er indes am meisten die Gunst der höchsten Ränge des Päpstlichen Hofs errungen hatte, das waren süßsaure Wildschweinkeulen, am Spieß gebratene Fasane, in Mehl gewälzte Gänsebrüste, mit Feigen gefüllte Wachteln, in Schweineschmalz frittierte Lauchstengel, ungarische Torten und exotische Früchte wie Datteln und Bananen.

Sich diese Gunstbezeugungen zu erhalten wurde indes immer schwieriger und kostspieliger. Bald nach der Wahl des neuen Papstes – noch immer abwesend von Rom – hatte es eine starke Verteuerung der »verschifften Weine« aus Sizilien und Kreta gegeben – wegen der türkischen Piraten, die das ganze Mittelmeer unsicher machten. Man hatte dann entdeckt, daß die Piraten oft als Türken verkleidete Römer waren, aber die Wirkung auf die Preise nahm keine Rücksicht auf die Nationalität der Räuber.

Die Personen, die Zutritt zu seiner Tafel erhielten, wurden vom Kardinal Ottoboni stets nach seinem Vorteil und in großer Heimlichkeit ausgewählt, so als schämte er sich vor den Mitgliedern seiner familia dieser luxuriösen Tafelfreuden, von denen auch seine wachsende Leibesfülle zeugte, während die Fischlieferung für das tägliche Essen im Haus stets kärglich war und der Fisch nicht besonders frisch. Darüber hinaus steckte der Marketender, der sich für schlecht bezahlt hielt, bei jedem Marktgang einige Bronzemünzen in die eigene Tasche. So wurden die Mitglieder des Hausstands mit dem schlechtesten Weißwein aus Albano versorgt, einem unverdaulichen Wein, der Vernebelung im Kopf und Gefühllosigkeit in den Beinen hervorrief.

Schon vor seiner Ankunft in der Hauptstadt hatte der flämische Papst mittels eines pontifikalen Gesandten die in den päpstlichen Palästen wohnenden Kardinäle aufgefordert, sich unverzüglich eine andere Bleibe zu suchen – mit Ausnahme des Kardinals Schinner, der mit den ersten und dringendsten Reformen betraut worden war. Dieser Schinner war ein harter und kantiger Mann, der ein kehliges Latein sprach, das seine Gesprächspartner erschreckte. Von den in Rom ansässigen Kardinälen wurde er mit jenen fränkischen Barbaren verglichen, die sich in der letzten unglückseligen Zeit des Imperiums in die römische Armee und die römischen Institutionen eingeschlichen hatten. Man nannte ihn den »Hochwürdigen Prügel«, einerseits wegen der Rigidität seiner Gestalt, andererseits weil er mit der Funktion eines Prüglers nach Rom gekommen war.

Und so rissen sich nun, ungeachtet der Gefahren auf den römischen Straßen, die aus ihren vatikanischen Wohnungen vertriebenen Kardinäle um die Einladungen beim Kardinal Ottoboni, weil sie sich plötzlich nicht nur ihrer bequemen Unterkünfte beraubt sahen, sondern vor allem jener reich gedeckten Tafeln der vatikanischen Küchen, die vom Präfekten der Vorratskammern direkt beliefert wurden. Viele von ihnen mußten sich damit abfinden, in verstreuten Herbergen der Hauptstadt zu wohnen, die nicht immer bequem waren, und nicht immer ihren Ansprüchen und Bedürfnissen genügten. So war das Haus des Kardinals Ottoboni für sie zum Ort der Erholung von ihrer gemeinsam beklagten »iniquitas rerum« geworden – ein eleganter, ständig überfüllter Versammlungsort und eine Quelle von Informationen, Klatsch und Intrigen jeglicher Art.

Für den Kardinal della Torre waren bereits die Unternehmungslust und die Erfolge seines Rivalen ein Grund des Leidens, aber eine besondere Nachricht, die ihm zu Ohren kam, rief die schwärzeste Bestürzung bei ihm hervor. Die erste Information kam vom Diakon Baldassare, der ihm alle Gerüchte überbrachte, die er auf der Straße und auf den Märkten oder in der Hostaria delle Palline an der Ripa Grande auflas, wohin er sich zusammen mit dem Vorratsverwalter begab, um die griechischen und toskanischen Händler für den monatlichen Vorrat an Wein, schwarzem Pfeffer und anderen Gewürzen für die Tafel des Kardinals zu treffen. Die schöne Palmira wurde beim Morgengrauen gesehen, als sie durch eine Seitentür den Palast des Kardinals Ottoboni am Alten Zollamt verließ. Zwei Fischer auf dem Weg zum Fischmarkt hatten sie trotz des Schals, der einen Teil des Gesichts bedeckte, an ihren roten Haaren und an dem leicht hinkenden Gang erkannt. Ein weiteres Indiz für die vermuteten erotischen Exzesse des Kardinals Ottoboni waren die speziellen Speisen, die er bei den Köchen zusätzlich zu seinen Banketten, vor allem aber für seine geheime Tafel bestellte: alle Arten von Schalentieren, vor allem die berühmten »Weichlinge«, die Krabben ohne Panzer. Diese nackten Schalentiere, die nur in den Zeiten der Mutation zu haben waren, hatten nunmehr den Namen »Weichlinge à la Ottoboni« bekommen, weil er sie aus ihrem Ursprungsort Venedig in Rom eingeführt hatte, wobei er selbst ihre aphrodisischen Kräfte rühmte.

Leo X., der keinerlei Interesse an Liebesdingen hatte, und alles verabscheute, was sich darauf bezog, drohte eine Steuer auf diese und andere aphrodisische Speisen einzuführen, aber dann endete alles mit einer Posse. Kardinal Ottoboni, der sich zunächst als Namensgeber jener Köstlichkeit geschmeichelt fühlte, geriet nämlich selbst in Bedrängnis, weil die Preise der »Weichlinge« wegen ihres Erfolgs in den Himmel stiegen.

Trotz der aphrodisischen Speisen war es niemandem gelungen, Kardinal Ottoboni irgendeine handfeste und wahrhaftige Liebesgeschichte nachzuweisen. Nur ein paar rasche nächtliche Übergriffe ohne Überfrachtung mit Gefühlen. Neue und lautstarke Gerüchte waren jedoch seit jenem Tag im Umlauf, an dem die Pagen seines Hauses unter den Augen zahlreicher Tischgenossen die Figur einer nackten Frau in die Mitte der festlich gedeckten Tafel stellten, aus einer weißen Zuckermasse modelliert und hingestreckt auf einem silbernen Tablett. Auf dem Kopf und zwischen den Beinen der Figur sprossen zwei Büschel roter Locken, welche die Haare darstellen sollten und Dantes »dunklen Wald« – nach Kardinal Ottobonis boshafter und metaphorischer Interpretation. Chimäre, Fiktion, Metapher und Allegorie waren am Tisch des Kardinals nicht neu, aber einige Tischgenossen wollten in der Zuckerfigur sogleich das Bild der schönen Palmira wiedererkannt haben. Woher stammten also die verdächtigen roten Locken? Über ihre Herkunft hatten sich bei den ehrenwerten Gästen dieses Abends lebhafte Mutmaßungen, auch der unzüchtigsten Art entzündet. Am Ende des Banketts wurde die Statue Stück um Stück von den Tischgenossen verschlungen, die sich sogar noch um die Reste stritten. Der schnappte sich ein Bein, der einen Fuß, der die Schenkel, die Brüste, den Bauch, den Kopf, die Arme.

Als vom Tisch auch noch die letzten Krümel der knusprigen Zuckermasse verschwunden waren, fragten sich alle, wo wohl die beiden roten Lockenbüschel geblieben seien. Nunmehr mit großer Wahrscheinlichkeit den intimen Teilen Palmiras zugeschrieben, wurden die roten Haare und ihr Geheimnis zum Gegenstand frenetischer Boshaftigkeiten und anderer heikler Bemerkungen, die der Kardinal selbst eifrig nährte, wohl wissend, daß die beste Würze seiner Tafel der Klatsch sei. Und natürlich kam das Gerücht von der Zuckerfigur auch dem Kardinal della Torre zu Ohren, der darüber in Verzweiflung geriet.

In Wirklichkeit war einer ziemlich verbreiteten Meinung zufolge die allererste und einzige Liebe des Kardinals Ottoboni das Geld, und er war es auch, dem man das im päpstlichen Rom umlaufende Wort »homo sine pecunia imago mortis« – ein Mann ohne Geld ist ein Bild des Todes – zuschrieb. Auch seine Jagd nach Benefizien entsprang offensichtlich nicht einer weltlichen Eitelkeit, sondern einem streng wirtschaftlichen Kalkül.

Kardinal della Torre, der dagegen eine geheime Verbindung seines Rivalen zu Palmira argwöhnte, hatte den Palast am Alten Zollamt lange überwachen lassen, ohne etwas Konkretes herauszufinden, nach jener ersten vom Diakon Baldassare aufgelesenen Information der Fischer und nach den Nachrichten über die Diatribe der roten Locken.

Husten und Niesen

Ist es denn möglich, daß ein junger Franziskanerdiakon, der in Demut lebt, der seine Gebete verrichtet und alle Gebote befolgt, bis auf dann und wann eine sommerliche Trägheit oder ein paar abendliche unkeusche Gedanken, der jede Woche beichtet und im Wachen wie im Schlafen in der Gnade des Herrgotts lebt – ist es möglich, daß er Gegenstand und Sitz teuflischer Höllenkünste wird? Der Diakon Baldassare dachte an sich selbst, aber er versuchte, sich in eine zweite Person zu versetzen, um die Seltsamkeit seines Falls genauer zu ergründen. Er hatte den Eindruck, auf diese Weise besser überlegen zu können – mit größerer Objektivität und sogar mit einer gewissen beherzten Klugheit.

Warum nur, fragte er sich schon seit den ersten Klosterjahren und nach und nach mit immer größerer Insistenz – wie eine Krankheit, die sich im Lauf der Zeit verschlimmert – warum nur wurde er jedesmal, wenn er eine Kirche betrat und in die Nähe des Heiligen Tabernakels ging, von diesen Hustenanfällen gepackt, die ihm die Brust erschütterten und ihm Augen und Gedanken verwirrten? Er hatte gehört, daß die Sinne gewisser Menschen durch den Blütenstaub, der im Frühling durch die Luft fliegt, verändert würden, und daß andere jedesmal zu husten begönnen, wenn sie eine Katze berühren, so als ginge von diesen unschuldigen Tieren irgendein verderbliches Fluidum aus. Aber das Allerheiligste? Welches Fluidum ging von diesem aus? Und von welchen Schwächen war er, der arme Diakon geplagt, der fast wie zum Hohn den Namen eines der Heiligen Drei Könige trug? Kaum entfernte er sich von dem heiligen Ort, verschwand der Husten wie durch Zauberei und sein Atem wurde regelmäßig, und so war es ihm schon etliche Male ergangen.

Im Laufe der Jahre war diese Empfindlichkeit, die er noch niemandem zu gestehen gewagt hatte, immer schlimmer geworden und hatte zu weiteren unerklärlichen Belästigungen bei den heiligen Orten geführt. Jedesmal wenn er an einer Kirche vorbeikam, überraschten den armen Diakon so hartnäckige und wiederholte Niesanfälle, daß er ganz und gar durchgeschüttelt wurde und Bäche von Tränen vergoß. Für einen ehrbaren jungen Mann war das ein großes Ungemach und eine große Peinlichkeit, besonders seit das Niesen den anderen Ordensbrüdern aufgefallen war. Sehr bald wurde es Gegenstand schwindelerregender Gerüchte, die schließlich auch dem Prior des Franziskanerklosters in der Via della Scrofa zu Ohren kamen, wo der junge Diakon auch nach seiner Einstellung als Kammerdiener in der familia des Kardinals della Torre seine Zelle behalten hatte.

Er war, dieser Prior, ein alter Mann von außerordentlich strengem Glauben und unsäglichem Geiz. Es hieß, daß er gewissen Damen, die mit Schleppe zum Beichtstuhl gekommen waren, die Absolution verweigert und sie bei den Offfizieren der Sittenpolizei angezeigt habe, und daß er jede Bemalung des Gesichts als eine Beleidigung des Schöpfers ansah, der eine Korrektur seines Werks nicht zulassen könne. Aber seine Strenge richtete sich hauptsächlich gegen die jungen Franziskanermönche des Klosters in der Via della Scrofa. Die Ordensbrüder hungerten weit über das Maß der Buße und des Fastens hinaus und sogar mit einiger Gefahr für ihre Gesundheit. Die Zellen befanden sich im Dachgeschoß, von Ratten verseucht und im Winter den kalten Zuglüften ausgesetzt, die durch Tür- und Fensterritzen drangen, und im Sommer der brennenden Hitze, wenn die Kupferplatten des Dachs zu glühen begannen und die Räume in Backöfen verwandelten.

Die armen Mönchlein, denen es im Winter an Decken auf ihren bäuerlichen Strohsäcken fehlte, hatten sich im Sommer angewöhnt, ihre Gebete in der Klosterkapelle auszudehnen, um sich in der Kühle des Erdgeschosses zu erholen. Es schien fast, als würde ihr Glaube sich in der sommerlichen Hitze erwärmen, denn mehr als einmal überraschte der Prior die Klosterbrüder beim gemeinsamen Gebet, zu Stunden, die für ihre Studien in den Zellen oder für die Arbeit im Obst- und Gemüsegarten bei der Via delle Fornaci bestimmt waren. Und so ließ er denn zu Zeiten, wo das Gebet zur Sünde zu werden drohte, die Kapelle verriegeln.

Die seltsamen Gerüchte über den jungen Diakon Baldassare, der bei der familia des Kardinals della Torre Dienst tat, waren dem Prior also zu Ohren gekommen. Er beschloß zu klären, ob sie begründet waren, und welche Maßnahmen gegebenenfalls getroffen werden mußten. Der Prior zog es vor, in größter Heimlichkeit zu handeln, was in diesem Kloster voll schwatzhafter Brüder nicht leicht war.

Die Gerüchte über jene merkwürdige Anomalie schlossen die Möglichkeit nicht aus, daß der Teufel sich unter der Kutte des jungen Diakons Baldassare eingenistet hatte und man eine Austreibung der bösen Geister bei ihm vornehmen müsse. Aber noch hoffte der Prior, daß es sich nur um Phantastereien oder boshafte Scherze der Gefährten handelte, gewiß verwerflich, aber weniger schlimm als eine dämonische Präsenz im Kloster. Er hatte deshalb den Wunsch geäußert, mit dem bescholtenen Diakon einen Spaziergang durch die Straßen der Stadt zu machen, um in loco und ohne lästige Zeugen das Phänomen des Hustens und Niesens zu prüfen und etwas über die gesundheitliche und geistige Verfassung des jungen Mönchs in Erfahrung zu bringen.

Das Niesen, sagte sich der Prior, gehört nicht zum Geist, sondern hängt vom Körper ab. Mit anderen Worten, die Seele bleibt beim Niesen unversehrt. Woran lag also diese seltsame physische Intoleranz gegen die geweihten Orte? Der Prior und der Diakon Baldassare begannen ihren Spaziergang in der Via dei Portoghesi, gelangten zum Affenturm, bogen in die Via dei Pianellari ein, und sieh' da, als sie vor der Kirche von Sant'Agostino vorbeigingen, begann der Diakon krampfhaft zu niesen und beruhigte sich erst wieder, als er gemeinsam mit dem Prior die Kirche des Heiligen aus Hippo hinter sich gelassen hatte.

Der Prior machte keine Bemerkung, und der Diakon ging eine ganze Weile beschämt und stumm neben ihm her. Als sie den Circus Agonalis überquert hatten und die Via Mellina einschlugen, kamen sie an der deutschen Kirche von Santa Maria dell'Anima vorbei, und dort begann der Diakon wieder zu niesen.

Schweigend gingen sie über den Monte Giordano und durch die Straße der Banken, bis sie zu der kleinen alten Johanneskirche kamen, wo der Diakon noch einmal heftig zu niesen begann.

Sie bewegten sich nun in Richtung Tiber. Der alte Prior hatte kräftige Beine und einen Geist, dem keine Seelenregung entging.

»Es ist also möglich, daß die heiligen Orte eine seltsame und heftige Gemütsbewegung in dir erzeugen.«

»Nur in den Nasenlöchern, Monsignore, denn meine Seele ist gegen solche Störungen gefeit.«

»Wie kannst du da so sicher sein?«

»Durch den Geist der Vernunft, Monsignore.«

»Der Geist ist schwach und nicht mehr und nicht weniger anfällig für Irrtümer und Versehen als unsere Sinne, die uns täglich trügen. Nur dem Glauben kann man vertrauen.«

Der Prior machte eine Pause, sah dem Diakon in die Augen und fügte dann hinzu:

»Wenn man ihn hat.«

»Mein Geist kontrolliert meinen Glauben«, sagte der Diakon mit Bestimmtheit.

»Aber er kontrolliert nicht dein Niesen vor den geweihten Orten.«

»Ich gebe zu, daß ich nicht in der Lage bin, meine Sinne so gut zu beherrschen wie ich meinen Glauben kontrollieren kann.«

»Das bedeutet, daß du nicht Herr deiner selbst bist, oder wenigstens nicht Herr deines Körpers.«

»Ihr habt ganz recht, Monsignore, aber wem gelänge je, die Leiden oder Gebrechen des Körpers zu kontrollieren? Leider gelingt es niemandem, auch nicht mit Hilfe der erfahrensten Doktoren.«

»Du glaubst also wirklich, daß es sich um ein körperliches Leiden handelt? Das wäre ein reichlich seltsames und unglaubhaftes Leiden.«

»Was wollt Ihr damit sagen, Monsignore? Wieso unglaubhaft?«

Der Prior schwieg und sah dem jungen Diakon ins Gesicht, der bis unter den Kragen seiner Kutte errötete.

»Kannst du meinen Gedanken nicht verstehen? Du kennst mich inzwischen recht gut und müßtest mich im Flug verstehen. Von einem gewissen Alter an wiederholen sich die Menschen. Ihre Art zu denken, ihre Laster und ihre Tugenden verfestigen sich und sind dann leicht zu begreifen, auch ohne die Hilfe der Worte. Oder möchtest du in diesem besonderen Fall lieber nicht verstehen?«

»Vielleicht habt Ihr richtig geraten, daß ich in diesem Fall lieber nicht verstehen möchte.«

»Warum sagst du geraten? Ich habe eine andere Einstellung als du, ich versuche zu verstehen, nicht zu raten. Aber zurück zu unserem Gespräch. Stimmst du mir bei, daß deine Sinne nicht dir gehorchen, sondern einem anderen unbekannten und unredlichen Herrn?«

»Sagt mir bitte, was Ihr mit einem anderen Herrn meint!«

Der Prior schluckte, als wolle er das Wort hinunterwürgen. Dann sagte er entschlossen:

»Ich meine den Teufel. Ich fürchte, daß der Teufel sich in deinem Körper einquartiert hat.«

Der arme Diakon zwang sich zu lächeln.

»Der Körper eines Klosterbruders müßte von Gott beschützt sein. Warum sollte der Teufel sich mit mir befassen?«

»Der Teufel schläft nie, er ist immer auf dem Sprung und bereit, sich dort einzunisten, wo er seelische Schwäche und einen schwankenden Glauben findet.«

»Mein Glaube schwankt nicht, Monsignore. Ich höre jeden Morgen die Heilige Messe, trotz der Leiden und Beschwerden, die es mich kostet, und spreche meine Gebete in den vorgeschriebenen Stunden, ohne je eines zu versäumen. Der Teufel müßte alle Wege versperrt vorfinden, und wenn ich manchmal dieses Jucken in der Nase und im Hals spüre, warum soll ich dann an ein Eingreifen des Bösen denken?«

»Du hast ›manchmal‹ gesagt, aber du mußt genauer sein und sagen, daß du dieses Jucken bei ganz besonderen Anlässen verspürst.«

»Tatsächlich muß ich niesen, wenn ich an einer Kirche vorbeigehe, aber auch, wenn es irgendwo Zugluft gibt. Vielleicht gibt es vor den Kirchen kalte Zugluft.«

»Auch wenn die Türen geschlossen sind?«

Der Diakon wußte keine Antwort auf den Einwand des Priors.

»Ich versuche, die Gründe für dieses Phänomen zu verstehen. Und wenn es die Heiligen wären, die gekränkt sind, weil ich an ihren Kirchen vorbeigehe, ohne sie zu betreten?«

»Hast du versucht, sie zu betreten?«

»Ich habe es versucht.«

»Und hat das Niesen aufgehört?«

Der Diakon schwieg.

»Hat es aufgehört?« fragte der Prior noch einmal.

»Nein, es hat nicht aufgehört; im Gegenteil, es geschah fast immer, daß mich ein starker und krampfartiger Husten befiel. Es gibt sicherlich eine Erklärung dafür, aber ich kann sie nicht finden.«

»Es ist die ›coincidentia oppositorum‹: wenn die beiden Extreme in Kontakt kommen, formen sich Luftwirbel, die das Niesen provozieren. Die beiden Extreme sind der Böse, der Herr des Höllenreichs, und Gott der Allmächtige im Himmel.«

»Die ›coincidentia‹ müßte Frieden bedeuten und nicht Luftwirbel, wie Ihr behauptet.«

»Man kann nicht erwarten, daß Gott und der Teufel friedlich miteinander leben. Wenn sie zufällig am selben Ort sind und sich berühren – und derselbe Ort bist in diesem Fall du – dann entstehen aus logischer und theologischer Notwendigkeit ein paar Luftwirbel. Der Zusammenstoß zwischen den beiden Entitäten geschieht tagtäglich. Kleine Zusammenstöße – Husten Niesen Kopfsurren Schwindel. Und auch sehr große Zusammenstöße – Hungersnöte Erdbeben Kriege Ketzerei.«

»Ich verstehe die Nützlichkeit dieses Konflikts nicht, wenn er nur Husten und Niesen erzeugt. Dann hätten sie also Zeit zu verschenken, Gott und der Teufel.«

»Das sind kleine Störaktionen, die zu einem gewaltigen Konflikt gehören, der schon seit der Erschaffung der Welt besteht.«

»Ihr seid ein weiser und umsichtiger Mann, Monsignore, und deshalb beunruhigen mich Eure Worte.«

Der Priester legte eine Hand auf die Schulter des jungen Diakons.

»Du brauchst dir keine Sorgen zu machen, denn es gibt für alles Abhilfe. Mit den Mitteln, die uns die Kirche bereitstellt, kann man auch den Teufel vertreiben, obwohl er ein überaus schlaues und arbeitsscheues Wesen ist, wie uns die Heiligen Väter der Wüste lehren.«

»Aber seid Ihr denn sicher, daß dieses Niesen ein Werk des Teufels ist? Ich habe irgendwo gelesen, daß die vom Bösen Besessenen mit heraushängender Zunge sprechen, sich in verschiedenen unbekannten Sprachen ausdrücken, daß sie die Erde beben lassen, Blitze, Donner und Meeresstürme erzeugen, Bäume entwurzeln, Berge von einem Ort an den anderen versetzen, Vulkane ausbrechen lassen, und Häuser in die Luft heben und sie dann wieder auf den Boden schleudern. Scheint Euch das mein Fall?«

Der Prior sah ihn verwundert an.

»Ich staune, daß du die Albernheiten glaubst, die man erzählt, um dem Teufel übernatürliche Kräfte zuzuschreiben, wie sie nicht einmal den Heiligen zugestanden werden, die im Namen des allmächtigen Gottes handeln. Wieviel Verwirrung entsteht durch dieses bösartige Gerede! Zunächst einmal weiß man genau, daß Erdbeben und Vulkanausbrüche nicht von den Besessenen ausgelöst werden, sondern von der schändlichen Macht Satans, der das Zentrum der Erde bewohnt. Unbekannte Sprachen zu sprechen ist eine Fähigkeit, die man Glossolalie oder Reden mit Engelszungen nennt – eine Gabe, die nur wenigen Privilegierten zuteil wird, wie dem Apostel Paulus, der sagt: ›Durch Gottes Gnade spreche ich mehr Sprachen als ihr alle zusammen‹, der aber die Gläubigen, die diese Gabe erhalten, zugleich ermahnt, nur mäßigen Gebrauch davon zu machen. Niemand hat je gesagt, daß es der Teufel ist, der diese Engelsgabe austeilt. Und dann versetzen die vom Teufel Besessenen auch keine Berge und erzeugen keine Blitze und Stürme, aber sie verhalten sich seltsam, so als hätte der Glaube sie verlassen und Symptome des Ekels gegen die Heiligen Institutionen in ihnen erzeugt. Ich habe einen Besessenen gesehen, der jedesmal würgen mußte, wenn er in die Nähe von Kreuzen kam, und zwar nicht nur von solchen Christi, sondern auch von gekreuzten Stangen in einer Tischlerei.«

»Und wie ist das wieder weggegangen?«

»Es ist nicht weggegangen. Man hat ihn ganz einfach vom Teufel befreit.«

»Aber wie? Darf ich erfahren, auf welche Weise und mit welchen Mitteln?«

»Es wundert mich, daß du mir diese Frage stellst. Du weißt doch, daß es Exorzisten gibt.«

»Jedes Eurer Worte beunruhigt mich, Monsignore.«

»Du brauchst dich nicht zu beunruhigen. Wir rufen einen Exorzisten, um ihn nach seiner Meinung zu fragen. Dann treffen wir eine Entscheidung wegen des Eingriffs.«

»Ich habe gehört, daß die Exorzisten den Besessenen allerlei Plunder aus dem Hals ziehen – merkwürdige Gegenstände wie Ketten und andere Eisendinge und eine Menge Nägel und Scherben aus Glas und Ton. Ich spüre keinerlei Gewicht im Magen, außer wenn es in der Mensa Schnecken oder Pfefferschoten gibt.«

»Ich bin kein Experte in Dämonologie, aber falls ein böser Geist von deinem Körper Besitz ergriffen hat – und das wird uns nur ein Exorzist sagen können – muß man zuallererst feststellen, zu welcher Kategorie er gehört. Auch du müßtest eigentlich wissen, daß es eine Vielfalt von Dämonen gibt, und zwar sowohl nach Dionysios Areopagita als auch nach Michael Psellos. Für beide handelt es sich um Wesen, die aus freiem Willen gefallen sind, aber im Unterschied zu Aeropagita folgt Psellos in seiner Klassifikation den neuplatonischen Theorien, welche die Mehrheit der Exorzisten stillschweigend akzeptiert. Die höchsten Dämonen – die ›Leolurien‹ – strahlende, perverse und goldgefiederte Bewohner des Äthers, oder die ›Aerien‹ – überaus schreckliche luftfressende Dämonen – erwecken zwar Figuren und Visionen in unserem Gehirn, aber mir ist nicht bekannt, daß sie auch mit Nägeln und Scherben umgehen können – eben wegen ihrer ätherischen Natur. Wenn es überhaupt Dämonen gibt, die solche trivialen Gegenstände bei sich haben, dann sind es die ›Chthonien‹, die auf der Erdkruste leben, oder jene ›Hypochthonien‹, die das Innerste der Erde bewohnen, aber danach streben, an die Oberfläche zu kommen, um überall hin auszuschwärmen, wobei sie viel Verwirrung unter den Menschen stiften. Kurz und gut, es handelt sich um eine komplexe Materie, weshalb ich es für ratsam halte, einen Exorzisten zu Rate zu ziehen.«

Der Diakon lauschte den Worten des Priors, ohne etwas zu erwidern. Am Tiberufer angelangt, trat der Prior den Rückweg durch die Via Tor Sanguigna an. Plötzlich blieb er gedankenvoll stehen und musterte den jungen Diakon, der sich unter seiner Kutte wand.

»Was hast du?«

»Wenn sich herumspricht, daß ich mich in die Hände eines Exorzisten begeben habe, dann werden mich alle meiden als hätte ich die Pest.«

»Du läßt also lieber einen Teufel in dir wohnen? Oder erwägst du etwa, die Stätten des Gebets für immer zu meiden?«

»Könnte man nicht noch eine Weile warten, ob dieses Übel vielleicht von selbst vergeht?«

»Wir können warten, wenn dir das lieber ist. Oder wir können die Sache behutsam angehen, ohne sie überall zu erzählen.«

»Was Ihr da sagt, gibt mir ein wenig Trost, aber ich bin noch nicht beruhigt. Ich fürchte um meinen Ruf.«

Der Prior bewegte sich nun in Richtung des Klosters, gefolgt vom Diakon, der vor dem Eingang von San Salvatore in Lauro wieder wütend zu niesen begann, so lange bis sie die Kirche hinter sich gelassen hatten.

Der Prior machte keine Bemerkung. Mit langsamen Schritten näherten sie sich der Via della Scrofa, wobei sie den Blick von den Bettlern abwandten – den Blinden, den Krüppeln, und den Vagabunden, die auf den Stufen der Häuser und in den schattigen Winkeln saßen – denn sie wußten sehr wohl, daß die meisten von ihnen Verkleidung und Schminke gebrauchten, um blind, bucklig oder mit Schwären bedeckt zu erscheinen.

Diese Bettler hatten sich sogar zu finsteren Gilden vereint, wie die der »Hungerleider«, der »Bettelsäcke«, der »Lumpengesellen«, der »Galgenvögel« und der »Rotschöpfe«, die ihre eigenen Beamten und Oberhäupter wählten. Von Seiten der Kirche waren Klagen gekommen wegen dieser Schmach, die sogar während der Gottesdienste in die Stätten des Kults eindrang, wo die Elenden ihre Seufzer und Schreie ausstießen und die Gläubigen durch Lärm und Streit von den heiligen Handlungen ablenkten. Man tadelte auch die Gerissenheit derer, die durch simulierte

Krankheit oder erlogene Not, die nur ihrer Trägheit und Arbeitsscheu zuzuschreiben war, den wirklich Kranken und wirklich Armen die Almosen stahlen: denn sobald sie mit niederträchtigem, schlauem und betrügerischem Geschick ihre Leiden hinreichend vorgetäuscht haben, sind sie sogleich wieder gesund und munter, um sich dem Spiel, der Schlemmerei und anderen verbotenen Freuden in die Arme zu werfen.

Einmal hatte der Prior gesagt, daß auch vorgetäuschte Krankheiten und Gebrechen Mitleid und Erbarmen verdienen, aber jetzt schien sein gleichgültiger Blick diese hochherzige Behauptung zu widerlegen. Er murmelte leise unverständliche Worte vor sich hin, vielleicht Gebete oder auch Rügen für die Simulanten.

Der Diakon Baldassare ging neben ihm her, ohne Gedanken, oder besser: jeden Gedanken vermeidend und seinen eigenen Schritten folgend, wobei er hart auf die leidgeprüften Pflastersteine des antiken Rom stampfte. Aus den Höfen der Häuser drang das Gebell der Hunde, häufig übertönt vom Räderrasseln der Karren, welche die Waren in die Lagerräume des Coppellenmarktes und des Campo de' Fiori brachten, und deren Fuhrleute mit Eisenstangen bewaffnet waren, um sich damit gegen die rauhe Herrschaft der Straßenräuber und bei plötzlichen Bedrängnissen in dem schmählichen und tumultuösen Zustand der Stadt zu wehren.

Die Reise beginnt

Kardinal Adriano von Tortosa hatte mit sichtlicher Beunruhigung, ja fast mit Enttäuschung die Nachricht seiner Wahl zum Papst aufgenommen, wenn auch von verschiedenen Seiten gemunkelt wurde, seine Haltung sei nur Verstellung und schale Heuchelei. Der Brief Karls V. an die Kardinäle, die ihn gewählt hatten, war indessen in so hohen Worten der Begeisterung abgefaßt, daß die Purpurträger der französischen Seite erschraken. Schließlich hatten die mündlichen Glückwünsche, die der Kaiserliche Gesandte, Lope Hurtado de Mendoza, an das Heilige Kollegium richtete, die Ratlosigkeit aller Kardinäle verstärkt, da sie sich plötzlich im Mittelpunkt zunehmend heftiger politischer Spannungen sahen.

Das von den Purpurträgern in Umlauf gesetzte Gerücht, der nun Gewählte sei inzwischen entsprechend seiner Gewohnheit äußerster Diskretion heimlich gestorben, und man müsse deshalb erneut zur Wahl schreiten, schien den Hoffnungsschimmer einer Versöhnung in extremis zu öffnen, aber in Wirklichkeit trug es nur dazu bei, die in der römischen Kurie herrschende Verwirrung noch zu vergrößern. Der neue Papst seinerseits, lebendig und lebhaft trotz der boshaften Gerüchte, hatte sofort nach der Nachricht seiner Wahl an Heinrich VIII. von England im Februar 1522 geschrieben: »Ich habe diese Wahl nicht gewollt. Meine Kräfte reichen nicht aus, und ich würde die Tiara zurückweisen, wenn ich nicht fürchtete, Gott und die Kirche zu beleidigen.« Dem Nuntius des Heiligen Kollegiums, Antonio de Studillo, der ihm die offizielle Nachricht seiner Wahl überbracht hatte, legte er einen Brief an die Kardinäle in die Hände, in welchem er bestätigte, daß er mit Rücksicht auf ihre Autorität die Wahl annähme, daß er sich der Aufgabe jedoch nicht gewachsen fühle, und daß er sie am liebsten zurückweisen würde, wenn nicht der Glaube an Gott ihn solcher Qual enthöbe. Aufgrund dieser und anderer Zeichen verbreitete sich das Gerücht, der neue Papst Hadrian VI. glaube an Gott.

*Endlich erreichte Rom die Nachricht seiner bevorstehenden Abreise, so-
bald die Gesandten in Tortosa angelangt wären und die Flotte bereit stünde.
Aber die Gesandten hatten sich noch gar nicht von Rom wegbewegt und ihre
Reise wurde von Woche zu Woche verschoben – wegen Geldmangels, wegen
der Schwierigkeit sich Schiffe zu beschaffen, und wohl auch wegen des Ge-
fühls der Unsicherheit, das die Wahl bei den Wählern selbst hervorgerufen
hatte. Endlich entschieden sich die drei Kardinäle, die den Kirchenstaat in
Abwesenheit des Papstes provisorisch regierten, die Mitren und Tiaren aus
der päpstlichen Schatzkammer zu verkaufen. Es war ein schwerwiegendes
Opfer, das bei einigen Purpurträgern Widerstand hervorgerufen hatte, die
einen solchen Handel als untragbar für das Prestige der Kirche und eine
Schmähung ihrer Tradition empfanden. Aber bei dieser Gelegenheit entdeckte man, daß die Edelsteine der Tiara Pauls II. gestohlen und durch
falsche Steine ersetzt worden waren.*

*Jedenfalls hatte der neue Papst beschlossen nach Rom abzureisen, aber er
verfügte nicht über ausreichende Mittel, um sich eine Flotte und bewaffnete
Männer zur Verteidigung gegen eventuelle Angriffe der türkischen Piraten,
die das Tyrrhenische Meer unsicher machten, zu verschaffen. Man entschied
sich für eine erste Strecke auf dem Landweg, und vom 12. März an durchmaß
er in der Kutsche das Ebrotal, kam durch San Domingo und Logrono und
erreichte am 29. des selben Monats Saragossa. Aber das Auftreten der Pest in
dieser Stadt und in Barcelona, wo er sich hätte einschiffen müssen, zwang ihn
einen anderen Hafen zu suchen, um dann von dort die Seereise zu unternehmen.*

*Ungeachtet der Aufschübe zögerte der Papst nicht, sein Amt von fern
durch seinen vertrauten Boten Johannes Winkler auszuüben. In Erwartung
seiner Ankunft durften die Kardinäle auf keinen Fall die vakanten Benefizien verkaufen, vergeben oder verpfänden, da sie alle zu seiner eigenen Verfügung bleiben sollten. Die neuen Regeln, die von der apostolischen Kanzlei auf
seinen Befehl hin veröffentlicht wurden, enthielten verschiedene Einschränkungen, welche sich auf die Privilegien der Kardinäle bezogen. Insbesondere
wurden – außer in Fällen dringender Notwendigkeit – die von seinen Vor-
gängern gewährten Vollmachten zur Ernennung, Reservierung oder Empfehlung abgeschafft und für die Monate der Sedisvakanz der Verkauf kuria-*

ler Ämter und die damit verbundenen Konzessionen seitens des Kardinalskollegiums ganz allgemein verboten. Eine Reihe anderer, kleinerer Einschränkungen, von Johannes Winkler im Namen des Papstes diktiert, wurden durch die Organe der Kanzlei bekanntgegeben und gaben Anlaß zu bitteren Kommentaren und nicht unerheblichem Unbehagen seitens der in Rom residierenden Purpurträger. Diese beklagten sich, daß der Papst sich von Gott eingesetzt wähnte, während er doch von ihnen, den Kardinälen, gewählt worden war.

In den ersten Junitagen endlich teilte der Papst dem Kardinalskollegium mit, daß die praktischen Hindernisse überwunden wären, und er sich nun anschickte, die Reise zu unternehmen. »Habemus parata omnia, que ad navigationem nostram necessaria sunt et intra paucos dies, adiuvante Domino, velificaturi sumus«, schrieb er in hastigem aber klarem Latein – daß alles zur Reise Notwendige mit Gottes Hilfe vorbereitet sei und innerhalb weniger Tage die Segel gehißt werden würden.

Ungeachtet der großen Hitze begab sich der Papst am 8. Juli an Bord der Galeere, die mit einem wappengeschmückten Sonnensegel aus karminrotem Samt geschmückt war und im Hafen von Ampolla in der Nähe von Tortosa vor Anker lag. Die Einschiffung geschah so plötzlich, daß das Gefolge nur vereinzelt eintraf und erst in später Nacht vollständig war. Aber wegen eines ungünstigen Windes wurde es erst am 10. Juli möglich, den Anker in Richtung Tarragona zu lichten. Dann gab es eine weitere Verspätung, weil noch nicht alle Schiffe zur Abfahrt bereit waren. Erst am Abend des 5. August stach die Flotte endlich in See – ohne vorherige Ankündigung, da die Zeit der Abfahrt vorsichtshalber geheimgehalten wurde.

Zweitausend Soldaten hatte man für die Schiffe angeheuert, welche die päpstliche Galeere eskortierten. Mit Hadrian VI. zusammen reisten der Kardinal Cesarini, Repräsentant des Heiligen Kollegiums, und Lope Hurtado de Mendoza in Vertretung von Kaiser Karl V., mit dem der Papst ein Treffen vermieden hatte, um das er gebeten worden war, wobei er die große Hitze zum Vorwand nahm, die sie beide ermüdet hätte, aber auch die Absicht, seine schon mehrfach verschobene Abreise nach Rom nicht noch weiter zu verzögern.

Der Priester und die Hure

Palmira wohnte in einem kleinen Zimmer voller Löcher und Ritzen, am »Weißen Brunnen«, einem Ort von schlechtem Ruf, aber vorteilhaft nahe bei den Straßen der Finanz, denn gleich dahinter, im Bezirk der Banken, hatten die florentinischen und genuesischen Geldwechsler ihre Büros, wo ein reger Handel mit Dukaten Florinen Karlinen Julinen und Bajokken stattfand. In den Kellern dieses Viertels arbeiteten in größter Heimlichkeit die Tonsoren, die an Gold- und Silbermünzen feilten und den Galgen riskierten. Aber Palmira verachtete die bleichen Kellerscherer.

»Lieber ein Räuber als ein Geldkratzer«, sagte sie zu ihren Freundinnen, die sie ab und zu einluden, mit ihnen in die heimlichen Abgründe der Münztonsur hinabzusteigen.

Mit der feinen Welt der Finanz hatte Palmira kein Glück gehabt. Dann und wann wurde sie zu irgendeinem nächtlichen Spaziergang aufgefordert, aber sie hatte nie einen gutsituierten und leidlich wohlgestalteten Beschützer gefunden, wie sie ihn sich wünschte und mußte mit einem alten Notar aus Siena Vorlieb nehmen, der für ihre fordernde und phantasievolle Schönheit zu engstirnig war. Palmira wollte gern des Nachts im Licht einer Kerze spazierengehen, in der heißen Tageszeit in den Tiber springen oder barfuß durch die Straße der Banken laufen, und eines Tages war sie, auf einem Maultier reitend, zu einer Verabredung mit dem alten Notar erschienen und hatte von ihm verlangt, daß er gleichfalls aufsitzen solle. Der Unglückliche hatte ihren plötzlichen Anwandlungen nicht folgen können und hatte es schließlich vorgezogen, auf sie zu verzichten.

Nach dem sienesischen Notar traf Palmira einen jungen Devisenhändler im Dienst der Bankiers Altoviti – einen jungen Strubbelkopf mit trüben Aussichten, aber mit Wucher und Geldwechselei bereits wohlvertraut. Er hätte sie gern zu sich genommen, um mit ihr zu leben, aber beide schlugen sich mit einem symmetrischen Leiden herum, das ihnen schon in den ersten Tagen peinliche Momente verschaffte. Da sie beide ein wenig hinkten, zeitigte das gemeinsame Gehen auf der Straße eine so unstimmige Wirkung, daß es die Aufmerksamkeit der Passanten erregte, oder noch schlimmer, den lärmenden Hohn der Straßenjungen und die spöttischen Blicke ihrer Bekannten.

Eines Abends schließlich wurde Palmira zu einem Maskenball in dem großartigen und strengen Palast beordert, den der Kardinal Riario nahe dem Campo de' Fiori errichtet hatte, wobei er für seinen Bau die großen Steine des Kolosseums verwendet hatte, die seine Arbeiter in der Umgebung aufgelesen hatten. Hinter diesen strengen Mauern aus antikem Travertin wurden sämtliche Todsünden und ein ganzes Repertoire von unaussprechlichen Lastern begangen – so munkelte man ohne Gewähr, denn nur wenige gehörten zu den Privilegierten, die zu diesen Versammlungen zugelassen wurden. Bei den Festen und Banketten – nackt oder verkleidet – war der Kreis der Eingeladenen wesentlich generöser. Hier hatte Palmira den ganz und gar schwarz, aber mit rotem Schwanz und Hörnern als Teufel verkleideten Kardinal Cosimo Rolando della Torre getroffen.

Palmiras Gesicht war hinter einer Maske versteckt, die ihre eigenen Züge wiedergab. Sie trug eine Perücke mit sehr langen schwarzen Haaren, wie Maria Magdalena, und ein Kleid aus lauter Rissen und Flicken, das da und dort ein Stück helle und schimmernde Haut durchscheinen ließ. Sie hatten einander wiedererkannt, als sie sich durch ihre Masken in die Augen sahen.

»Mein Gott, du bist Kardinal geworden« hatte Palmira ausgerufen, als sie den Purpur unter dem schwarzen Umhang sah, »und du hast dich als Teufel verkleidet.«

»Kardinal reimt sich auf Karneval, und deshalb ist jeder Scherz erlaubt. Aber was für ein unglaublicher Zufall für einen Teufel, der heiligen Sünderin Maria Magdalena zu begegnen!«

Der Teufel und Maria Magdalena hatten die ganze Nacht miteinander getanzt, und beim Morgengrauen hatte der Teufel die schöne Hinkende in seiner Kardinalskutsche entführt und in sein früheres Haus in der Via Monte della Farina gebracht.

Sie hatten sich stürmisch geliebt, ganz wie eine Heilige und ein Teufel. Schließlich hatte Palmira ihn eine Menge Sachen gefragt, wieviele Sünden er wohl begangen habe, seit sie sich vor allzu langen Jahren kennengelernt hatten – welche Lieben und was für Abenteuer – und sie wollte auch gern erfahren, wie man Kardinal wird.

»Weißt du noch, wie du die Kardinäle verachtet hast?«

Er solle ihr doch bitte von seinem Leben erzählen, aber nicht vollgestopft mit abstrusen Gedanken. Einfach das nackte Leben.

»Und du, hast du ein Leben zu erzählen?« hatte Kardinal Cosimo Rolando gefragt. »Vielleicht willst du beginnen? Frauen reden doch immer gern.«

Sie hatte zu weinen angefangen, es gab wirklich nichts zu erzählen, jedenfalls nichts Gutes.

»Ich möchte die Vergangenheit vergessen, und nicht mehr daran denken.«

»Die Vergangenheit hört nie auf«, sagte Cosimo Rolando.

»Ich weiß nicht, was du damit meinst, aber ich finde nicht, daß du recht hast.«

»Dann erzähle ich dir eben etwas aus meinem Leben, und in meiner Erzählung kommst auch du vor, denn was immer geschehen mag und wohin deine und meine Gefühle auch gehen werden, so kann nichts die Erinnerungen löschen, die sich meinem

Gehirn für immer eingeprägt haben. Denken verwirrt die Gedanken, aber Erzählen klärt sie.«

Und so hatte Cosimo Rolando della Torre, der nackte Kardinal, der verliebte Teufelskardinal, Palmira die ganze Nacht hindurch seine Geschichte erzählt, und wenn er sie und sich selbst erwähnte, dann sprach er wie von einem Fremden zu einer Fremden.

Cosimo Rolando hatte als junger Mann die schwarze Kutte der Römischen Kirche angelegt, aber er hatte sich nicht damit begnügt, ein einfacher Diener Gottes zu werden wie seine mitberufenen Gefährten. Wenn man einen Weg für sich wählt, dann muß man ihn bis zum Ende gehen, und zwar im Laufschritt, so man den Gipfel erreichen will. Er wollte Heiliger werden. In seinen Träumen sah er bereits sein Bild auf den Altären, und Scharen von Gläubigen davor, die Kerzen anzündeten und sich seiner Gabe eines himmlischen Wunderheilers empfahlen. Doch insgeheim wünschte er sich, die Wunder schon bei Lebzeiten zu wirken.

Bereits etliche Male hatte der junge Priester Kranke jeder Art besucht, hatte seine Hände auf die Augenlider armer Blinder gelegt, in der Hoffnung, ihnen die Sicht wiederzugeben, hatte Verkrüppelte bei der Hand genommen, hoffend, daß sie sich aufrichten würden, hatte Stummen in den Mund geatmet, auf daß sie sprächen. Jedesmal war er zuversichtlich gewesen, daß seine Berührung diesen Unglücklichen Heilung bringen würde. Ein ganz kleiner Fall von Heilung hätte ihm genügt, ein winziges Zeichen der Gewogenheit Gottes. Nichts, es schien wirklich, als wäre Gott in keiner Weise geneigt, seinen Wunsch zu erhören. Cosimo Rolando begann ungeduldig zu werden. Was hätte es Gott schon gekostet, ihm ein Wunder zu gewähren, auch nur ein ganz kleines – eine plötzliche Heilung, ganz gleich von welchem Gebrechen? Aber der Himmel blieb gegenüber seinen Wünschen immer grauenhaft taub.

Eines Tages hatte Cosimo Rolando sich dabei ertappt, leise Flüche wider das Pech auszustoßen, das ihn in seinem Ehrgeiz verfolgte. In seiner Hartnäckigkeit und seiner vergeblichen Verzweiflung hatte er indessen gemerkt, daß diese Flüche ihm Erleichterung verschafften und sein Gemüt von der Qual des Scheiterns befreiten. Bei allem Wirrwarr jener Tage des Grolls und des Zorns hatte er auf den Ruhm der Heiligkeit noch nicht gänzlich verzichtet. Wie aber konnte ein fluchender Priester auf die himmlische Heiligkeit oder Seligkeit hoffen? Wie war er nur in diesen furchtbaren Widerspruch geraten? Er sagte sich, daß auch Heilige sündigen können, und daß vielleicht gerade die Sünde der beste Weg war, um zur Heiligkeit zu gelangen. Aber jeder Fluch ist auch eine Lästerung Gottes, der sich gewiß darüber grämt. Die Flüche kommen mit Geknatter im Himmel an, wecken Gott aus seinem langen Schlummern und erregen seinen Zorn. Oder sein Erbarmen?

Dies waren die wirren Gedanken des Cosimo Rolando della Torre, der durch die Vermittlung seiner Familie bereits zum Domkantor in Florenz und zum Diakon in Pontassieve ernannt worden war. Er fragte sich, der unglückliche Cosimo Rolando, wie er diese Gedanken mit dem Amt in Einklang bringen konnte, das er im Dienst der Heiligen Römischen Kirche ausüben würde. Und der Glaube? Müßte der Glaube nicht eine Flamme sein, welche die religiöse Berufung beseelt? Das hatte er in den Büchern gelesen und das hatte man ihn in der Schule gelehrt. Er sagte sich, daß ihm Glaube ad abundantiam geschenkt worden war, aber daß er seinem Ehrgeiz vielleicht einen zu hohen Platz eingeräumt hatte. Cosimo begann seine Ziele tiefer zu stecken und akzeptierte mit einer Fröhlichkeit, die ihn selbst erstaunte, die Hilfe seines Vaters, der ihm die ersten einträglichen Benefizien verschaffte.

Seit jener Zeit war er mehrmals mit dem Kardinal Ottoboni, einem flinken und abgefeimten Pfründenjäger aneinandergeraten. Der Glaube wurde dann zurückgestellt, nicht verleugnet, aber vergessen wie eine allzu sperrige und beschwerliche Bürde. Ja gewiß, Gott war dort oben, ganz hoch im Himmel, aber genauso wie er damals seinen Wunsch nach Heiligkeit nicht erhört hatte, widersetzte er sich jetzt nicht seiner Anhäufung von Benefizien, die nur durch einen einzigen Rivalen behindert wurde, der geschickter und schlauer war als er.

Kaum hatte Cosimo Rolando einen würdigen kleinen Palazzo in der Via Monte della Farina bezogen und mit großer Anstrengung versucht, sich in dem wirren Dickicht der römischen Hierarchien zurechtzufinden, merkte er, daß er Mühe hatte, seine eigenen Horizonte – »in spiritualibus« aber vor allem »in temporalibus« – mit den aus den Ländern des Nordens nach Rom kommenden Prälaten – französischen deutschen polnischen englischen flämischen zu erweitern, deren schwierige Sprachen er nicht verstand. Er war nicht begabt für das Studium fremder Sprachen, und hatte deshalb beschlossen – zum Gebrauch bei der gesellschaftlichen Konversation und für die häuslichen und kirchlichen Geschäfte – sein Latein zu verbessern.

An einem Nachmittag erstickender Hitze, nach einem Platzregen der eine gelbe Schicht afrikanischen Staubs auf den Straßen und Dingen hinterlassen hatte, ging Cosimo Rolando in den Weingärten spazieren, die sich am Tiber entlangzogen und führte dabei lateinische Gespräche mit sich selbst – Fragen und Antworten, Monologe, Anekdoten, polemische Wortgefechte, Religion und Geschäfte, Abschnitte über weltliche Weisheit von Seneca und Mark Aurel. Die untergehende Sonne überzog die Trauben mit einem schönen transparenten Gold, und verlieh auch den Blättern, die bereits begannen, sich herbstlich rot zu färben, einen besonderen Glanz. Auf dem mit den Schatten der jungen Reben bestickten Boden ließ die feuchte, über dem Fluß stagnierende Luft die Schritte Cosimo Rolandos immer schwerer werden, während er weiterhin seine weltlichen Reden abhaspelte. Nach

einer zermürbenden Diatribe über die Mißstände im Kirchenstaat hatte er sich auf eine Diskussion mit einem imaginären Gesprächspartner über die fünfundneunzig Thesen Luthers einge-
lassen, dessen Stimme der Auflehnung schon über die Grenzen
der deutschen Lande hinausgedrungen war und das schwierige
Lehramt der Römischen Kirche in Verwirrung gestürzt hatte.

An einem bestimmten Punkt seines Spaziergangs fand Cosimo Rolando sich in einem Weingarten wieder – umgeben von
einem hohen Lattenzaun und ohne Ausgang, außer über einen
kleinen Wassergraben, der als Grenze diente. Die warmen und
prächtigen Farben der Welt hatten seine Seele auf Müdigkeit und
Melancholie eingestimmt, und eine seltsame irdische Wehmut
hatte ihn bewogen, sich in den Schatten eines Lattenzauns zu
setzen, wo er sich vielleicht zum ersten Mal im Leben das Vergnügen gönnte, die Natur aus der Nähe zu betrachten, die er in
den fiebrigen Jahren der ersehnten Heiligkeit, der Enttäuschung
und schließlich des Wettlaufs um die irdischen Güter vernachläs-
sigt hatte. Was sich jetzt seinen Augen darbot – die triumphie-
rende Natur der Fruchtbarkeit – war das Werk eines zerstreuten
und egoistischen Gottes, der ihn in seinem heiligen Ehrgeiz gedemütigt hatte. Aber war er nicht selbst ein Teil der Natur? War
nicht auch er ein Werk von Gottes Hand? Cosimo Rolando ließ
davon ab, das zähflüssige Latein vor sich hin zu murmeln, das
ihm sein analytischer Eigensinn auferlegt hatte, und war im Begriff einzuschlummern, wie um die Schönheit der Werke Gottes
trotzig zu verleugnen, als er etwas vernahm – ein Weinen, ein
kindliches Jammern, ein Zeichen menschlicher Präsenz. Er
stand auf, überquerte den Graben, und lenkte seine Schritte in
die Richtung der leisen Stimme.

Cosimo Rolando hatte sich dabei ertappt, zum ersten Mal in
seinem Leben die Schönheit der Natur zu bewundern, und jetzt
mußte er sich noch einmal einer neuen Schönheit aussetzen. Jahrelang hatte er vergessen, daß es die Frauen gibt, und nun fand er
hier, hingekauert in den Schatten einer Rebe, ein Mädchen mit

langen roten Haaren, die sein Gesicht verdeckten, geschüttelt von Schluchzern, mit um die Knie gefalteten Händen. Er sagte sich, daß Gott und die Heiligen im Himmel diese Begegnung gewiß vorgesehen hätten, und daß es deshalb seine Pflicht sei, der Unglücklichen zu helfen.

Ein Gefühl der Sehnsucht zog ihm durch Leib und Seele, ganz wie die Sehnsüchte, die ihn in seinen Jugendjahren beunruhigt hatten, als er noch hoffte, sich durch eine Wundertat den Ruhm der Heiligkeit zu erwerben. Cosimo Rolando kniete sich neben das weinende Mädchen und vergaß auf der Stelle die mühsamen lateinischen Satzgefüge, die ihn während seines Spaziergangs beschäftigt hatten. Er streifte die langen Haare von ihrem sommersprossigen Gesicht und sah in den tränengeröteten Augen ein Licht, das ihm das Herz mit Bestürzung und Glück erfüllte. Während sie weinte, lächelten ihre Augen ihm zu. Auch dies war ein Wunder der Natur, und in der Tiefe seines Herzens dankte er dem Allmächtigen für diese unerwartete Gnade, die er ihm schenkte.

Dies – nicht die Glorie der Altäre – war das Inbild des Wunschs nach Glück in Harmonie mit dem Glück der Natur: der Sonne, den reifen Trauben des Gartens, den reglosen Blättern im vibrierenden Sonnenlicht. Er nahm ihre Hand, um ihr auf die Füße zu helfen. Das Mädchen stand auf, sah ihm in die Augen und lächelte ihm zu, während auf ihrem Gesicht noch die Tränenspuren glänzten. Dann sah sie ihn nochmals voller Dankbarkeit an, ging ganz nah zu ihm hin und legte ihre Lippen auf die seinen. Sie küßten sich stehend, in der Sonne, während ihre Schatten sich im Wasser des Flusses spiegelten.

Sie gingen am Tiber entlang, auf den Wegen, die sich durch die Weingärten ziehen, in Richtung Engelsbrücke. Ihre langen Schatten eilten über den Boden, kletterten auf die Bäume, spielten zwischen den wilden Trauerweiden zitterten über die Oberfläche des Wassers. Cosimo Rolando zeigte dem Mädchen die beiden nah beieinanderliegenden Schatten und umarmte sie wieder, und auch die Schatten umarmten sich, er faßte sie bei der Hand, und auch die Schatten faßten sich bei der Hand. Sie gingen immer weiter bis zur Brücke, und ihre Schatten liefen ihnen auf ihrem ganzen verliebten Weg voraus. Nein, dieser Kuß konnte keine Sünde sein. Kann die Liebe zwischen zwei Geschöpfen Gottes eine Sünde sein?

Auf dem Weg zu seinem Haus bemerkte Cosimo Rolando, daß das Mädchen ein wenig hinkte.

»Tut dir ein Fuß weh?«

»Nein, ich hinke.«

Cosimo Rolando lächelte befangen.

»Kann ich dir helfen?«

»Nur wenn du Wunder wirken kannst, anders wirst du mich nicht zurechtbiegen können. Ich hinke einfach, weiter nichts.«

Als er von Wundern reden hörte, zog ein Schauer durch Cosimo Rolandos Gedächtnis. Aber er faßte sich gleich wieder.

»Warum hast du geweint?«

»Na weil ich hinke! Ich war verzweifelt, das passiert mir manchmal, aber jetzt bin ich's schon ein bißchen weniger.«

Sie stiegen langsam das Tiberufer hinauf, gingen über die Engelsbrücke, liefen schweigend durch die Bankenstraße und überquerten dann das Forum der Ölhändler.

»Wohin gehn wir?« fragte das Mädchen.

»Wohin du willst, die Welt ist groß.«

»Bringst du mich zu dir nach Hause?«

»Wie hast du das erraten?«

Das Mädchen lachte.

»Vorhin hab' ich geweint, und jetzt lach' ich.«

»Das ist doch gut.«

»Hast du denn nicht begriffen, daß ich ein Gespenst bin? Du kannst doch kein Gespenst mit nach Hause nehmen.«

Cosimo Rolando sah sie verwundert an.

»Dann werde ich mich eben in ein Gespenst verlieben. Alles kann geschehen unter diesem Himmel.«

»Du bist ein Priester. Wie kann da sowas überhaupt geschehen?«

»Jesus hat die Liebe gepredigt.«

»Was hat Jesus nicht alles gesagt! Er hat auch gesagt, geht in die Welt hinaus und mehret euch. Das hat er gesagt, aber ich will meine Traurigkeit nicht noch mehren.«

Cosimo Rolando lächelte kaum merklich. Sie waren vor seinem kleinen Palast in der Via Monte Farina angelangt. Der Bruder Pförtner machte eine Verneigung und die beiden gingen hinein und stiegen langsam die Treppe hinauf. In der angenehm kühlen Luft des durch dicke Steinmauern geschützten Gebäudes fand Cosimo Rolando, der von dem so bewegenden Spaziergang recht ermattet war, seine Kräfte wieder. In seinem Arbeitszimmer blieben sie an einem Fenster stehen, um den Himmel über der Engelsburg zu betrachten, der ganz rot war, so daß auch sie von dem flammenden Lichtschein gerötet wurden.

»So rot siehst du aus wie ein Teufel«, sagte das Mädchen.

»Aber nein, ich bin doch ein Priester.«

»Du müßtest dein Priestergewand ausziehen. Jetzt bist du ein Priester, aber ohne das Priestergewand bist du ein Mann. Wenn ein Mann nackt ist, dann weiß man nicht mehr, ob er ein Priester ist oder ein Soldat oder ein Kaufmann, und ob er reich oder arm ist. Er ist ein Mann und Schluß.«

Cosimo Rolando sah sie ratlos an.

»Ich will dich nackt sehen.«

»Wie soll ich mich ausziehen, wenn ich noch nicht einmal weiß, wie du heißt?«

»Ich heiße Palmira.«

Cosimo Rolando wußte nicht, was tun. Er stand einfach da, verlegen und ohne Worte.

Das Mädchen fand gleich einen Weg, um ihn aus seiner Verlegenheit zu befreien. Sie begann sich zu entkleiden.

»Gibt's hier kein Zimmer mit einem Bett?«

Cosimo Rolando nahm sie bei der Hand und führte sie in sein Schlafzimmer.

»Warum hast du gesagt, daß du ein Gespenst bist?«

»Nur so, zum Spaß. Ein geiler Kantor von San Salvatore in Lauro hat mir das gesagt. Er wollte, daß ich hinterm Altar die Ziege für ihn mache, und da ich hab' ich gesagt, daß ich für solche Spiele nicht zu haben bin. Wenn er den Bock machen wolle, dann solle er sich eine andere suchen. Da hat er mir gesagt, ich wäre ein Gespenst, und ich hab' ihm das geglaubt.«

»Man sollte die geilen Kantoren bestrafen, die die Mädchen mit ihren Phantasien verwechseln. Man sollte die Kantoren, die Astrologen und die Poeten bestrafen. Sie sind nutzlose und arrogante Wesen. Wahrscheinlich sind auch die Heiligen nutzlos.«

»Heilige kenne ich keine, heilig wird man nur, wenn man tot ist. Stell dir mal diese Teufelei vor: ein Heiliger weiß nicht, daß er einer ist, und kann seine Heiligkeit überhaupt nicht genießen. Der Papst weiß wenigstens, daß er Papst ist und freut sich darüber. Ein Kardinal auch, aber der freut sich vielleicht ein bißchen weniger als ein Papst.«

»Ich glaube, daß das Leben der Kardinäle voll blauem Dunst und Eitelkeit ist. Aber vielleicht sind gerade der Dunst und die Eitelkeit die Mitte im Leben eines Kardinals.«

»Was für ein Dunst? Heute scheint doch die Sonne«, sagte das Mädchen.

»Die Sonne ist draußen am Himmel, aber in den Köpfen der Kardinäle ist eine Menge Dunst.«

»Warum sagst du das?«

»Weil das Leben in Rom erst durch die Kardinäle so schwierig geworden ist. Mit ihren Privilegien und ihrer Arroganz schaffen sie viel Verwirrung unter dem Himmel.«

»Du verachtest die Kardinäle, aber ich habe gehört, daß an allem, was in Rom passiert, der Papst schuld ist.«

»Wer sagt das?«

»Alle sagen das.«

»Der Papst vertritt Gott auf Erden, und auch wenn er Leo heißt, also Löwe, ist er schwach und krank und von Schulden erdrückt. Gott kümmert sich mehr um den Himmel als um die Erde, und er hat viel zu tun.«

»Und deshalb ist Rom ein großes Bordell. Aber vielleicht gefällt ihm das so.«

»Ich weiß nicht, ob Bordell das richtige Wort ist. Du bist sehr jung und es gibt viele Dinge, die du nicht verstehen kannst.«

»Ich bin jung und ein bißchen Hure. Ich verstehe vieles, wie alle Huren.«

Cosimo Rolando war verblüfft, aber seine Seele lächelte.

»Die Liebe ist ein Geschenk Gottes an die gesamte erschaffene Welt – auch die käufliche Liebe. In der Bibel kann man lesen, daß der Prophet Hosea, nach einer Eingebung Gottes, eine Prostituierte geheiratet hat.«

»Gott hat ihm wirklich geraten, eine Hure zu heiraten? Ist er verrückt?«

»So heißt es in der Bibel.«

»Der Arme. Und wie ist es weitergegangen?«

»Hosea hatte gehofft, sie zu erlösen und dachte, daß die Heirat mit einem reinen Mann wie ihm sie dazu bekehren würde, ihr Leben zu ändern. Stattdessen hat sie weitergemacht als Prostituierte, und er hat sie verlassen.«

»Dann hat Gott ihm eben einen dummen Rat gegeben. Aber hast du nicht gesagt, daß Hosea ein Prophet war?«

»Hosea war ein Prophet.«

»Und wieso wußte er nicht, was ihm passieren würde?«

»Propheten sehen nur in die ferne Zukunft.«

»Ist diese Geschichte nun schon geschehen, oder wird sie noch geschehen?«

»Vielleicht wird sie wieder geschehen.«

»Kann sie auch uns geschehen?« fragte Palmira.

»Ich bin kein Prophet.«

»Aber ich bin ein bißchen Hure, so wie die Frau vom Hosea.«

»Das ist eine Geschichte aus der Bibel. Da kommen wir nicht vor.«

»Um so besser.«

»Du hast mich nicht zu Ende erzählen lassen. Eines schönen Tages merkte Hosea, daß er nicht ohne sie leben konnte, und holte sie zurück und brachte sie in die Wüste. Da würde sie keine anderen Liebhaber finden. Und tatsächlich, in der Wüste lebten sie glücklich und zufrieden.«

»Ich will aber nicht in die Wüste.«

»Auch ich habe keine Berufung für die Wüste.«

»Wir bleiben doch in Rom?«

»Ja, aber ich kann dich nicht heiraten. Hosea war ein freier Mann, ich nicht. Die Kardinäle können sich alles erlauben, ich aber kann mir nur ab und zu eine Sünde gönnen.«

»Du bist ein Priester. Wir können nicht heiraten, aber wir können miteinander ins Bett gehn.«

Das doppelte Gesicht

Es geschah in den Tagen nach dem Maskenball im Palast des Kardinals Riario und nach der langen Erzählung, die ihnen ihre erste Begegnung ins Gedächtnis zurückrief, daß Cosimo Rolando von Palmira die Bestätigung eines beunruhigenden Verdachts erhielt, den er seit Jahren zu verbergen versuchte – sogar vor sich selbst.

»Weißt du eigentlich, daß du ein seltsames Gesicht hast?« fragte die junge Frau ihn eines Morgens, noch benommen vom Schlaf und von den Liebesspielen der Nacht.

»Manche sagen, ich hätte ein Ohrfeigengesicht. Kennst du den Ausdruck?«

»Nein nein, ich meine etwas anderes.«

Palmira faßte ihn am Kinn und drehte es zuerst nach einer, dann nach der anderen Seite, zwei- oder dreimal.

»Der Bart verbirgt dich ein bißchen, aber man könnte meinen, daß du auf einer Seite einen bestimmten Ausdruck hast, und auf der anderen ist er ein bißchen anders. Als wären da zwei Personen.«

»Männer sind schrecklich – und zweideutig.«

»Du bist nur auf dieser Seite schrecklich«, sagte sie und deutete auf die linke Seite seines Gesichts.

Cosimo Rolando zwang sich zu einem Lächeln. Aber Palmira schien es, als lächle er nur auf einer Seite.

»Was für eine seltsame Sache.«

»Wieso?«

»Es scheint, als würdest du nur auf einer Seite lächeln. Hast du das noch nie bemerkt? Als wäre dein Gesicht in zwei Hälften geteilt.«

»Die Regeln des Zusammenlebens und der guten Erziehung sind eine pompöse Nichtigkeit, in die wir uns mehr oder weniger fügen. Ich füge mich nur zur Hälfte. Das könnte eine Erklärung sein.«

»Dann wußtest du es also.«

»Niemand hat es mir je gesagt. Wahrscheinlich ist es nur ein Gefühl von dir oder von mir.«

»Frauen sind schrecklich, sie merken alles«, sagte Palmira, »und eine verliebte Frau ist noch viel schrecklicher.«

Cosimo Rolando drückte sie an sich, um sie zum Schweigen zu bringen.

»Auch der Bart verbirgt meiner Ansicht nach die Gedanken«, sagte Palmira, während der Kardinal sie noch im Arm hielt. »Schon als ich dich kennenlernte, ist es mir schwergefallen, deine Gedanken hinter diesem ganzen Fell zu erraten. Worte und Haare geraten mir durcheinander.«

»Und wenn ich dir sage, daß auch ich manchmal Mühe habe zu verstehen, was ich denke? Ich muß mich konzentrieren, um zu begreifen, in welche Richtung meine Gedanken gehen.«

Palmira befreite sich aus der Umarmung.

»Weißt du, daß ich dich von dieser Seite aus fast nicht wiedererkenne?«

»Und von der anderen Seite?«

»Von der anderen Seite gefällst du mir, und da hab ich dich lieb.«

»Dann hast du mich also nur zur Hälfte lieb. Auch du bist ein wenig gut und ein wenig böse.«

»Ja, aber man sieht es nicht.«

»Wir alle sind zweigeteilt. In der Welt gibt es Gott und gibt es den Teufel, und für diejenigen, die an diese Wesenheiten nicht glauben, gibt es – nennen wir es das Gute und das Böse, und das ist allenthalben verbreitet und verstreut.«

»Du bist also nicht beunruhigt?«

»Warum sollte ich es sein? Das ist so allgemein, diese Doppe-

73

lung, daß es niemand merkt oder alle so tun, als ob sie es nicht merkten, und das ist dasselbe.«

Palmira ging zu einem großen Spiegel an der Wand.

»Bist du eitel? Was suchst du in diesem Spiegel? Es gibt Leute, die würden ihr Leben vor einem Spiegel verbringen. Frauen, Männer und Priester.«

»Priester sind für dich keine Männer?«

»Jedenfalls nicht alle.«

»Die Spiegel dienen nur dazu, den äußeren Schein zu prüfen – die sogenannten guten Manieren, die uns die Verstellung lehren und uns im Leben leben helfen. Der Markt des äußeren Scheins, oder, wenn du so willst, der guten Manieren, kennt keinen Preisverfall. Eine Geste, ein Wort, ein Lächeln sind Münzen, die ihren Wert nicht verlieren, denn sie helfen uns, unsere tägliche Komödie zu spielen.«

»Du bringst mich ganz durcheinander mit diesen Reden; ich habe Mühe dir zu folgen, wenn du sprichst.«

»In diesem Moment bist du mein Spiegel. Das Bild, das du mir zurückwirfst, entspricht meinen Gefühlen und gehört deshalb zu meinem Leben und nicht zum äußeren Schein.«

»Das Leben, der Schein. Ich verstehe nicht, wozu diese Unterschiede dienen, aber ich erinnere mich, daß du schon wie ein Kardinal ausgesehen hast, als du noch keiner warst. Ist das der äußere Schein? Du bist gewitzt und verstehst so vieles.«

»Gewitzt? Hast du gesagt, ich sei gewitzt?«

»Bist du etwa gekränkt? Das ist ein großes Kompliment, weißt du das? Wenn einer Kardinal wird, dann ist er notgedrungen gewitzt. Und der Papst ist für mich besonders gewitzt.«

»Ich bin vielleicht gewitzt«, sagte Cosimo Rolando, »aber mit dir bin ich immer ehrlich, ich hoffe, das hast du verstanden.«

»Vielleicht fällt es mir deshalb oft so schwer, die Dinge zu verstehen: ich bin an Ehrlichkeit nicht gewöhnt.«

Der Kardinal senkte den Blick, um ihr etwas anzuvertrauen, das zugleich ein Geständnis war.

»Es gibt immer eine Hälfte bei uns, die wir verbergen möchten.«

»Ich möchte nichts verbergen.«

»Wenn du in diesem Haus mit mir leben willst, dann wirst du dich daran gewöhnen müssen, sogar mehr als die Hälfte deiner selbst zu verbergen.«

Cosimo Rolando hatte keine Angst, Anstoß zu erregen, als er die schöne Prostituierte mit dem sommersprossigen Gesicht und den roten Haaren in sein Haus nahm, damit sie bei ihm lebte. Nach und nach gewann Palmira Sicherheit, und scherzte mit den hohen Prälaten, die Cosimo Rolandos Tafel frequentierten. Sie warf ihnen schelmische Blicke zu, drängte sich vor den Augen ihres toleranten Beschützers an die Gäste, und zeigte ihnen ihre Beine und ihre Brüste, die aus dem Leibchen, dessen Bänder listig gelockert worden waren, unerwartet herausrutschten. Die strengen Prälaten von jenseits der Alpen und die Herren der Kurie waren bei solchem Anblick sprachlos, aber sie kehrten gern wieder in das Haus zurück, wo sie die Visionen eines irdischen Paradieses genießen konnten. Cosimo Rolando, anfänglich bestürzt, fand sich mit diesen plötzlichen Exhibitionen ab, als er merkte, daß sie seinen Gästen gefielen.

Palmira hatte die Führung des Haushalts übernommen. Gemeinsam mit dem Zeremonienmeister der familia empfing sie die Gäste, und bot ihnen Likörweine aus Sizilien an, sowie Süßigkeiten und kandierte Früchte, die sie selbst in den Küchen des Hauses zubereitet hatte. Sie war Herrin des Hauses, Kurtisane, Konkubine und Respektsperson. Cosimo Rolando war stolz auf sie, auch wenn er immer noch fürchtete, daß ihre Exhibitionen die Gefühle seiner Gäste verletzen könnten. Aber das geschah nie.

Dann war jene päpstliche Bulle gekommen mit dem Befehl, daß es in Zukunft bei Strafe der Exkommunikation kein Kleriker mehr wagen dürfe, eine Konkubine im Haus zu halten. So sah sich Cosimo Rolando gezwungen, die schöne Palmira vor einem päpstlichen Notar mit der rituellen Formel zu entlassen. Er mußte erklären – so wollte es das Gesetz – daß er sich von ihr trennen würde. »Facias et vadas libere pro factis tuis«, sagte Cosimo Rolando vor dem Notar zu Palmira, geh deiner Wege »et ex nunc ulterius mecum facere non habeas«, und von nun an hast du nichts mehr mit mir zu tun. Dasselbe mußte dann auch Palmira erklären, die mit Tränen in den Augen mühsam das unerbittliche Kanzleilatein wiederholte, nachdem sie die vom Papst gewollte Trennung als unabwendbar angenommen hatte. Die Trennung und die Kränkung. Seit jenem Tag blieb sie verschwunden – ward nicht mehr gesehen noch gehört – so als hätte sie sich in Luft aufgelöst. Cosimo Rolando ließ sie überall suchen, in der Stadt und außerhalb, in den Häusern des Ortaccio, beim Weißen Brunnen, in den Gäßchen bei der Locanda del Fico, in den Bordellen und Badehäusern, aber ohne Erfolg.

Lange Jahre waren vergangen. Palmiras Verschwinden hatte sie nicht aus Cosimo Rolandos Gedächtnis gelöscht. Die flüchtigen Besuche der Kurtisanen aus dem Borgo, die sich den Priestern der Römischen Kurie mit gebührender Diskretion zur Verfügung stellten, vermochten es nie, seine Einsamkeit zu lindern.

Als Palmira nach Rom zurückgekehrt war – nach ihrem freiwilligen Exil in Fondi, wohin sie zu ihrer Schwester geflüchtet war, um in den Gemüse- und Weingärten zu arbeiten – hatte Cosimo Rolando vergeblich versucht, sie für ein paar Nächte in sein Haus zu holen. Palmira wollte nicht ein Verhältnis mit ihm haben wie irgendeine Gelegenheitsdirne. Entweder Konkubine oder nichts. Und so hatte für sie das Straßenleben wieder begonnen mit den Zufallskunden – Pilgern, Ausländern, durchreisenden Priestern. Sie wollte, so hatte sie ihn wissen lassen, sich die einzige Liebe ihres Lebens, dieses Geschenk der Sterne, nicht verderben. Diese Worte und die Entschlossenheit hatte Cosimo Rolandos Gefühle neu entfacht und seine Einsamkeit, die Einsamkeit eines Kardinals, noch verschlimmert.

Eines Tages bot sich Cosimo Rolando die Gelegenheit, einen Palazzo an der Piazza dell'Oro zu kaufen – ein architektonisch nüchternes, aber elegantes Gebäude mit Blick auf den Tiber und den Vatikanischen Hügel, größer als der Palazzetto in der Via Monte della Farina und mit dazugehörigem Marstall sowie einem Schuppen für die Kutschen und mehr Raum für die familia. Der Umzug von der Straße des Mehls zum Platz des Goldes schien Cosimo Rolando ein gutes Omen, so daß er sich, auf die Gefahr hin, neue Schulden bei den Florentiner Bankiers zu machen, zum Kauf entschloß, noch bevor er einen Käufer für seinen früheren Wohnsitz gefunden hatte. Aber er merkte sehr bald, daß die Schreie der Möwen, die vom nahen Tiber herüberkamen, ihm nicht die freundliche Gesellschaft boten, die er sich vor dem Kauf von ihnen erhofft hatte. Er spürte vielmehr, daß ihre fast menschlichen Schreie, wenn sie sich bei Sonnenuntergang in seiner Nähe versammelten und im Tiefflug um Kuppeln und Kirchtürme flogen, eine neue Quelle der Beunruhigung und ein Grund lästiger Migränen für ihn waren. Und so kam es, daß er sich zusammen mit einem erfahrenen Architekten der Aufgabe widmete, das neue Haus einzurichten, was ihm Gelegenheit bot, der Langeweile und der durch die Abwesenheit Palmiras verursachten Einsamkeit zu entfliehen. Er beschloß, seine Zimmer mit der Präsenz neuer Spiegel zu schmücken, die sein ausgezehrtes Abbild vervielfältigen und ihm die Illusion verschaffen würden, niemals allein zu sein. Er kaufte in den Läden der Antiquare alle Spiegel, derer er habhaft werden konnte – venezianische, spanische, holländische, und sogar einen Spiegel aus Indien.

Er wollte jeden Spiegel mit einem Titel taufen, der zugleich mit seinem Abbild auch das geheime Repertoire seiner Gefühle reflektierte: Spiegel der Ungewißheit, Spiegel der Inspiration, Spiegel der Sympathie, der Melancholie, der Eitelkeit, der irdischen Liebe; Spiegel des traurigen Mannes, der Freundschaft, der Nacht, der Ruhe, der Verführung; Spiegel des Nichts, des Schweigens, des Lächelns, der Heiterkeit, der verlorenen Mühen; Spiegel der Enttäuschungen, Spiegel der Erinnerung, Spiegel des Vergessens.

Nicht alle Spiegel paßten in den Salon der Beletage, wo er einen großen Teil seiner Tage verbrachte, und deshalb verteilte er viele auf die anderen Wände des Hauses – im Speisesaal, im Schlafzimmer und sogar in den Fluren. In diesen zerbrechlichen Objekten, die jetzt an den Wänden hingen, hatte er seine noch regen Illusionen und seine Melancholien deponiert.

Einige Gäste wurden beim Anblick all dieser Spiegelbilder, die sich in den gegenüberhängenden Spiegeln unendlich multiplizierten, vom Schwindel ergriffen. Ein Haus der phantastischen Illusionen – dieses Haus des Kardinals Cosimo Rolando della Torre; aber auch neuer Sorgen, welche die Sinne seiner betrübten Seele bedrückten. Er lernte, mit dieser illusorischen Gesellschaft von Spiegelbildern zusammenzuleben, und übte sich darin, nur das aus ihnen herauszulesen, was ihm Trost bringen konnte.

Der Wind des Teufels

Der junge Diakon Baldassare hatte sein Gespräch mit dem Prior über das seltsame Phänomen des Niesens in der Nähe geheiligter Orte geheimgehalten. In seinem Herzen hoffte er noch immer, daß es sich um eine unerklärliche und vorübergehende Empfindlichkeit handeln könne, die früher oder später von selbst wieder verschwinden würde, so wie sie gekommen war. Er schloß nicht einmal aus, daß es sich um eine geheimnisvolle und lächerliche Verhexung im Zusammenhang mit seinem Sternzeichen handeln könne, und er hätte gern mit einem Astrologen darüber gesprochen, um der Demütigung des Exorzismus zu entgehen. Er hatte gehört, daß nicht nur Savonarola, sondern auch die Florentiner Platoniker und die Karmeliter von Bologna und sogar einige Päpste mit Hilfe der Astrologie eine ganze Hierarchie von bösen Geistern befragt hatten, welche die Lufträume zwischen Erde und Mond bewohnen und von oben her die Aktionen der gemeinen Dämonen lenken, ausgeschickt, um Unordnung unter den Menschen zu schaffen. Aber der junge Diakon wußte, daß die Welt der Astrologen eine Welt von schwierigen und habgierigen Personen war – unerreichbar für einen armen Klosterbruder wie ihn.

Der Kardinal della Torre könnte ihm einen Astrologen empfehlen, zöge es aber sicherlich vor, eine andere Lösung für sein Problem zu finden. Wäre es ein körperliches Leiden gewesen, so hätte ein Arzt genügt, aber der Diakon war jetzt überzeugt davon, daß ein widernatürlicher Wirbelsturm seine Seele durcheinanderwühlte – etwas dunkles und sicherlich der Sünde nahes. Er fühlte sich in der schmerzlichen Lage dessen, der sich bewußt wird, außerhalb der Gnade Gottes zu leben, kurzum in der Sünde, der aber weder Art noch Grund seiner Sünde kennt und auch nicht die Akzidentien, die sie erzeugen. In gewisser Weise eine abstrakte Sünde ohne Schuld – eine Gespenstersünde. Ein unfreiwilliger Zustand von Unverschämtheit, religiöser Nachlässigkeit und Unehrerbietigkeit gegenüber den geweihten Orten. Wie hätte man diese schändliche und lächerliche Reaktion vor den Kirchen und in der Nähe des Allerheiligsten anders beschreiben sollen?

Der arme Diakon war nahe daran gewesen, sich seiner Schwester Fiorenza anzuvertrauen, aber dann war der Prior dazwischengekommen und hatte ihn mehr oder weniger überzeugt, daß sich ein Teufel in seinem Körper niedergelassen hatte. Es war also besser, sich nicht dem Klatsch seiner Schwester und ihrer schlimmen Freundinnen auszusetzen. Aber warum hatte der Teufel gerade ihn, den armen Klosterbruder ausgewählt, wenn er den höchsten Hierarchien des Himmels einen Streich spielen wollte?

Der unglückliche Diakon hatte sein Gewissen seit jenem Tag oftmals erforscht und seine geheimen Gedanken ausgelotet – die Ratlosigkeiten, die Zweifel, die Bosheiten, die Nachlässigkeiten, und die Versuchungen, die ihn bedrängten. Doch welcher Bruder, sagte er sich, hatte nicht schon wenigstens einmal jene Mädchen begehrt, die am Kloster in der Via della Scrofa vorbeigingen, um in den großen Becken am Tiber ihre Wäsche zu waschen? Sie kamen morgens und erhoben ihre grellen Stimmen oft genau unter den Fenstern des Klosters, um ihre Liebesliedchen anzustimmen. Auch die anderen Klosterbrüder warfen zuweilen aus ihren kleinen Zellenfenstern Blicke auf diese Schlampen. Es waren begehrliche Blicke – Sünden, die sie einander lächelnd gestanden, denn man kommt nicht in die Hölle, weil man aus dem Fenster einem Mädchen nachgeschaut hat, auch wenn man von oben, wie die kühnsten unter ihnen behaupteten, ihre Brüste sehen kann. Warum also, fragte sich der Diakon

Baldassare noch einmal – wenn seine Sünden nur diese waren und ein paar unanständige Gedanken vor den obszönen Zeichnungen seiner Zelle – warum nur hatte der Teufel ausgerechnet ihn als irdische Wohnstatt gewählt?

Er stellte sich diese Frage immer wieder, der kleine verstörte Mönch, aber er fand keine Antwort. Tatsächlich litt seine Seele wegen unbekannter Vergehen Qualen, aber den Teufel, den fühlte er nicht in sich, er fühlte gar nichts, keine platzraubende Präsenz, eher eine große Leere, und zuweilen eine plötzliche Erregung seiner Sinne, wie alle Männer dieser Welt. Aber immer, wenn er an einer Kirche vorbeiging, schüttelte ihn dieses verfluchte Niesen, so wie der Sturm einen Baum schüttelt und seine Äste verbiegt. Hatten die vermaledeiten Heiligen vielleicht einen Zorn auf ihn? Aber warum mußten ausgerechnet diese: der Heilige Salvatore mit dem Lorbeerzweig, der Heilige Augustinus von Hippo, die Heilige Märtyrerin Caecilia, die heiligen Zwillinge Kosmas und Damian und auch die Vier Gekrönten Heiligen ihn verfolgen? Er kannte sie nicht, diese Heiligen, er war ihnen nur in den Büchern oder im Kalender begegnet, oder gut plaziert über den Altären in den Kirchen. Sie waren ihm völlig gleichgültig – bei allem Respekt natürlich, den ein Klosterbruder den Heiligen schuldet, die Gott erwählt hat, und die die Menschen verehren. Und die Jungfrau Maria, Mutter unseres Herrn Jesus Christus? Warum auch SIE?

Der Diakon Baldassare beschloß also, mit dem Kardinal della Torre darüber zu sprechen – seinem notwendigen und festen Anker in allen Ungewißheiten des Körpers und des Geistes.

Kardinal della Torre saß hinter seinem Schreibtisch im Spiegelsalon, den Kopf über ein dickes Buch gebeugt, das der Diakon sofort erkannte. Es war das Hauptbuch, in das der Buchhalter der familia die Ausgaben und Einnahmen des Hauses eintrug. Als der junge Kammerdiener eintrat und auf der Schwelle stehenblieb, hob der Kardinal den Blick und winkte ihn zu sich heran.

»Welcher Wind führt dich zu mir? Der Schirokko, der Südwestwind, die Tramontana? Wenn du aus eigenem Antrieb kommst, dann weiß ich bereits, daß es irgendeine Turbulenz in der Luft gibt.«

»Ich wollte mit Euch über den Teufel sprechen, Eminenz.«

Der Kardinal hob verdutzt den Blick und sah den Diakon, der ihm ein gänzlich unerwartetes Thema ankündigte, mit Beunruhigung an.

»Gibt es Neuigkeiten aus der Hölle?«

Der Diakon senkte den Kopf ohne zu antworten. Er wolle ein ernstes Gespräch. Der Kardinal schloß langsam das Ausgabenbuch, dann fixierte er den jungen Mann.

»Ich glaube, ich habe verstanden, daß es da eine Sache gibt, die dir große Angst bereitet.«

»Ja, Eminenz. Aber ich weiß nicht, womit ich anfangen soll.«

»Fang mit dem Ende an, und wenn nötig, erklärst du mir dann noch den Rest.«

Der Diakon faßte Mut.

»Der Prior meines Klosters würde mich gern exorzieren lassen. Er sagt, daß ich möglicherweise vom Teufel besessen bin.«

Dem Kardinal, der sich gewöhnlich gut auf die Kunst der Verstellung verstand, gelang es nicht, sein Erstaunen zu verbergen.

»Das ist keine Kleinigkeit. Darf ich fragen, wie er zu dieser Überzeugung gelangt ist?«

Der Diakon schwieg noch einmal einige Augenblicke, dann sagte er hastig:

»Ein seltsames Phänomen, Eminenz. Wenn ich an einer Kirche vorbeigehe, muß ich niesen.«

Der Kardinal wußte nicht, wie er sein Staunen bezähmen sollte, das mit jedem Wort des Diakons wuchs.

»Seltsam in der Tat. Ich habe noch nie etwas Ähnliches gehört. Und dem Prior zufolge ist das ein Werk des Teufels?«

»So sagt er.«

»Und wenn du eine Kirche betrittst?«

»Dann verwandelt sich das Niesen in einen lästigen und hartnäckigen Husten.«

»Entfährt dir in diesem Fall irgendein Fluch?«

»Nein, das ist noch nie geschehen, ich habe nie den Wunsch dazu verspürt. Aber auch wenn ich es wollte, könnte ich nicht fluchen, denn der Husten oder das Niesen lassen den Worten keinen Platz.«

Der Kardinal schloß die Augen und strich sich mit den Händen über die Backen – eine Geste, die ihm die nötige Entspannung verschaffen sollte, um eine so überraschende Nachricht aufzunehmen.

»Als du mir vorhin vom Teufel sprachst, hätte ich am liebsten gelacht. In Wirklichkeit haben wir vom Herrn der Finsternis eine sehr ungenaue Vorstellung und halten es für sehr wenig wahrscheinlich, daß er sich bei uns zeigt. Das ist ein dummes Vorurteil, denn wir haben es ja nicht mit einem einzigen Wesen zu tun, sondern mit einer Vielzahl von Emanationen, die unter uns leben und sich an den unvorhersehbarsten Orten ansiedeln. Und so kann es geschehen, daß ein unschuldiger junger Diakon wie du plötzlich Opfer des Teufels wird, der sich in seinem Körper eingenistet hat.«

»Auch Ihr haltet das für möglich? Ich bin nur ein einzelner und unbewehrter Mann, ein stiller Wächter meiner Religion, ein harmloses Wesen.«

»Das finale Ziel des Teufels ist es, Verwirrung zu stiften und uns in das Chaos zurückzuführen, aus dem Gott die Erschaffung des Himmels und der Erde begonnen hat. Die Rückkehr ins ursprüngliche Chaos wird nicht geschehen, das wäre gegen den Willen des Allmächtigen Gottes, aber auf diesem Weg gelingt es dem Teufel eine Vielfalt von Zwischenfällen herbeizuführen und in den kleinen und großen christlichen Gemeinden Unordnung und Sünde zu säen, und zwar mit allen erdenklichen Mitteln.«

Der Diakon Baldassare blickte den Kardinal beunruhigt an.

»Gerade ich sollte ein Vehikel des Chaos und der Sünde sein? Ich glaube nicht, daß ich ein Sünder bin.«

Der Kardinal sah ihn unnachsichtig an.

»Wir alle sind Sünder. Omnia peccatum est, sagt der Apostel Paulus, und ich sage das ebenfalls.«

»Ja, aber ich bin es nicht mehr als viele andere, und wenn ich eine Sünde begehe, dann laufe ich sofort zur Beichte und bereue jedesmal. Und dann, Eminenz: ich spüre diesen Teufel einfach nicht in mir. Meint Ihr nicht, daß ich es irgendwie gemerkt haben müßte, wenn er wirklich gekommen wäre, um in meinem Körper zu wohnen?«

»Der Teufel kommt wie der Wind, er wohnt und lebt heimlich und unsichtbar bei uns und wählt sich sein Obdach nach Kriterien, die uns verborgen bleiben.«

»Und ich wäre ein Obdach des Teufels? Wie grauenhaft, Eminenz.«

»Ich verstehe deinen Ekel, aber vielleicht hat der Prior nicht unrecht. Wie willst du sonst die Tatsache erklären, daß es dir nicht gelingt, dein Betragen vor und in den Kirchen zu beherrschen? Ich glaube nicht, daß du die heiligen Orte des Gottesdienstes verspotten möchtest. Und das bedeutet, daß dein Wille in solchen Fällen ausgeschaltet wird. Folglich mußt du dir ein heiteres Gemüt bewahren, denn du bist schuldlos auch wenn dein Betragen ein Hohn ist.«

Statt sich bei den Worten des Kardinals zu beruhigen, zeigte der Diakon wachsende Besorgnis.

»Ich hatte beschlossen, mit Euch zu sprechen, Eminenz, um den Exorzismus zu vermeiden, dem der Prior mich gern unterziehen würde. Ich möchte nicht vor allen Leuten als Besessener erscheinen. Selbst wenn der Exorzismus gelänge, und er gelingt nicht immer, würde ich jedenfalls als ein vom Satan gewähltes

Vehikel erscheinen, um, wie Ihr gesagt habt, Unordnung und Sünde in die christliche Gemeinschaft zu bringen.«

»Du weißt genau, daß die heiligen Väter der Wüste den Kontakt mit dem Teufel gerade deshalb gesucht haben, um ihn zu bekämpfen und zu besiegen. Du müßtest also stolz sein, einem so mächtigen Wesen wie dem Satan die Stirn zu bieten.«

Dem jungen Diakon kamen fast die Tränen.

»Und Ihr werdet mich weiter in Eurem Dienst behalten, obwohl Ihr überzeugt seid, daß ich den Teufel in Euer Haus bringe?«

»Der Teufel spaziert überall herum und dringt in alle Häuser. Seine Präsenz kann sich in tausenderlei Weisen äußern, bei Tag und Nacht, bei Sonne oder Regen, im Wind oder im Sturm, und sie breitet sich überall hemmungslos aus, nur nicht an den heiligen Orten, die dem Gottesdienst geweiht sind. Tatsächlich fühlt er sich in Kirchen oder in der Umgebung von Kirchen nicht wohl. Nicht du bist es, es ist der Teufel, der niest und vom Husten gepackt wird, wenn du dich dem Altar näherst. Nun sagst du mir, daß du den Exorzismus fürchtest, dem dich der Prior unterziehen möchte. Du hast nicht ganz unrecht, denn es ist nicht ausgeschlossen, daß die Wahl deiner Person auf einem Irrtum des Teufels beruht. Wie du weißt, können die Teufel, die mit einer Mission zu den Menschen geschickt werden, Fehler machen, und sie machen tatsächlich oft welche. Albertus Magnus erzählt, daß ein Teufel, der beauftragt war, einen gewissen Stephan aus Konstantinopel in die Hölle zu holen, Vorwürfe bekam, als er beim Höllenrichter erschien, weil der Befehl gelautet hatte, ihm einen Schmied namens Stephan herunterzubringen, und nicht den Edelmann Stephan, den dieser Teufel zu den Verdammten geführt hatte. Und es scheint, daß der Erzengel Gabriel immer große Scherereien hat, wenn er die Irrtümer der Engel wiedergutmachen muß, denn auch sie machen Fehler. Es gibt zerstreute, bequeme, kleinmütige und schüchterne Engel. Es wird also ratsam sein, daß der Prior noch wartet, bevor er den Exorzisten bestellt. Es kann sein, daß der Teufel irrtümlich in deinen Körper gefahren ist, und daß er von selbst wieder geht. Es kann sein, daß du für ihn nur eine Durchgangsstation zu anderen Zielen bist. Wenn du willst, spreche ich mit dem Prior, daß er auf diese riskante und vielleicht unnötige Operation verzichtet.«

»Ich werde Euch mein Leben lang dankbar sein, Eminenz.«

»Setz deine Zukunft nicht so leichtfertig aufs Spiel, du könntest es bereuen.«

»Ich will nicht als Besessener erscheinen, als Vehikel des Satans und Vermittler des Chaos.«

»Du willst nicht so erscheinen oder du willst es nicht sein? Das ist nicht ganz dasselbe.«

»Ihr habt recht, Eminenz, nicht der Schein zählt, sondern die Substanz.«

»Exorzismus oder nicht, die Substanz bleibt die gleiche. Wenn der Teufel aus freien Stücken geht oder aus deiner Person ausgetrieben wird, dann tritt er in eine andere ein und verübt Verbrechen, die sich von denen nicht unterscheiden, die er wahrscheinlich durch dich zu begehen gedenkt. Der Exorzismus kann also warten.«

»Ihr müßt entschuldigen, aber das ist eine Ausführung, der ich nicht zu folgen vermag, Eminenz. Ich weiß nicht, von welchen Verbrechen Ihr sprecht.«

»Satan macht sich nicht nur zum Spaß die Mühe, zu uns zu kommen. Er hat bestimmt seine Pläne. Und was können die Pläne Satans sein, wenn nicht Verbrechen? Falls der Prior wirklich recht hat – und ich möchte seine Kompetenz nicht bezweifeln – dann bist du von diesem Moment an, wie Aristoteles sagen würde, ein potentieller Sünder. Aber niemand kann wissen, welche Pläne der Satan hegt.«

Der junge Diakon traute seinen Ohren nicht.

»Das ist eine absolut paradoxe Situation, in der ich mich unwohl fühle.«

»Warum denn?«

»Ich möchte nicht Ausführender von Verbrechen sein, die vom Satan gewollt sind.«

Bei diesen Worten schien der Kardinal wie vom Blitz getroffen. Er rutschte auf seinem Sessel hin und her, schloß die Augen und strich sich noch einmal mit den Händen über die Backen, wie stets, wenn er Zeit gewinnen wollte. Da ist sie, die verführerische Schlange, die mir ins Ohr zischelt, sagte er sich, das ist der Pfiff des Satans. Nach rascher Überlegung beschloß er, die plötzliche Einflüsterung vorläufig beiseite zu schieben. Jedes Ding hat seine Zeit und alles auf Erden geht vorüber und kehrt im richtigen Augenblick zurück, wie es im Buch des Predigers heißt.

»Du hast zutreffend gesagt, daß du dich in einer paradoxen Situation befindest. Und ich setze hinzu, daß auch dein Verhalten paradox sein kann.«

»Was meint Ihr damit?«

»Um den Teufel im Zaum zu halten und seinen bösartigen Befehlen auszuweichen, wird es vielleicht günstig sein, wenn du dir selbst irgendeine läßliche Sünde aussuchst, die nicht deinen Ekel erregt, und die Satan von seinen Plänen ablenkt, wenigstens vorläufig.«

»Ist das eine Aufforderung, eine Sünde zu begehen, Eminenz?«

»In gewissem Sinne ist es das. Es gibt sündige Wünsche, die jeder von uns jahrelang mit sich herumschleppt. Jetzt ist der Moment gekommen, wo du dich ungestraft von ein paar heimlichen Wünschen befreien kannst, vorausgesetzt, du schadest damit nicht deinem Nächsten. Hast du verstanden, was ich damit meine? Wir sind Diener Gottes, aber auch physisch gesunde Männer und vom Verlangen bedrängt.«

»Ich glaube, ich habe verstanden, Eminenz, aber ich möchte keinen Fehler machen.«

»Sünden der Liebe, zum Beispiel. Weißt du, was irdische Liebe ist? Die Liebe zu einer Frau?«

»Ich glaube ja, Eminenz.«

»Diese Rede steht mir zu, weil sie auf einer langen Kirchen- und Lebenserfahrung beruht. Ich habe dir von einer Sünde gesprochen – der menschlichsten aller Sünden – die dich von hundert erträumten Sünden befreien kann und deshalb deiner geistigen Gesundheit guttut. Eine Kriegslist, um dem Satan die Befriedigung einer Sünde zu verschaffen und ihm gleichzeitig deine Unabhängigkeit von seinen Einflüsterungen zu beweisen.«

»In Wahrheit hat er mir bis jetzt noch nichts eingeflüstert.«

»Die Anwandlungen Satans sind jäh und unvorhersehbar.«

Aber die Gedanken des Diakons kreisten nunmehr wie ein Wirbel um jene Einflüsterung des Kardinals, die so anregend war und – so mußte er denken – so plötzlich und unvorhersehbar.

»Und ich muß es dann nicht einmal beichten?«

»Die Beichte ist ein schuldtilgendes Sakrament, das dein Gewissen besänftigt, sofern du aus eigenem Willen eine leichte Sünde wählst, um eine schlimmere zu vermeiden. Ich habe dir eine etwas unorthodoxe Art und Weise vorgeschlagen – oder wenn du willst eine paradoxe – um Satans Befehlen auszuweichen, aber ich rate dir, nach der Sünde auch zu beichten. Es gibt negative Situationen, in denen nur das Böse das Böse abtöten kann. Aber diese Verfahrensweise birgt Risiken, mit denen man rechnen muß. Ich weiß nicht, ob ich klar genug war.«

»Ihr wart absolut klar, Eminenz, und ich danke Euch. Jetzt muß ich meine Gedanken sammeln, um zu entscheiden, was ich tue.«

»Denke nicht zu viel, denn manchmal schadet das Denken dem seelischen Heil. Und erinnere dich, daß die Welt in den Fakten fortschreitet und nicht in den Gedanken.«

»Seid Ihr da sicher, Eminenz?«

Der Kardinal strich sich mit einer Hand über die linke Backe.

»Nein. Jetzt siehst du es: du hast mich zum Denken gezwungen und ich habe dir mit einer Verneinung geantwortet. Aber wem nützt das? Es ist lediglich ein Hemmschuh für das Handeln.

Ich sage: erst handeln, dann denken. Nachher kann man es dann auch bereuen, aber mittlerweile schreitet die Welt fort. In einer alten chinesischen Fabel heißt es, daß der Tausendfüßler, wenn er jedesmal nachdenken müßte, welchen Fuß er als nächsten bewegen soll, reglos am Wegrand liegenbleiben und verhungern würde.«

»Gottlob haben wir nur zwei Füße, Eminenz.«

»Auch das sind schon zu viele.«

Der Diakon machte eine Verbeugung und wartete auf ein Zeichen des Kardinals, um sich zurückzuziehen. Er war ungeheuer aufgeregt. Der Kardinal ließ ihn ein paar Augenblicke warten, so als wolle er ihm noch weitere Dinge sagen, aber dann entließ er ihn mit einer Geste, die ihm auch zeigte, daß er das Ende der Unterhaltung, die er offensichtlich nicht als abgeschlossen ansah, auf ein andermal verschob.

Jeden Abend, wenn der Diakon Baldassare in sein Bett schlüpfte, zog er sich das Laken über den Kopf und brach zu unbesonnenen Abenteuern auf – weit weg von den Kleinlichkeiten des Lebens. Als Gesprächspartner für seine einsamen Bekenntnisse hatte er eine Heilige aus Alexandria erwählt, deren Spuren sich sogar im Kirchenkalender verloren hatten. Er hatte sie indes zwischen den Seiten eines alten Textes von Jacopo da Voragine wiedergefunden, im Franziskanerkloster in der Via della Scrofa – vergraben unter dem Staub der Bibliothek. Als Heilige wurde sie Theodora genannt und als liebreiches und schönes Weib beschrieben, das zu Kaiser Zenos Zeiten im ägyptischen Alexandria lebte. Und du, Heiliger Franziskus, Gründer und Schirmherr meines Ordens, sei mir nicht gram, daß ich mir für meine nächtlichen Bekenntnisse Theodora ausgesucht habe, murmelte der junge Diakon zwischen den Laken. Zunächst einmal ist sie eine Frau, und das wärmt mir das Herz, und dann bist du, Heiliger Franziskus, allzu heilig, zu nahe an der Vollkommenheit, und zu wenig bereit, die Gedanken zu verstehen, die einem armen Klosterbruder durch den Kopf gehen, der sich anstrengt, nicht in Sünde zu fallen, aber allabendlich vor dem Einschlafen in seiner Vorstellung sündigt. Erzeugt die Vorstellung Sünden? Dem Franziskanerdiakon war nicht bekannt, daß die Vorstellung in irgendeinem heiligen Text als Instrument der Sünde genannt wäre. Wohl aber das Verlangen, denn es ist Sünde, eines anderen Weib zu begehren, aber Theodora war jetzt niemandes Weib mehr. Die Vorstellung an sich ist nur ein geistiger Erguß, der den Platz der Sünden einnimmt und sie fernhält. Sich eine Sünde vorzustellen kann nur eine kleine Schuld sein im Vergleich zu einer in der Wirklichkeit begangenen Sünde. Jacopo da Voragine sagt nicht, ob Theodora blaue oder braune Augen hatte oder ob ihr Haar blond oder schwarz war. Der Diakon stellte sie sich dunkelhaarig vor und mit flammenden Augen, ein liebreiches Weib und schön, eine offenherzige und großmütige Heilige. Wie du weißt, Heilige Theodora, hege ich für deine Person ein Gefühl, das jede Nacht in meinem Herzen wächst. Ich hoffe so sehr, daß es dich wirklich gegeben hat in Alexandria, auch wenn man dich, nachdem man dich zur Heiligen erhob, hinterlistig aus dem Kirchenkalender wieder gestrichen hat. Du warst schön und liebreich, sagt Jacopo da Voragine, und ich sehe dich vor mir, die Haare im Wind, in einem leichten Gewand, wie es sich eignet für jemand, der im afrikanischen Alexandria oder in den sonnigen Gefilden des Paradieses lebt. Wie sehr wünsche ich mir, daß sie die Wahrheit gesprochen hat, die Stimme der Zauberin, die dich mit den Worten irregeführt hat: »Was bei Tage geschieht, das sieht und weiß Gott, was du aber tust, wenn es Abend wird und die Sonne untergegangen ist, das kann er nicht sehen.« Es wäre eine große Freundlichkeit von unserem Herrgott, wenn er uns die Nacht für unsere Sünden überließe, denn der Mensch ist schwach, und die Sünde ist wie ein notwendiger Erguß seiner Sinne und seiner Leidenschaften. Und so hast du, Theodora, während der Nacht Ehebruch begangen, als du dachtest, Gott-

würde es nicht sehen, wie jene Frau dir weisgemacht hat. Aber ohne diese Sünde und die lange Buße wärst du vielleicht keine Heilige geworden. Also: sie sei gepriesen, deine ehebrecherische Sünde. Ich habe keinen Ehrgeiz zur Heiligkeit, ich bin nur ein armer Klosterbruder mit wenig Gelegenheit zur Sünde, und eine nicht verübte Sünde in Viterbo lastet noch jetzt auf meinem Gewissen wie eine Schuld. Wenn ich die Augen schließe und dich im Licht meines Geistes sehe, dann hast du denselben Blick wie jenes Mädchen, das sich mir damals in Unschuld darbot, ganz ohne Erregung und sündige Lust. Zu tief war die Idee der allerorts gegenwärtigen Sünde in meinem unglücklichen Gehirn verwurzelt, und deshalb habe ich dieser schönen Versuchung des Teufels oder seines Scheinbilds nicht nachgegeben. Ein Irrtum, den ich in allen nachfolgenden Jahren bitter bereut habe und noch immer bereue. Kannst du mir helfen, diesen Irrtum wiedergutzumachen? Vielleicht ist jetzt die günstige Gelegenheit gekommen. Steh mir bei, meine Freundin und Vertraute, Licht meiner Nächte, Heilige Trägerin meiner phantasierten Sünden.

Die verbotenen Bärte

Als Kardinal Ottoboni den Kardinal della Torre um ein vertrauliches Gespräch bat, dringend und »sine forma«, war letzterer ziemlich verblüfft, aber auch beunruhigt. Der Kammerherr der familia, ausgeschickt um das Ansuchen zu überbringen, konnte oder wollte das Thema des Gesprächs nicht offenbaren; aber sicher, dachte Cosimo Rolando, handelte es sich um Probleme, die mit der Amtsnachfolge des Kardinalkämmerers der Hochwürdigen Apostolischen Kammer zusammenhingen. Wollte er einen Waffenstillstand vorschlagen? Eine Verhandlung? Einen Vergleich? Oder was? Jedenfalls brachte ihn dieses Treffen in Verlegenheit.

Entgegen seiner Gewohnheit kam der Kammerherr nicht in einer Kutsche, sondern auf einem ziemlich nervösen Araberpferd, das zu ihm als hohem Beamten eines eminenten Kardinalshauses nicht recht paßte. Der Bruder Pförtner an der Piazza dell'Oro hatte gezögert, ihn ins Haus zu lassen, weil er trotz des mit Ottobonis Siegel versehenen Beglaubigungsschreibens fürchtete, es könne ein Räuber unter dem Seidenmantel versteckt sein.

Die Eile und die Heimlichkeit gaben dem Kardinal della Torre zu denken, zumal er das Treffen in keiner Weise verweigern konnte, ohne einem Gleichgestellten eine schwere Beleidigung zuzufügen. Die Etikette hatte den Vorrang. Und doch, einen so bedeutenden Rivalen – notorisch schlau und skrupellos, mutmaßlicher Übersender der Gifte, die ihn seines alten geistlichen Kammerherrn und Päpstlichen Abbreviators beraubt hatten – in sein Haus zu bitten, konnte eine kolossale Unvorsichtigkeit sein;

aber bei dieser Überrumpelung fiel ihm keine stichhaltige Absage ein. Er dachte an die List des Odysseus und das Trojanische Pferd, kurzum an eine Falle.

Der Kardinal hätte gern den Diakon Baldassare, seinen Vertrauensmann und geheimen Kundschafter ausgeschickt, um ein paar Nachrichten über Ottobonis Absichten zu sammeln, aber seit dem Liebesurlaub, den er dem jungen Klosterbruder bei ihrer letzten Zusammenkunft gewährt hatte, war keine Spur mehr von ihm zu finden. Er war verschwunden, sowohl aus seinem Haus als auch aus dem Kloster in der Via della Scrofa.

Das Treffen verlief völlig anders als erwartet. Der Kardinal Ottoboni wurde mit den geläufigen Komplimenten empfangen und in den Spiegelsalon geführt, wo Cosimo Rolando ihn erwartete.

Der Gast blickte sich um, ohne auf die seltsame Einrichtung einzugehen. Dann begann er über den neuen Papst zu sprechen, der sich auf dem Weg nach Rom befand.

»Ich habe den Kardinal von Tortosa, den wir tölpelhafterweise zum Papst gemacht haben, vor etwa zehn Jahren in Utrecht kennengelernt. Ich weiß nicht, ob die Natur ihn in den letzten Jahren besonders wohlwollend behandelt hat, aber damals hatte er zweifellos ein bleiches Gesicht, eine hagere Gestalt, langsame Gesten und eine Miene, die ernst erschien, sogar wenn er lachte, was im übrigen sehr selten geschah.«

»Diese Nachrichten interessieren mich sehr«, sagte Cosimo Rolando ohne sich eine Blöße zu geben und ohne zu begreifen, wozu diese Einleitung diente.

»Dieser flämische Papst«, sagte Kardinal Ottoboni und machte eine Pause, so als hätte er das, was er sagen wollte, schon wieder bereut, »ist eine Schnecke.«

Kardinal della Torre sah ihn überrascht an. Es schien ihm nicht glaubhaft, daß Ottoboni zu ihm gekommen war, um ihm zu sagen, der flämische Papst sei eine Schnecke. Hatte er deshalb um das dringende Gespräch unter vier Augen gebeten?

»Ich weiß wirklich nicht«, antwortete er, »ob ich mir wünschen sollte, daß seine Reise nach Rom auch weiterhin im Schneckentempo vor sich geht, oder daß er die Fahrt beschleunigt. Was meint Ihr dazu?«

Cosimo Rolando hatte sich in das Gespräch eingeschaltet, aber den Ball sofort an seinen Gesprächspartner zurückgesandt.

»Er ist ein Mann der langsamen Schritte und Gedanken. Wir müssen uns bußfertig zeigen und die Ereignisse akzeptieren, denn wir haben ihn selbst gewählt«, sagte der Kardinal Ottoboni, der in seiner nichtssagenden und ausschweifenden Redeweise fortfuhr. »Gott vergebe uns unsere Irrtümer und Sünden.«

Was will er eigentlich? fragte sich Cosimo Rolando. Warum kommen wir nicht zur Sache?

»In verschiedenen Gegenden, und ich fürchte auch in der Gegend von Tortosa«, fuhr Kardinal Ottoboni fort, »wurde der Glanz des römischen Hofs mit Korruption verwechselt. Unsere Maler, unsere Dichter, unsere Theaterleute sind keine Übeltäter, ebensowenig wie jene, die sie protegieren. Glaubt Ihr vielleicht, daß die poetischen Reime, die in den literarischen Gärten geschrieben werden, die Werke der Malerei, die unsere Paläste zieren, die Gold- und Silbergerätschaften unserer Häuser und die Eleganz des Päpstlichen Hofs Gott mißfallen könnten? Leonardo, Raffael und Michelangelo sollten also Schnorrer sein? Ist es nicht vielmehr ein Zeichen der Frömmigkeit, Gott dem Allmächtigen das Allerbeste zu weihen, das der Mensch in der Kunst und zum Glanz des Heiligen Stuhls hervorbringen kann? Kardinal Piccolomini meint sogar, daß es eine gute Sache wäre, hier in Rom ein Modell des Paradieses zu erschaffen, aber seine Ideen sind ziemlich konfus. Kardinal Riario hat auch ein Modell des Paradieses im Sinn, wo nackte Frauen eine wichtige Rolle spielen, und mir scheint, daß er viel Zustimmung findet, auch bei den Mitgliedern des Heiligen Kollegiums.«

Bei diesen Worten zuckte Kardinal della Torre zusammen. Wollte Ottoboni ihm vielleicht seine Besuche im Palazzo Riario vorwerfen?

»Andere setzen das irdische Paradies mit der guten Tafel gleich«, fuhr Kardinal Ottoboni fort, »alles ehrenwerte Gedanken: Würde und Ruhm der Kirche äußern sich auf viele und mannigfache Weisen. Es mag nur ein bösartiges Gerücht sein, aber es heißt, daß Hadrian von Utrecht an Gott glaubt und Bußen und Entbehrungen in Erwartung des himmlischen Paradieses vorschlägt, während wir ihn als Papst auf Erden erkoren haben.«

»Das blendende Licht und die heilige Musik des Paradieses beunruhigen mich«, sagte Kardinal della Torre, der sich nach den vertraulichen und bissigen Ausführungen seines Gastes endlich entspannt fühlte. »Sie sind eine wenig verlockende Aussicht für jemanden, der die Musik nicht liebt und unter Augenröte leidet. Giotto zufolge müßten alle Gäste im Paradiese einen Heiligenschein auf dem Kopf tragen, wenn man nach seinen Malereien in der Scrovegnikapelle urteilt. Ich leide unter Migräne, und der Heiligenschein wäre eine Tortur für mich, vorausgesetzt, daß man mir überhaupt Zutritt gewährt dort oben bei den Seligen. Für das irdische Paradies hat der neue Papst, wie ich fürchte, keinen einzigen Gedanken übrig. Ich weiß wirklich nicht, was uns erwartet und was wir uns erhoffen sollten.«

»Es werden bereits Namen flämischer Priester genannt, die als Berater des neuen Papstes nach Rom kommen sollen und gewiß die höchsten Ämter der Kurie besetzen werden. Sie alle haben Namen, die auszusprechen uns nie gelingen wird: Wilhelm van Enkevoirt, Theoderich van Heeze, Johannes van Ingenwinkel und andere, die mir die Zunge lähmen. Leider preisen die flämischen Priester, die bekanntlich strohdumm sind, die Reform- oder besser die Rachepläne des Kardinals von Tortosa, jetzt Papst Hadrian VI., und bezeichnen ihn prahlerisch als den gerechtesten aller Menschen, den Züchtiger der Verbrechen, das

Licht der Welt, den Bestrafer der Sünden, den Hammer der Tyrannen, den Priester des Allerhöchsten. Und wir, was sind wir? Einfach nur Sünder? Zwischen Leo X. und dem flämischen Papst scheint die Welt sich auf den Kopf gestellt zu haben.«

An diesem Punkt schwieg der Kardinal Ottoboni und blickte zerstreut umher, wie jemand, der ein Gespräch nicht mehr fortsetzen möchte.

Kardinal della Torre begriff noch immer nichts. Warum war sein Rivale zu ihm gekommen? Um seinen Unwillen über den neuen Papst zu äußern? Das war eine Übung, der sich in Rom viele widmeten, seit Hadrian sich auf den Weg gemacht hatte zum Thron des Petrus. Es gab eine Menge Gerede auf seine Kosten, und die eifrigsten Redner waren eben die Kardinäle, die ihn gewählt hatten. Gar hatte eyner ihn öffentlich als barbarischen Mentschen bezeychenet, von gemeynster flandrischer Abkunft, Hofmeyster und Pädagoge Karls V., und er müsse, so er für anders Lob verdiente, doch alleyn dafür mit ewigem Tadel bedacht werden, daß er solchen Diszipulum unterwiesen habe. Nichts Neues also. Daß Kardinal Ottoboni ihn um ein Treffen gebeten hatte, wohl wissend daß sie alle beide Konkurrenten in Hinblick auf das Amt des Generalkämmerers waren, das nun noch kostbarer war, seit der neue Papst ein wütendes Sparprogramm entworfen hatte, war äußerst seltsam.

»Diese Beobachtungen sind sehr treffend«, sagte Kardinal della Torre, »aber sie kommen vielleicht zu spät, wenn wir nicht die Kraft und die Möglichkeit haben, dem Übel sofort Abhilfe zu schaffen.«

»Kardinal Campegio, einer der wenigen Auserwählten, die sicher zur nächsten Umgebung des Papstes im Vatikan gehören werden, gemäß dem Willen des Goten Winkler, hat die Beamten der Apostolischen Kammer als ›Blutegel‹ bezeichnet. Darüber kann man lange streiten, aber man löst das Problem nicht, wenn man von siebenundzwanzig Blutegeln zwölf im Amt läßt, wie er offenbar beschlossen hat. Man muß die Blutegel ausrotten und durch ehrliche und fähige Beamte ersetzen. Die Flamen behaupten, daß die Datarie nicht funktioniere, und daß die anderen Ämter auch nicht funktionieren, die Consulta, das Heilige Offizium, die Sacra Rota, und daß hier in Rom mit der Gerechtigkeit Schacher getrieben wird. Das mag schon stimmen, aber es ist wieder das gleiche Lied: man schafft den Schacher nicht ab, indem man die Zahl der Schacherer verringert.«

»Ich bin ganz Eurer Meinung bezüglich der Prinzipien, die Ihr so freimütig dargelegt habt«, sagte Kardinal della Torre, »aber ich weiß nicht, was man tun sollte oder könnte.«

»Ehrlich gesagt wenig. Aber es gibt eine Sache, bezüglich derer alle Kardinäle, mit denen ich in letzter Zeit gesprochen habe, sich einig sind. Eine nebensächliche Sache, aber von grandioser symbolischer Wirkung: die Sache mit dem Bart.«

Kardinal della Torre sah ihn an, sprachlos vor Staunen.

»Wie Ihr sicherlich wißt«, fuhr der andere Kardinal fort, »hat der neue Papst angeordnet, daß sich alle Purpurträger vor seiner Ankunft den Bart scheren müssen.«

»Davon hat mich niemand informiert, und ich höre diese Nachricht jetzt zum ersten Mal. Es ist, ehrlich gesagt, eine absonderliche Entscheidung.«

»Es scheint, daß der Flame den Bart als weltliches Ornament betrachtet; aber hinter dieser Weisung steckt offenbar, bewußt oder nicht, ein Gefühl der Rache.«

»Und wofür sollte er sich rächen?«

»Ihr müßt wissen, daß unser Hadrian ein Mann von sehr bescheidener Herkunft ist, der gewöhnt ist, bescheiden zu leben. Es genügt schon zu sagen, daß er den Wein mißachtet und Apfelmost trinkt. Ob er beim Zelebrieren der Messe auch Apfelmost trinkt? Wir Purpurträger stammen fast alle aus adeligen Familien und sind an einen bestimmten Lebensstil seit Jahrhunderten von Geburt an gewöhnt, und das ist dem Papst offenbar verhaßt. Der

Bart ist ein Symbol unserer Würde, und wenn er uns den Bart wegnimmt, dann will er uns für unsere Herkunft bestrafen und für alles, was in seinen Augen als ungeheurer Luxus erscheint.«

»Das ist eine Entscheidung, die mich in große Verlegenheit bringt.«

»Ihr habt in der Tat einen äußerst würdigen Bart.«

»Ich wußte nichts von diesem Befehl, aber jedenfalls ziehe ich es vor, das Haus nicht mehr zu verlassen, als mich bartlos in der Öffentlichkeit zu zeigen. Ich würde mich nackt fühlen mit geschorenem Kinn.«

»Wir sind uns also alle einig, unsere Bärte zu behalten. Ich habe bereits mit ein paar Kardinälen gesprochen, und zusammen mit Egidio Canisio, der sich von diesem absurden Befehl befreit fühlt, weil er dem Augustinerorden angehört, in dessen Regel der Bart vorgeschrieben ist, haben sich schon Ascanio Colonna, die Toskaner Petrucci, Ridolfi und Piccolomini, die Kardinäle Pucci, Ferreri, Tarantelli und Orsini zu einer Weigerung entschlossen. Ich denke, daß sich weitere anschließen werden.«

»Wie Ihr seht, bin ich bereits auf Eurer Seite. Was mich betrifft, bin ich bereit, mich von meinem Bart zu trennen, sobald man mir beweist, daß die Apostel ein geschorenes Kinn hatten.«

»Es scheint, daß unser guter Hadrian von einem Dekret des heiligen Märtyrers Anicetus angeregt wurde, den man im Jahr des Herrn 155 zum Papst gewählt hat. Mit diesem Dekret untersagte ein früher Papst dem Klerus, Haupthaar und Bart zu pflegen, aber ein heiliger Papst und Märtyrer ist nicht notgedrungen auch ein weiser Mann.«

»Seit damals haben sich viele Dinge geändert. Was früher als weise Entscheidung erscheinen konnte, wäre heute nur ein Verstoß gegen die Würde der Kirche und ihrer Diener.«

»In der Tat hat nie jemand behauptet, daß die Päpste unfehlbar sind«, sagte Kardinal Ottoboni. »Es ist ausgerechnet unser Hadrian, der in einem Werkchen mit dem Titel ›Kommentar zum vierten Buch der Sentenzen‹, das ich zufällig in der Hand gehabt habe, wörtlich sagt: ›ein Papst kann auch da fehlen, wo der Glaube betroffen ist‹. Wenn er in Glaubensfragen irren kann, dann um so mehr in Fragen der Bärte von Kardinälen. Was sagt Ihr dazu?«

»Ich bin in allem Eurer Meinung.«

»Das wollte ich wissen, und das ist auch der Grund, warum ich gewünscht habe, Euch zu treffen. Ich bin glücklich, daß ich Euren Namen denjenigen hinzufügen kann, die schon beschlossen haben, diese Demütigung nicht zu erdulden. Niemand wird zu behaupten wagen, daß unsere Bärte der Religion oder den Finanzen des Kirchenstaats, derentwegen sich unser Flame so große Sorgen zu machen scheint, irgendwelchen Schaden zufügen können.«

»Selbst wenn seine finanziellen Sorgen verständlich sind, so bin auch ich überzeugt, daß unser Ungehorsam niemandem Schaden zufügen wird.«

Nach Beendigung des Gesprächs verabschiedeten sich die beiden Kardinäle mit betonter Herzlichkeit, wie alte Freunde.

Von der Straße herauf hörte Kardinal della Torre die Geräusche der Kutsche und der berittenen Eskorte, die sich auf dem holprigen Pflaster entfernten. Es war also wirklich wahr: Kardinal Ottoboni, sein schlimmster Rivale, der ihm mit einem Handstreich das Amt des Abbreviators gestohlen hatte und gerade dabei war, ihm auch das des Kardinalkämmerers zu stehlen, war zu ihm in sein Haus gekommen, um ihn zu bitten, sich nicht von seinem Bart zu trennen, gegen die Anordnung des neuen Papstes.

Von Migräne geplagt setzte sich Cosimo Rolando wieder in den Spiegelsalon, löste seine Pantoffeln und fragte sich, welches der wahre Grund dieses Besuchs gewesen sein mochte. Er dachte lange nach, stellte Dutzende von Vermutungen an, und verwarf sie alle. Endlich beschloß er, daß der Kardinal Ottoboni,

befriedigt vom Erwerb des Abbreviatoramts und mit der Gewißheit, gute Karten für das des Kardinalkämmerers in der
Hand zu haben, einfach gekommen war, um ihn zu überreden,
sich den Bart nicht abzuschneiden. Manchmal sind die Dinge
wirklich so, wie sie sich darstellen, und der Schein stimmt mit der
Wahrheit überein.

Von Barcelona nach Livorno

Die päpstliche Flotte segelte bis Barcelona der Küste entlang – aus Furcht vor den häufigen Unwettern in diesen Buchten. Obwohl die Flotte aus fünfzig Schiffen bestand und mit zweitausend Soldaten bemannt war, fürchtete man mehr als die Unwetter die türkischen Piraten, die das ganze Mittelmeer unsicher machten.

In Barcelona wurde Hadrian in der Kathedrale, wo sich die ganze hohe Geistlichkeit der Stadt und der Umgebung versammelt hatte, festlich geehrt. Durch die Anwesenheit des Abtes von Montserrat, einem der berühmtesten kulturellen Zentren der katholischen Welt, wurde diese Begegnung zu einem historischen Ereignis. Aber der Papst enttäuschte jegliche Erwartung, indem er nur wenige Grußworte an die Verdammelten richtete, und weder die inneren Schwierigkeiten erwähnte, welche die Römische Kirche quälten, noch jene, die Deutschland nach dem Skandal des Ablaßhandels und dem Anschlag der 95 Thesen Luthers gerade erschütterten.

Nach seiner Rückkehr auf den Montserrat versammelte der Abt alle Mönche der großen Benediktiner-Abtei, die mit Spannung seinen Bericht über das Treffen mit dem neuen Papst erwarteten. Aber der Abt sagte von der Höhe seiner Kanzel herab lediglich: »Vidi Pontificem«, ich habe den Papst gesehen, und verfiel dann in ein strenges Schweigen, das mehr als jede Rede seine tiefe Enttäuschung zeigte.

Von Barcelona stach die Flotte wieder in See und passierte ohne Aufenthalt den Hafen von Marseille – aus Mißtrauen gegen die Franzosen, die in Hadrian ein Geschöpf des Kaisers sahen. Indessen wurde ein Halt in Santo Stefano a Mare beschlossen, um dort den Tage der Himmelfahrt zu feiern. Nach dem Gottesdienst heiterten große Festbeleuchtungen die Dunkelheit auf, als aber die Lichter verloschen, wollte der Papst wissen, wieviele Dukaten dieses Schauspiel gekostet hätte.

In Savona machte man von neuem Halt, und der Papst wurde vom Erz-
bischof Tommaso Riario mit solchem Prunk an Gold und Silber und solch
offensichtlicher Zurschaustellung von Reichtum empfangen und beherbergt,
daß der Gast wie betäubt und sprachlos blieb. Über die Pracht solchen
Empfangs durch den Erzbischof, der zu einer der reichsten Familien gehörte,
die sich in der Römischen Kurie fest eingenistet hatten, sagte der Papst zu sei-
nen Begleitern im Vertrauen, daß er jetzt begänne sich darüber klar zu wer-
den, welches Leben die hohen Prälaten in der Hauptstadt der Christenheit
führten – abgestumpft vom Luxus und vom Schirokko.

Bei einem weiteren Halt in Genua, wo Hadrian drei Tage blieb und die
tragischen Bilder einer vom Krieg zerrütteten Stadt vor Augen hatte, ver-
mochten die kaiserlichen Kommandanten Prospero Colonna und Antonio
Leyva keineswegs seine Traurigkeit zu vertreiben, und sie erhielten auch
nicht die herzliche Behandlung, die sie von einem Papst kaiserlicher Proveni-
enz erwarteten. Im Gegenteil, es lief das Gerücht um, daß Hadrian diesen
Kriegsherren gar seinen Heiligen Segen verweigert hätte.

Der folgende Halt kam als unerwartete Unterbrechung: im Golf des
Tigullio, wo die Flotte wegen stürmischer See für vier Tage vor Anker ging.
Die Furcht vor türkischen Piraten veranlaßte dann den Kommandanten der
Flotte, bis nach Livorno vorsichtig der Küste entlang zu fahren, wo die
Schiffe endlich am 23. August anlegten. Hier fand Hadrian die fünf toska-
nischen Kardinäle Medici, Petrucci, Passerini, Piccolomini und Ridolfi zu
seinem Empfang bereit, gehüllt in funkelnde Mäntel, auf den Köpfen breit-
krempige Hüte mit Federschmuck, welche ihn abermals den Luxus und die
Frivolität des päpstlichen Hofes ahnen ließen. Gewänder wie am Kaiserhof
von Byzanz, so definierte sie Hadrian, und als man ihm das kostbare Sil-
bergeschirr als Geschenk anbot, mit dem die Tafel des feierlichen Banketts
dekoriert war, bemerkte er abermals, daß die italienischen Kardinäle wie
Könige lebten.

»Verdient euch Schätze für den Himmel und nicht für die Erde«, rief er
unter Zurückweisung der Geschenke aus, und er wollte nicht Halt machen
in Pisa und Florenz, noch wollte er einen Aufenthalt in Bologna einlegen,
wie ihm die Kardinäle vorschlugen, um ihn noch eine Weile von der Pest fern-
zuhalten, die in Rom wieder begonnen hatte, ihre Opfer hinzuraffen. Viel-

mehr sei das, so sagte der Papst, ein guter Grund, seine Reise zu beschleunigen, um baldmöglichst in die Hauptstadt zu gelangen, auf daß er den Pestkranken Trost bringe.

Und so trug jedes Wort und jede Geste des Papstes dazu bei, die Bestürzung und Niedergeschlagenheit der Purpurträger zu vergrößern, die allmählich begriffen, wieviel schlimmer der Flame war als alle Vorstellungen, die man sich von ihm gemacht hatte, und daß in der Hauptstadt harte Zeiten für alle Inhaber kirchlicher Würden begannen.

Auf die Nachricht hin, daß sich ein günstiger Wind erhoben hätte, eilte Hadrian aufs Schiff und gab den Befehl von Livorno in See zu stechen, ohne die Kardinäle zu benachrichtigen, die noch bei einem animierten Konziliabulum tafelten.

Trotz des Affronts durch diese plötzliche Flucht beeilten sich die Kardinäle in ihre Kutschen zu steigen, um bei der Einsetzungszeremonie in Rom anwesend zu sein, und sie fragten sich, welche weiteren bösen Überraschungen noch von diesem arroganten und plebejischen Papst zu gewärtigen wären, den sie einfältigerweise mit ihren eigenen Stimmen erwählt hatten. Einer von ihnen richtete gar glühende Gebete an den Allmächtigen Gott, auf daß er ihn, sich der Pest bedienend, zu den Seligen in den Himmel riefe, oder noch besser, ihn für das Fegefeuer bestimmte – zur Buße für seine Arroganz.

Sünde der Wollust

Daß der Kardinal della Torre ihn dazu angestiftet hatte, eine Sünde der Wollust zu begehen, erschien dem Diakon Baldassare eine sehr extravagante und ausgelassene Verrücktheit. Meine Lage als Besessener mag widersinnig sein, sagte er sich, aber noch widersinniger ist ein Kardinal, der einen jungen in seinen Diensten stehenden Klosterbruder zur Sünde überredet. Mein Gott, was für ein Durcheinander unter dem Himmel. Den Augen des Diakons zeigten sich ganz und gar neue Perspektiven. Wenn wirklich der Teufel an seinen Handlungen schuld war, dann bot ihm die unglückliche Lage eines Besessenen auch die Vorteile einer totalen und fast übermenschlichen Freiheit. Warum also nicht davon profitieren? Er konnte nachts laut johlen, sich betrinken, fluchen, Heuböden in Brand stecken, die Fischbänke auf dem Copellenmarkt umstoßen, die Kleider von zu Fuß oder in ihren Kutschen vorbeikommenden Damen zerreißen, Pferde lahmschlagen und junge Wäscherinnen vergewaltigen, wenn sie zum Fluß hinuntergingen. Kurzum, er konnte sich ein paar tollkühne und barbarische Unverschämtheiten leisten.

Der junge Diakon hatte das Haus an der Piazza dell'Oro mit dem Entschluß verlassen, eine so unerhört rebellische Tat zu begehen, daß alle Welt beeindruckt sein würde. Er gelangte zur Via di Torre Argentina, lief dann durch die Seitengäßchen, um das Vorbeigehen an den Kirchen zu vermeiden, und erreichte beim Gefängnis von Tor di Nona den Tiber, ohne daß sich ihm irgendeine Versuchung geboten hätte. In Ermangelung eines Besseren fing er an, einen Fischkarren zu verfolgen, der zum Copellenmarkt unterwegs war, aber als er ihn in der Via dei Portoghesi erreiche, genügte ein schräger Blick des Kärrners, um ihn zur Flucht zu bewegen und ihm den Gedanken an ein Umstoßen, den er im ersten Übermut gefaßt hatte, wieder auszutreiben.

Verzagt und mit gesenktem Kopf lief der Diakon durch die Via Mellina und schämte sich bei jedem Schritt. Er überquerte die Via del Governo Vecchio, ging am Pasquino vorbei, den er mit einem leichten Winken grüßte, erreichte dann die Piazza dell'Oro und kehrte in den Kardinalspalast zurück.

Als er am Abend einzuschlafen versuchte, den Kopf unter dem Laken versteckt, kehrten dieselben Gedanken, die er tagsüber aus Feigheit beiseitegeschoben hatte, wie ein warmer Wind in den schläfrigen Sinn des jungen Diakons zurück. Am kommenden Morgen würde er also jede Vorsicht zu Hause lassen und am Tiber spazierengehen, wo jene Mädchen hingingen, um Wäsche zu waschen. Dort würde er sich ganz nackt ausziehen und das erstbeste Mädchen, das er träfe, ins Gras ziehen. Er wußte, daß er ein angenehmes Äußeres hatte – Behaartheit mißfällt den Frauen nicht – und daß die Unternehmung ihm ohne große Hindernisse gelingen würde. Noch dazu mit dem Einverständnis des Kardinals.

Freiheit war ein verdächtiges und gefährliches Wort, so hatte man ihn gelehrt, aber jetzt wurde es zum erstenmal der Schlüssel zu einer neuen, tatkräftigen Erweiterung seiner Wünsche. Plötzlich, während ihm über diesen Phantasien die Augen langsam zufielen, drangen die düsteren Schläge der Sturmglocken in seine Ohren. Zu welchem Unglück läuteten die Glocken zu dieser Nachtzeit? Vielleicht läuteten sie seinetwegen, dem unglücklichen Diener Gottes, der jede Würde weggefegt und begraben hatte, seit der Teufel in sein Leben getreten war. Diener Gottes und des Teufels? Doch was bedeutete es schon, ob er vom Teufel besessen war oder nicht? Sein Leben war seit jenem Tag verändert, als er dem Prior des Klosters in der Via della Scrofa die seltsame und beunruhigende Anomalie seines Niesens gestehen mußte.

Jawohl, man muß das Leben anpacken und leben, so gut es geht, und nicht so schlecht es geht. Zu viele Ängste hatten seine Gedanken abgelenkt und seine Gefühle getrübt. Der junge Diakon schlief ein und träumte, er würde fliegen, zusammen mit sechs nackten Mädchen, die ihn umtanzten. Aus ihrem Kreis kam Theodora von Alexandria, die Heilige und Sünderin auf ihn zu, mit langen auf die Schulter fallenden Haaren und Augen, die Flammen der Lust ausstrahlten, und sie nahm ihn bei der Hand und führte ihn auf eine weiche Wolke aus schneeweißer Wolle, die das Bett ihrer Liebe war.

Nach dem anfänglichen Staunen über den so wunderlichen Rat vergaß der Diakon die chaotischen Versuchungen der Nacht und des vergangenen Tages und sagte sich, daß eben der Kardinal della Torre, dieser weise und einflußreiche Mann, sein Beschützer und Freund, ihm eine vernünftige Gelegenheit geboten hatte, sich von einem schweren Stein zu befreien, der seit Jahren auf seiner furchtsamen und verkümmerten Seele lag. In der Erinnerung durchlebte er noch einmal ein altes Leid, das stärkste Gefühl, das er je erlebt hatte, jenen schrecklichen Schmerz, der so anders war als jeder andere, und der Liebe heißt.

Er hatte sich in ein Mädchen verliebt, während eines Sommers in Viterbo, wo er Gast bei einem alten Pfarrer war, der ihm vor seinem Eintritt ins Kloster Lateinstunden gab. Dieses blonde, immer lächelnde Mädchen mit dem kindlichen und verlorenen Gesicht begleitete ihn gewöhnlich nach dem Mittagsmahl, um längs des Wegs, der zum Pfarrhaus führte, Brombeeren zu pflücken. Aber eines Tages hatte sie ihm gesagt, daß dort wo die Karren vorbeikämen, die Brombeeren mit Staub bedeckt seien, und hatte ihn durch ein Wäldchen geführt, wo nie jemand vorbeikam. Ein Vorschlag, den er, bangend und mit verworrenen Hoffnungen, sofort angenommen hatte.

Vor einem großen Brombeerstrauch hatte das Mädchen ihm

die Hand gegeben und ihn gebeten, sie zu stützen, sie würde sonst mitten in die Dornen fallen. Und um sie besser zu stützen, hatte er sie um die Taille gefaßt. Das Mädchen hatte aufgehört, Brombeeren zu pflücken, und hatte sich zu ihm umgedreht und ihm fest in die Augen geschaut, bis sie sich eng umschlungen hielten und sich küßten. An diesem Punkt wollte er sie ins Gras ziehen, wie es das Mädchen wünschte, als plötzlich vor seinen Augen die obszöne Fratze des Teufels erschien und sich über das Antlitz der Schönheit und des Verlangens schob, während sich ringsherum ein ekelerregender Schwefelgeruch ausbreitete. Das so anziehende Mädchen hatte sich schlagartig in die gräßliche Gestalt eines haarigen und stinkenden Ziegenbocks verwandelt. Wie die Väter der Wüste es taten, hätte der junge Diakon sie gern geschüttelt, diese Inkarnation des Teufels, die sich genau in dem Augenblick offenbarte, als das Mädchen sich seinen Wünschen ergab, aber er hatte nicht die Kraft dazu. Ermattet von den Zuckungen der Erregung, stieß er das geradewegs aus dem Höllenschlund kommende Ungeheuer von sich und ergriff die Flucht.

Der Diakon Baldassare hatte sich innerlich gerühmt, weil es ihm gelungen war, einem offenkundigen Versuch des Teufels, ihn in die Sünde der Unkeuschheit zu stürzen, zu widerstehen, und seit jenem Tag, eingeschlossen in seinem kleinen Zimmer im Pfarrhaus, widmete er alle seine Stunden dem Studium des Latein. Doch eines Abends kehrte er auf den Brombeerweg zurück und sah dort das Mädchen in Begleitung eines untersetzten schwarzhaarigen Burschen. Er blieb stehen, um sie zu beobachten. Sie redeten leise miteinander, liebkosten und umarmten sich vor seinen Augen, ohne das geringste Zeichen einer teuflischen Präsenz. Sie schienen furchtbar glücklich und verliebt.

Er war also einer lächerlichen Halluzination erlegen, einem Irrtum, diktiert von einer anmaßenden Moral, die allenthalben auf die Präsenz des Bösen hinweist. Und wahrhaftig, in jenen unglücklichen Tagen hatte er sich wie rasend gewünscht, seinen

Rivalen zu töten, ein großer Haß war in ihm entbrannt, und diesmal wahrhaftig diabolisch, ein schrecklicher Schmerz, der aus seinen Eingeweiden aufstieg und sein Gesicht entflammte. Er hätte mit Leichtigkeit ein Messer ergreifen können, um den jungen Burschen zu erstechen, der von dem Mädchen Besitz ergriffen hatte, das seines hätte sein können. Manchmal, in seiner überspannten Phantasie, hätte er auch das Mädchen töten mögen.

Endlich, um sich von dieser Versuchung zu befreien, hatte der junge Diakon den Pfarrer und sein Latein verlassen, um überstürzt nach Rom zurückzukehren. Er hatte sich mit Grauen vom Rande des Abgrunds entfernt, und war solch frevelhaften Versuchungen seither nie mehr erlegen. Und nun schlug ihm der Kardinal statt des verhaßten Exorzismus eine Sünde vor, die eine Entschädigung sein konnte und eine Befreiung von der Trauer um jene verpaßte Gelegenheit. Wie hätte er einen so verlockenden Rat ausschlagen können?

Es nützte nicht viel, den Prostituierten Namen zu geben, die ihren Beruf veredeln sollten: Primavera, Serena, Flora, Genedora, Mandolina, Imperia, Smeralda oder sogar Madonna Honesta wie die Geliebte des Kardinals Romanelli. Dirnen sind sie und Dirnen bleiben sie, sagte sich der Diakon Baldassare, auch wenn sie sich mit Kardinälen zusammentun. Der Moment war nun also gekommen, um von der Freiheit Gebrauch zu machen, die seine Vorgesetzten genossen, unter Mißachtung der von Leo X. erlassenen Vorschrift.

Seine Schüchternheit und sein Mangel an Geld hielten ihn davon ab, renommierte Freudenhäuser wie das Bordelletto bei Santa Maria in Cosmedin aufzusuchen, wo man vier Karlinen für den Eintritt zahlte, und auch die allerniedrigsten in der Via Arenula und in der Via delle Vacche bei Santa Maria della Pace, die von notorisch habgierigen deutschen und korsischen Zuhältern geführt und von Leuten aus der Verbrecherwelt frequentiert wurden, und wo man Gefahr lief, sich Läuse und im Nu auch die Französische Krankheit zu holen. Die beiden Badehäuser bei der Piazza in Piscinula, von Edelleuten und hohen Prälaten besucht, waren unerreichbar durch ihren Eintrittspreis, der sich auf etwa fünfzehn Karlinen belief.

Der Diakon wußte sehr wohl, wo die freien und billigen Frauen zu finden waren. Sie hatten ihren Standort größtenteils auf dem Marsfeld zwischen dem Pincio und dem Tiber, das früher fast unbewohnt war, sich aber rasch bevölkerte, nachdem Leo X. die Via Leonina, auch Via Ripetta genannt, angelegt hatte. Seit dieser Zeit hieß dieser Stadtteil Ortaccio, der verwilderte Garten, und hier hatten sich jene römischen Prostituierten in großer Zahl zusammengefunden, die der Literatur zufolge, die schon seit geraumer Zeit um diesen Beruf herum florierte, in vielfältige Kategorien eingeteilt waren: Huren, Kurienbuhlen, Säue, Nonnen, Kerzenmädchen, Laternendirnen, Jalousienkurtisanen und aufgetakelte Hühner – »gute Parthien« und Frauen der schlechtesten Sorte. Francisco Delicado, ein berühmter Schriftsteller, bezeichnete Rom als Paradies der Huren, Fegefeuer der Jugend, jedermanns Hölle, Bestienplage, Illusion der Armen, Schlupfwinkel der Gauner, und teilte die Dirnen noch in Sonntagshuren, Betschwestern, Guelfenhuren und Ghibellinenhuren ein.

Den Diakon kümmerten die illusorischen Kategorien des Dirnenwesens wenig, es sei denn aus spekulativer Neugier, aber er trieb sich in diesen verrufenen Vierteln herum, weil er nach einer Dirne suchte, die dem Mädchen von Viterbo, das er in keiner Weise aus seinem Gedächtnis löschen konnte, so ähnlich wie möglich wäre.

In der Via del Popolo stellten sich die Huren der minderen Sorte zur Schau, vor den Haustüren sitzend, auf der schattigen Seite der Straße. Das Vorbeigehen des jungen Diakons reizte sie, ihre nackten Beine zu zeigen, und einige entblößten sogar ihre Brust und warfen ihm Kußhände und aufreizende Worte zu, womit sie indes das gegenteilige Ergebnis erzielten, den sowieso schüchternen Diakon noch mehr einzuschüchtern. Eine besonders schamlose Schöne näherte sich ihm und versuchte, ihn bei der Hand zu nehmen und ins Haus zu ziehen, aber der Diakon konnte sich befreien, und vom Gespött und den Blicken der anderen Mädchen der Straße verfolgt, hatte er nur noch den einzigen Wunsch, sich schleunigst von diesem Ort zu entfernen.

In den Gäßchen des Borgo, wo die Betschwestern und die Kurienbuhlen mit Pilgern und sündigen Priestern Umgang pflegten, fand er ein weniger augenfälliges Angebot der Sünde als im Ortaccio. Die Mädchen saßen auch hier vor den Häusern oder lehnten in den niedrigen Fenstern, aber ihr einladendes Lächeln war zurückhaltend und ihre Zurschaustellung diskret. Der junge Diakon hatte Gelegenheit, eine nach der anderen zu begutachten und hier und da ein schüchternes Lächeln mit einer zu tauschen. Als er ein blondes und lächelndes Mädchen mit einem kindlich verlorenen Ausdruck sah, der ihn an das Mädchen von Viterbo erinnerte, brauchte er keine Worte und fragte sich auch nicht lang, ob sie eine Betschwester oder eine Laternendirne sei. Sie einigten sich mit einem Blick und gingen gemeinsam durch ein dunkles Gäßchen zu einem Wirtshaus, weil, so sagte das Mädchen, ihre Brüder sie aus dem Haus gejagt hatten.

Das Mädchen hatte ihn in die Locanda del Falco geführt, wo die Händler und die Höker, die Kerzenkrämer und Rosenkranzverkäufer wohnten, die ihre Geschäfte mit den Priestern, den Bruderschaften und den Huren des Borgoviertels machten.

Der Diakon folgte dem ahnungslosen Mädchen, das seinen viterbischen Schmerz wiedererweckt hatte, mutig auf einen baufälligen Dachboden. Die Alte, die sie bis zur Kammertür begleitet hatte, sagte, sie müsse ausgehen, und stieg holzschuhklappernd die Treppe hinunter. Der Diakon drückte das Mädchen an sich, um sie zu küssen, und wiederholte wie aus einem imaginären Regiebuch die versäumten Taten jenes fernen ländlichen Septembertags bei Viterbo.

»Wir können uns aufs Bett legen«, sagte das Mädchen nach diesem verliebten Kuß, den sie der Schüchternheit des jungen Klosterbruders zuschrieb.

»Sag mir doch bitte, wie du heißt.«

»Ich heiße Margherita, aber alle nennen mich Margotta, das reimt sich auf mignotta*. Und du?«

Der Diakon zögerte einen Augenblick.

»Baldassare. Nicht immer stimmen die Namen mit den Personen überein.«

»Er paßt aber gut zu dir, für mich klingt er richtig. Du bist der erste Baldassare, den ich kenne.«

»Für mich ist Margotta auch neu.«

Der Diakon begann sich langsam auszuziehen, wobei er seine schwarzen Kleider zu denen des Mädchens auf ein kleines Strohsofa legte. Bei diesen übereinandergelegten Kleidern durchzog ihn ein Schauer der geheimnisvollen Berührung der Geschlechter, aber seine Gedanken verfolgten, mit Groll und mit Liebe, das zwanghafte Bild des Brombeermädchens. Er konzentrierte sich auf jenes ländliche Bild, schloß die Augen und hielt sie so lange geschlossen, bis er sich, als er sie wieder öffnete, ganz nackt im Zimmer stehen sah, und das auf dem Bett liegende Mädchen erblickte, auch sie nackt, die langen Haare kunstvoll über das Kopfkissen gebreitet. Einen Augenblick geriet er in Panik – es war das erste Mal, daß er sich in dieser Lage befand, die so natürlich war und doch so schwierig für einen, der vierundzwanzig Jahre alt geworden war, ohne jemals die glorreiche Sünde Adams begangen zu haben. Eine unerwartete Hilfe wurde ihm zuteil, als das obszöne Bild aus seiner Klosterzelle, das seine Sinne so oft erregt hatte, vor seinen inneren Augen erschien. War dies das Bild der Wahrheit?

* mignotta = Dirne (Anm. d. Übers.)

Das Mädchen hatte die Unerfahrenheit des jungen Diakons sofort erkannt, und mochte ihm ihr Repertoire erotischer Phantasien nicht vorführen, um ihn nicht zu erschrecken. Sie drückte ihn mit Seufzen und Stöhnen an sich, und half ihm beim Ausüben des Liebesakts mit zartfühlender Hand und einer Beteiligung, die ihm aufrichtig erschien.

Am Schluß, noch atemlos von den Mühen der Liebe, fragte Margotta ihn, ob es ihm gefallen habe. Der Diakon antwortete, er hätte den Eindruck gehabt, in einer gut gefederten Kutsche zu fahren, und am Ende habe er zu fliegen geglaubt. Das Mädchen lachte bei diesen so neuen und seltsamen Worten.

Dem Diakon, noch verwirrt von der Liebesekstase, kam plötzlich jener Satz in den Sinn, den er auf jenem rattenzernagten Pergament gelesen hatte: »Demonstratio absoluti stat cum evidentia …«, und er fragte sich, ob nicht vielleicht gerade die Liebesekstase der Beweis des Absoluten sei – der physische Liebesakt mit der erhabenen Erweiterung des Bewußtseins, der Auslöschung jeden realen Bezugs zur Wirklichkeit, der Identifikation mit einem zeitlosen Universum. In diesem trostlosen Kämmerchen der Locanda del Falcone, in der Umarmung mit einer jungen Betschwester, hatte sich also die Lösung jenes mysteriösen Satzes enthüllt?

Aus diesen Gedanken weckte den Diakon die belustigte Stimme Margottas.

»In einer Kutsche fahren und dann fliegen: ich hab' noch nie so etwas Lustiges und Merkwürdiges gehört.«

Sie umarmten sich aufs neue, und sie fragte ihn, ob er wiederkommen würde.

»Es gefällt mir, mit dir zu fliegen, aber ich wüßte nicht, wo ich dich finden könnte, denn dies ist nicht deine Wohnung.«

Das Mädchen betrachtete ihn mit einem Anflug von Melancholie, denn sie wußte, daß sie diesen schüchternen und nachdenklichen Diakon nicht wiedersehen würde.

»Ich weiß schon, daß du mich nicht suchen wirst. Kein Priester kommt ein zweites Mal zu mir. Im übrigen habe ich gar keine Wohnung, wo du mich finden könntest, ich schlafe mal da mal dort. Aber du könntest Zenaide nach mir fragen, die Hexe vom Malpassogäßchen.«

»Eine Hexe?«

»Sie ist eine Freundin von mir, sie beschützt mich und hilft mir, wenn ich es brauche. Sie ist eine großzügige Frau. Sie bringt die Konkubinen unter die Haube, bestellt Abtreibungen, stiftet Hochzeiten und leiht den Huren Geld, aber ihr wirklicher Beruf ist das Zaubern. Zauberei der Liebe und des Todes. Geh zu ihr und frag nach Margotta, sie weiß immer, wo ich bin.«

»Hast du gesagt, sie zaubert?«

»Sie ist sehr mächtig als Zauberin. Sie kann jemand auf hundert Meilen Entfernung sterben lassen. Deshalb fürchten und respektieren sie alle.«

»Machst du dich über mich lustig?«

»Überhaupt nicht, die Zenaide kennen alle.«

»Und sie wohnt im Malpassogäßchen, hast du gesagt?«

»An ihrem Haustor hängt eine schwarz angemalte Kette. Dort ist sie, und der Palazzetto, in dem sie wohnt, gehört ganz und gar ihr. Aber ich merke, daß du sehr neugierig bist. Hast du einen Feind, den du tot wissen möchtest?«

»Ich nicht.«

»Natürlich, du bist ein Mönch, du darfst niemanden hassen. Aber jetzt weißt du, wie du mich finden kannst, wenn du wieder Kutsche fahren möchtest.«

Der Diakon lächelte dem Mädchen zu, während sie ihre Kleider aus dem Haufen herauslas, in dem sie zusammen mit denen des Diakons auf dem Strohsofa lagen. Statt ihm seine zu geben, damit er sich anziehen konnte, öffnete Margotta das Fenster und warf sie mit großer Geste hinaus. Der Diakon sprang aus dem Bett.

»Was machst du da?«

»Ich habe deine Kleider aus dem Fenster geworfen. Sie sind

aufs Dach eines Hauses gefallen, wo man sie unmöglich holen kann.«

Der Diakon beugte sich zum Fenster hinaus und sah seine Kleider unten auf dem Dach verstreut.

»Und wie komme ich jetzt nach Hause?«

»Du mußt nackt nach Hause gehn. Ich mache das immer so bei den Priestern, die mit mir ins Bett gehn. Vor einem Monat habe ich die Kleider eines Monsignore aus dem Fenster geworfen. Auch er ist zu Fuß nach Hause gegangen.«

Der Diakon sah sie an, ohne zu begreifen.

»Du hast mich in die Falle gelockt. Darf ich wissen, was um Gottes Willen ich dir angetan habe?«

»Ich hab' nichts gegen dich. Ich sagte dir schon, ich mach' das bei allen Priestern.«

Der Diakon stand immer noch da, ganz nackt und verzweifelt.

»Dann bist du also verrückt.«

»Nein, ich bin nicht verrückt, ich bin nur sehr fromm. Auf diese Weise lasse ich dich für die Sünde der Unkeuschheit büßen. Im Grunde ist es kein so großes Opfer und danach wirst du dich besser fühlen und mußt nicht mal mehr beichten.«

»So hast du alles zerstört.«

»Es tut mir leid für dich, aber es ist ein Gelübde, das ich der Madonna gemacht habe, und meine Gelübde, die halte ich. Ich kann die Madonna nicht betrügen.«

Der Diakon zog das Leintuch aus dem Bett, aber das Mädchen riß es ihm aus der Hand.

»Das geht nicht, das gehört mir nicht.«

»Ich bitte dich, laß mich nicht so auf die Straße gehen.«

»Es ist dunkel, wer sieht dich da schon ? Zum Glück bist du schwarz und haarig wie ein Büffel.«

»Gib mir wenigstens das Leintuch. Ich bring' es dir morgen zurück.«

»Nein, auch du mußt mein Gelübde an die Madonna respektieren. Du bist doch ein Priester.«

»Ich versteh' dich nicht«, sagte der Diakon mit einem Kloß im Hals, »warum willst du, daß mir eine schlechte Erinnerung an dich bleibt?«

»Weißt du, welche Absicht außer der Madonna auch noch dabei ist?« sagte Margotta. »Ich erklär's dir: alle, die mit einer Hure schlafen, vergessen sie sofort. Wenn sie mich auf der Straße treffen, erkennen sie mich nicht mal, oder sie schauen weg. Es gibt keine Gefühle und kein Gedächtnis für die Huren. Einmal gefickt und Schluß. Mit dieser Methode, die ich selbst erfunden habe, bin ich sicher, daß du Margotta nie mehr vergessen wirst, ich bleibe in dein Gedächtnis eingehämmert wie ein Nagel.«

Der Diakon begriff, daß es nutzlos war zu insistieren. Er verließ das Zimmer, schlug die Türe hinter sich zu, rannte die Wirtshaustreppe hinunter, trat im Dunkeln auf die Straße hinaus und begann zu rennen, dicht an den Häuserwänden entlang. Ein streunender Hund verfolgte ihn bellend. Der nackte Diakon legte den ganzen Weg vom Borgo bis zur Piazza dell'Oro im Laufschritt zurück, über Löcher und Müllhaufen springend und unentwegt betend, damit er nicht fluchen mußte, immer weiter von dem Hund verfolgt. Die wenigen Passanten, auf die er unterwegs traf, machten einen Bogen um ihn, weil sie glaubten, es handle sich um einen Verrückten oder um einen Pestkranken, der aus dem Spital entlaufen war.

Die beiden Gendarmen, die den Kardinalspalast nachts bewachten, verstellten ihm den Weg, aber als sie ihn erkannten, ließen sie ihn hinein, ohne zu begreifen, durch welche unvorhergesehene Türkerei er in diesen jämmerlichen Zustand geraten war. Sie wagten nicht, ihm Fragen zu stellen, trotz ihrer Verwunderung und Neugier. Dann jagten sie den Hund, der ihm auch in den Kardinalspalast folgen wollte, mit Fußtritten davon.

Der Diakon erklomm die Treppe im Flug und schloß sich in seine Kammer ein, wo er ins Bett schlüpfte, ganz durcheinander, aber glücklich über sein Abenteuer. Margotta hatte recht: ihr Name würde für immer in seinem Gedächtnis stecken wie ein

Nagel. Aber, sagte er sich, es gibt Personen, denen schenkt der Himmel alle Genüsse der Welt, die großen und die kleinen, und es gibt andere wie mich, die müssen immer dafür bezahlen, bis zur letzten Karline.

Also, heilige Theodora, es scheint, daß die Sünde wenn auch nicht der Hauptweg, so doch einer der möglichen Wege zur Heiligkeit ist, was auch Jacopo da Voragine bestätigt, wo er von deinem Ehebruch erzählt. Aber ich möchte dir sagen, daß die Heiligkeit weit weg ist von meinen Wünschen, und daß ich mich damit begnüge, mir einen zeitweiligen Platz in einer Ecke des Fegefeuers zu verdienen. Wie du gewiß gesehen hast von dort oben im Himmel, habe ich eine Sünde begangen, um mich von einer lang vergangenen Sünde zu befreien, die zu begehen ich nicht den Mut hatte. Ich weiß seit je, daß die Frauen verrückt sind, aber ihre Tollheit gefällt mir auch dann, wenn sie mich zwingt, splitternackt durch die Stadt zu laufen. Seit dem Zusammensein mit dieser Närrin hege ich dir gegenüber nicht mehr jenes leise Gefühl von Neid und fast Groll, das du bei unseren nächtlichen Zusammenkünften sicher gespürt hast. Ich war neidisch auf die Sünde, die du nachts mit deinem Liebhaber begangen hast, nicht auf deine Heiligkeit. Jetzt verstehe ich, wie du den Schmeicheleien dieses Mannes erliegen konntest, der dir ein Vergnügen versprochen hat, das neu und anders war als die müden Liebkosungen deines Mannes. Mag sein, daß es der Teufel war, der beschlossen hat, deinen Ehebruch zu bewirken, aber ich glaube, daß er sich nicht besonders anstrengen mußte, dich zu überzeugen, und ich fühle mich dir jetzt näher, da auch ich die hohe und seltsame Lust der Liebe erlebt habe. Ich habe dieser jungen Dirne gesagt, daß mir gewesen ist, als führe ich in einer Kutsche und würde dann fliegen, und da hat sie gelacht. Dann hat sie meine Kleider aus dem Fenster geworfen, aber das macht nichts. Das einzige, was ich in diesem Augenblick bedaure, ist, daß du nicht hier bei mir im Bett bist, nackt wie die verrückte Betschwester, der ich in dem Gäßchen im Borgo begegnet bin.

Ich habe dir meine Geheimnisse anvertraut, aber jetzt muß ich mit jener unglücklichen Situation fertigwerden, von der du weißt. Meine Gefühle sind erschöpft und meine Gedanken laufen woanders hin. Leb wohl, Heilige Theodora, und mach, daß ich träume, daß du in den Momenten des Unbehagens und der Einsamkeit hier bei mir in meinem Bett bist.

Auge um Auge

Die morgendliche Mahlzeit des Kardinals Cosimo Rolando della Torre bestand aus einer Schale Dickmilch, einem Näpfchen Kastanienhonig, zwei Scheiben gerösteten Brots, einer Tasse Gerstentee und zwei Pflaumen, alles hübsch auf einem Silbertablett angerichtet. Der Kardinal hatte zwei Löffel Honig in den Gerstentee getan und rührte gerade sorgfältig um, als an die Tür geklopft wurde und der junge Diakon auf der Schwelle erschien. Auf ein Zeichen des Kardinals hin näherte er sich demütig seinem Schreibtisch.

»Ich wünsche Eurer Eminenz einen guten Tag.«

»Wünsche kann man immer gebrauchen, zu jeder Tages- und Nachtzeit, und deshalb danke ich dir.«

Der Kardinal rührte weiter in seinem Gerstentee und wartete, daß der Diakon spräche. Er mußte ein wichtiges Thema haben, wenn er sich zu dieser Stunde bei ihm einfand, wohl wissend, daß er ihn alleine antreffen würde.

»Haben Eure Eminenz gut geschlafen?«

»Sieht man denn nicht, daß ich einen guten Schlaf hatte und bereit bin, dir zuzuhören? Ich hoffe, du bist nicht gekommen, um mir von deinen nächtlichen Abenteuern zu erzählen. Damit würdest du nur meinen Neid erregen, und das wäre nicht schön.«

»Ich kann von diesen Dingen nicht reden, Eminenz.«

»Aber ich hoffe, du kannst sie tun.«

»Ich habe eine wunderbare Sünde begangen, die ich Euch verdanke, und über die ich sehr froh bin, Eminenz.«

»Man hat mir aber erzählt, daß du nackt nach Hause gekommen bist.«

Der Diakon errötete vor Scham.

»Du brauchst dich nicht zu schämen, auch illustren Persönlichkeiten der Römischen Kurie ist das schon passiert. Hat diese Betschwester dir nicht davon erzählt?«

»Doch, Eminenz. Aber etwas Ähnliches ist auch einem Jüngling passiert, der Jesus in den Garten Gethsemane gefolgt ist, wie es im Markusevangelium heißt. Aus verschiedenen Gründen und in verschiedenen Situationen kann so etwas passieren.«

Der Kardinal schluckte zwei oder drei Mal, um sein Erstaunen über diese Anspielung auf seinen biblischen Groll zu verbergen, einen interpretatorischen Zweifel, den er streng geheimgehalten hatte. Besser nicht eingehen auf diesen von der suavis clericorum malitia inspirierten Satz des jungen Diakons, und weiter über die Betschwester vom Borgo reden.

»In Rom kennen sie alle. Ich konnte mir nicht vorstellen, daß deine Wahl gerade auf sie fallen würde. Aber eigentlich heißt es, daß sie sich ihre Kunden selbst aussucht, und daß sie eine ausgesprochene Vorliebe für Priester hat.«

»Sie sagt, daß sie der Madonna gelobt hat, die Priester, die zu ihr kommen, für die Sünde der Unzucht büßen zu lassen. Und da gibt's kein Entrinnen.«

»Die Prostituierten sind fast immer sehr fromm, aber oft vertauschen sie die Rollen und maßen sich an, die Sünden der anderen zu bestrafen, während sie ihre eigenen vergessen.«

»Es war eine nützliche Erfahrung.«

»Die du noch vertiefen möchtest, hab' ich recht?«

»Mit Eurer Erlaubnis, Eminenz.«

»Bist du deshalb gekommen?«

»Nein, ich wollte wegen etwas anderem mit Euch reden.«

Der Diakon tastete sich langsam und vorsichtig an sein Thema heran, das ihm auf der Zunge lag, seit er mit dem Mädchen Margotta gesprochen hatte.

»Ich habe gehört wie jemand gesagt hat, daß Gott der König des Himmels und Satan der Herr der Welt ist, daß Gott und Satan gleichermaßen mächtig sind, wobei einmal der eine und einmal der andere die Oberhand hat. Daß man verstehen muß, in welchem Augenblick Gott oder Satan im Vorteil ist, und daß man sich mit dem Sieger des Augenblicks verbünden soll. Diese häretische Behauptung stammt von einem Diakon meines Klosters, der Theologie und Magie gleichzeitig studiert hat. Ich wollte wissen, was Eure Eminenz darüber denkt.«

»Du hast Häresie und Magie zusammen genannt. Das ist eine Mischung, die viele schlechte Christen auf den Scheiterhaufen gebracht hat. Heute herrscht Toleranz hinsichtlich der Gedanken, solange das Verhalten dem Lehramt der Kirche nicht schadet. Satan ist der Herr des Bösen, und wir können ihn nicht daran hindern in unsere Mitte zu kommen, aber wenn wir uns in seiner Gegenwart befinden, müssen wir alles Erdenkliche tun, um ihn entweder wegzujagen oder ihn zu unserem Vorteil zu benützen.«

»So machen es die Hexen«, sagte der Diakon.

»Nicht nur die Hexen!«

»Und wer sonst noch? Bekanntlich ist der Teufel sehr schlau, und deshalb kann ich mir schwer vorstellen, daß jemand ihn seinem Willen und seinen Wünschen zu unterwerfen vermag. Um bei einem so schwierigen Unternehmen erfolgreich zu sein, muß man die Zauberei beherrschen oder die Segnung der Heiligkeit genießen.«

»Mir scheint, daß du weder ein Heiliger noch ein Hexenmeister bist, und trotzdem hast du vermocht, beim Teufel eine Sünde durchzusetzen, die du gewählt hast und nicht er.«

»Die Ihr gewählt habt, Eminenz, mit menschlichem Großmut.«

Der Kardinal schlürfte seinen Gerstentee und konzentrierte sich ganz darauf, als wolle er die Erfahrung dieses süßen Getränks vertiefen und seinen Tag auf diese Weise angenehm beginnen. Schließlich richtete er den Blick auf den jungen Diakon und sprach mit verschleierter Stimme zu ihm, wie um ihm zu bedeuten, daß diese seine Worte aus einer fernen Weisheit und einer eigenen inneren Überzeugung kämen.

»Gewisse Handlungen werden von der Kirche und von der christlichen Moral verurteilt, aber der Teufel untersteht diesen Gesetzen nicht. Das Evangelium predigt die Nächstenliebe, aber es vergibt auch die Handlungen der Gewalt, wenn sie zum Schutz der eigenen Person oder der Religion ausgeführt werden.«

Der Diakon äußerte einen schüchternen Einwand.

»Handlungen der Gewalt sind Sünden.«

»Woher weißt du das mit solcher Sicherheit? Da könnte ich dir etwas aus dem Alten Testament zitieren, wo geschrieben steht: ›Auge um Auge, Zahn um Zahn‹.«

»Wenn wir das Alte Testament wörtlich nehmen müßten«, sagte der Diakon, »dann gäbe es so viele Möglichkeiten der Rache, daß wir Gefahr liefen, alle blind oder schieläugig zu werden.«

Auge um Auge: der Kardinal lächelte kaum merklich bei der Aussicht auf eine geblendete oder einäugige Menschheit.

»Das Klügste ist immer, in guter Absicht und mit den geeigneten Mitteln zu handeln. Und wenn man dann mit gutem Grund eine Aktion Satan zuschreiben kann, sei er nun Herr der Welt oder nicht, dann ist es ratsam ohne Zögern zu handeln, so wie es die Krieger im Dienst der Kirche stets getan haben.«

Der Diakon begann argwöhnisch zu werden.

»Nicht alle haben das Gemüt eines Kriegers, Eminenz.«

»Du nicht, aber der Teufel in dir könnte an deiner Stelle handeln.«

»Ich weiß nicht, was Ihr meint, Eminenz, aber mir widerstrebt es, für die Werkstatt des Satans zu arbeiten und ruchlose Taten zu begehen. Ich habe Euren Rat gerade deshalb befolgt, weil ich seinen Zaubereien entgehen wollte.«

»Vorhin hast du mich gefragt, ob ich gut geschlafen hätte, und ich habe es bejaht, aber ich habe dir nicht gesagt, daß ich nach vielen Nächten, in denen meine Ohren weit geöffnet waren, um jedes kleinste feindliche Geräusch zu hören, diesmal einen Bilsenkrauttee getrunken habe und mit qualmendem Kopf zu Bett gegangen bin. Die Angst verfolgt mich auch untertags und beschert mir Migräne und Melancholie. Deshalb habe ich ein paar alte chinesische Kunstgriffe angewandt, um meinen Mittagsschlaf in diesem Haus voll träger und schläfriger Leute zu kontrollieren. Du siehst, daß ich von meiner Angst spreche, ohne mich deshalb zu schämen. Bei jedem näherkommenden Schritt fahre ich auf und in jeder Tür, die sich öffnet, fürchte ich, die Gestalt eines gedungenen Mörders erscheinen zu sehen. Jeder Schatten ist für mich ein Zeichen von Gefahr. Ich finde keinen Frieden in meinem Haus, aber draußen, auf den öffentlichen Straßen würde ich auf Schritt und Tritt mein Leben riskieren. Früher verlangten die Auftragsmörder üppige Belohnungen, aber heute heißt es, begnügen sie sich mit wenigen Dukaten, und viele handeln aus reiner Lust am Töten. Sollte ich diesen Zustand einer tödlichen Bedrohung passiv ertragen? Sollte ich darauf verzichten mich zu verteidigen? Oder soll ich jeden Tag auf die Kunstgriffe der Chinesen und auf die Betäubungsmittel zurückgreifen, um eine scheinbare Ruhe und eine zeitweilige Befriedung des Gemüts zu erreichen?«

»Ich verstehe Eure große Angst, Eminenz, aber leider kenne ich kein Heilmittel dafür.«

»Du hast mir vorhin gesagt, daß du kein Krieger bist, und daß du jede Gewalttat verabscheust. Aber glaubst du, daß auch Satan ein Opfer solcher Ängste werden könnte, und dann nicht in der Lage wäre, diejenigen, die nach meinem Leben trachten zu bekämpfen und zu vernichten?«

»Es wird mir nie gelingen, Satan meinen Willen aufzuzwingen, Eminenz, aber vielleicht gibt es jemanden, der Satan oder andere teuflische Wesenheiten gegen Eure Feinde einsetzen

könnte, um sie zu vernichten und Euch Euren Frieden wiederzugeben?«

Der Diakon schwieg und wartete, daß der Kardinal irgendein
Interesse an seinen Worten zeigte.

Der Kardinal hob kaum merklich die Augen, dann fuhr er
fort, seinen Gerstentee zu trinken, immer noch schweigend,
während von draußen die schrillen Rufe eines Fischhändlers und
der Singsang einer Verkäuferin von Lupinenkernen hereindrangen. Der Kardinal blieb stumm, und der Diakon begriff, daß der
Moment gekommen war, einen Vorschlag zu machen.

»Als ich euch von jener häretischen Rede berichtet habe, habt
Ihr von Toleranz gesprochen. Das ermutigt mich, einen Gedanken zu äußern: sich in den Momenten an Satan zu wenden,
in denen er über die Kräfte des Guten obsiegt, ist eine Handlung der Hexerei, es kann aber auch ein Mittel sein, um von
ihm zu profitieren und ihn die Taten ausführen zu lassen, die
uns Christen widerstehen. Mir scheint, das ist auch Euer Gedanke.«

»Ich höre.«

»Ich wollte Euch von einer Hexe erzählen, Eminenz. Deshalb
bin ich zu dieser frühen Stunde zu Euch gekommen.«

Der Kardinal sah ihn überrascht und neugierig an. Welche weitere Schrulle würde ihm sein Kammerdiener jetzt erzählen? Er
forderte ihn auf, sich ihm anzuvertrauen.

»Warum kleidest du das, was du sagen möchtest, in unnötige
Worte? Du kannst frei sprechen.«

»Es scheint«, sagte der Diakon keuchend, »daß im Malpassogäßchen eine Hexe ihre Werkstatt hat, die in den Künsten der
Zauberei bewandert ist. Ihr wißt, daß die Hexen mit Satan Handel
treiben und mit seiner Hilfe in ihren Zauberkünsten erfolgreich
sind. Ich kann dem Satan nichts befehlen, aber diese Frau hätte
vielleicht Erfolg. Meinen Informationen kann ich entnehmen,

daß sie Expertin ist für so schwerwiegende Sachen wie Streit
Liebe Haß Verführung Verletzung Tod Begräbnisse Wehklagen
Erkundungen Hochzeiten Tränen Unterwerfungen Feuersbrün-
ste Stürme Wettspiele Ansteckungen Verfügungen Bindungen
Diebstähle Schiffbrüche Zerstörungen von Gegenständen und
Personen und viele andere schreckliche und beklagenswerte
Dinge. Eine mächtige Hexe! Mit Eurer Erlaubnis dachte ich, mich
an sie zu wenden, weil ich versuchen möchte, Euch von Euren
Feinden zu befreien.«

»Meinen Feinden? Denk nur nicht, daß es sich um eine Armee
handelt. Ich habe dir vorhin von ›jemand‹ gesprochen, der es auf
mein Leben abgesehen hat, und du hast selbst festgestellt, daß
ich seit einiger Zeit in meinem Haus wie ein Gefangener lebe.
Ich denke du weißt, auf wen sich das bezieht.«

»Ganz Rom weiß es.«

Der Kardinal geriet bei dieser Behauptung nicht aus der Fas-
sung.

»Du mußt handeln wie es dir beliebt, ohne mich in Unternehmungen zu verwickeln, in denen ich keine Erfahrung habe, und
die sich für das Gewand, das ich trage, nicht ziemen.«

Der Kardinal senkte den Blick auf die Schüssel mit Dickmilch.

»Die indischen Weisen«, sagte er, »lehren das Wasser zu kauen,
und das scheint mir wirklich eine Übertreibung, aber auf diesem
Wege habe ich gelernt, die Dickmilch zu kauen. Diese Speise ist
weich, aber gehaltvoll, und sicher wollen die erwähnten indischen Weisen sagen, daß man nicht die Materie kauen soll, sondern ihre Substanz.«

Der Kardinal begann, einen ersten Löffel Dickmilch zu kauen,
dann einen zweiten und dann noch einen weiteren, während er ab
und zu den Diakon ansah, der stumm und immer noch stehend
dieser seltsamen Übung beiwohnte.

»Ich habe nicht verstanden, worauf Ihr Euch mit diesem
Gleichnis bezieht, Eminenz.«

»Auf nichts. Es sollte nur eine Abwechslung sein, um unserem

Gespräch ein wenig Leichtigkeit zu verleihen – ein rhetorischer Ausweg aus der Leere, so ähnlich wie das Wasserkauen.«

Der Diakon sah ihn verwundert an. Dann versuchte er mit leerem Mund zu kauen.

Der Kardinal bemerkte es.

»Was machst du da?«

»Ich versuche, die Luft zu kauen.«

Der Kardinal warf ihm einen fragenden Blick zu.

»Das ist nur ein Mittel, um mich zu zerstreuen, Eminenz, ich bin ein wenig aufgeregt.«

»Darf ich dir sagen, daß Hexerei nicht zu den sieben Todsünden zählt? Erleichtert dich das?«

»Aber wenn die Hexen einen Pakt mit dem Teufel abschließen, dann bedeutet das, daß sie sich auf seine Seite stellen, gegen den Gott des Himmels und der Erde. Das ist der Grund, warum ich gekommen bin, Euch um Erlaubnis zu bitten.«

»Nur die Hexen, die am Hexensabbat und an den Satansriten teilnehmen, befinden sich gemäß den Gesetzen der Kirche im Stand der Todsünde. Zauberkünste werden als Aberglaube geführt, und deshalb zögert man, sie als Sünden zu verdammen. Um das Jahr 1000 herum galten die Hexen als lustige Weiber, die sich zu fröhlichen Scharen versammelten und auf seltsamen Tieren zu Tänzen oder Hexenmählern ritten, angeführt von Martinello, einem Teufelchen in Menschengestalt und mit Schlangenschwanz, das sich auf dem Rücken eines bleichen Pferdes fortbewegte. Erst später hat die Haltung der Leute im Bezug auf die Hexen und damit auch die der Kirche sich geändert. Die Zeit der Scheiterhaufen ist noch nicht abgeschlossen, aber in vielen Gegenden hat eine tolerante Gedankenrichtung den Vorrang, welche die Hexen lediglich als arme, ein wenig exaltierte Frauen ansieht, die sich bemühen, den Teufel im Zaum zu halten.«

»In gewissem Sinne«, sagte der Diakon, »machen die Hexen sich Satan durch Schmeicheleien, Anrufungen, verbale Hiebe, magische Formeln gefügig und benützen ihn für ihre Zaubereien, die sich auch gegen schlechte oder sogar abscheuliche Menschen richten können. Ihr habt selbst mehr als einmal gesagt, daß es ratsam wäre, sich Satan für die eigenen Zwecke gefügig zu machen.«

Der Kardinal warf dem Diakon einen bejahenden Blick zu.

»Nicht ich bin es, es ist die Weisheit der Kirche, der zum Zweck des Guten jedes Mittel recht ist, sogar die blinde Gewalt. Tugend und Sünde haben vielerlei Maß, und die Beseitigung einer bösen Person wird nie ein Verbrechen sein. So wie es auch nie eine Untat sein wird, die Freuden des weltlichen Lebens zu genießen, wenn diese Freuden den Sinn stärken und uns ermöglichen, gegen die Schlechtigkeit der Welt vorzugehen. Nicht alle können mit leerem Magen predigen und handeln wie der verrückte Heilige Franziskus, Gott hab' ihn selig. Wenn jemand mir nachfolgen will, so verleugne er sich selbst und nehme sein Kreuz auf sich und folge mir, so sagt Franziskus. Aber warum sich selbst verleugnen? Woher kommt diese Anmaßung von Schuld? Der gute Mann hat sich am Abgrund der Häresie bewegt mit seinen Bußen und seinen geistigen und körperlichen Geißelungen. Es ist nicht jedermanns Sache, von einem Rudel Ratten geplagt die vollkommene Freude zu erreichen, wie es in den ›Fioretti‹ heißt. Es ist bewiesen, daß sich andere unter solchen Umständen an Leib und Seele vergiften und nicht imstande sind, zu predigen noch zu ihrem Herrgott zu beten, noch zum Nutzen der Kirche zu handeln. Du mußt also gemäß deinen Gefühlen handeln, und zwar mit heiterem Sinn, nicht weil ich es bin, der dir Ratschläge gibt, sondern weil die Ratschläge, die Empfehlungen und, wenn nötig, die Vergebung dir vom Lehramt der Kirche mittels ihrer Sachwalter und in Übereinstimmung mit ihrer jahrhundertealten Erfahrung und Weisheit erteilt werden.«

Der Diakon machte eine Verneigung und entfernte sich mit leichtem Schritt und einem von der Last der Zweifel befreiten Sinn. Er tat wenige Schritte in Richtung Treppe, um in die

Küche hinunterzugehen und seine gewohnte Tasse Milch zu trinken, mit der er seinen Tag zu beginnen pflegte. Dann kehrte er aber um und präsentierte sich nochmals im Arbeitszimmer des Kardinals, der erstaunt war, ihn wieder auftauchen zu sehen.

»Ich bitte um Verzeihung, Eminenz, aber ich glaube, daß die Inanspruchnahme einer Hexe um die Mitarbeit des Teufels zu erreichen eine Handlung des Hochmuts und eine Schmähung der Religion ist. Ein bescheidener Diakon sollte sein Flehen und seine Gebete nur an Gott richten. Sagt Ihr mir doch, in welcher Gemütsverfassung ich sonst zum Heiligen Sakrament der Beichte gehen und um Absolution bitten könnte.«

»Ich selbst werde deine Beichte abnehmen.«

»Und erteilt Ihr mir dann auch die Absolution?«

»Ich erteile dir die Absolution, wenn deine Reue aufrichtig ist, und wenn du dich dem Sakrament in der richtigen Gemütsverfassung näherst, die für die Vergebung verlangt wird. Aber ich kann dir nichts versprechen, bevor du die Sünde begangen hast und dann bereut hast, sie begangen zu haben.«

»So soll es geschehen, Eminenz.«

Der Diakon machte eine leichte Verbeugung und entfernte sich zum zweiten Mal, während sich der Kardinal den bitteren Honig aus den Ciminer Bergen auf das geröstete Brot strich.

Luzifer erscheint

Donna Zenaide, die Hexe vom Malpassogäßchen, empfing den
Diakon Baldassare auf einem hohen Schemel im Erdgeschoß
ihres Palazzettos in einem düsteren, schwarz ausgeschlagenen,
fensterlosen Zimmer, das auch tagsüber durch eine Kerze beleuchtet wurde. Sie erklärte ihm sogleich, daß die hohen Prälaten,
mit all den Kreuzen, die sie am Leib tragen, nur schwer einer Verzauberung erliegen. Man mußte mit großer Willenskraft und mit
allen dem jeweiligen Fall angemessenen Substanzen und Fertig-
keiten vorgehen; denn wenn Satan nicht die gesamte von ihm ge-
forderte Apparatur zur Verfügung steht, legt er sich auf die faule
Haut, und es besteht Gefahr, daß das Unternehmen scheitert.

»Satan ist eitel, er achtet sehr auf seinen guten Ruf. Manchmal
ist er auch schelmisch und hyperbolisch«, sagte Zenaide, »aber es
ist nicht leicht, seine Stimmungen zu erraten. Wenn er sich
ärgert, dann steht es schlimm. Er ist wie ein König, den wir als
Untertanen ehrerbietig behandeln müssen, auch wenn er zu
Späßen aufgelegt ist. Vor ein paar Monaten war schon einmal ein
Mönch wegen einer Verzauberung hier, und da hat Satan mir
zwischen die Beine gepustet und meinen Rock hochgehoben.
Er weiß, daß ich nichts drunter trage, man nennt ihn nicht von
ungefähr den Bösen.«

Satan als Schelm war eine Neuigkeit für den Diakon, der sich
wünschte, daß ihm das Schauspiel von Zenaides Nacktheit er-
spart bleiben würde. Er hatte andere Sorgen.

Der Diakon solle also eine Statuette aus Wachs modellieren,
die dem Opfer so ähnlich sähe wie möglich, und solle ihr auch
ein Haarbüschel und ein Kleidungsstück von ihm bringen. Es

handelte sich um einen Kardinal? Dann solle er sich einen seiner Hüte verschaffen, als unverwechselbares Symbol der Person und des Rangs. Und dann noch einen Golddukaten als Honorar.

»Bei einem Auftrag von dieser Bedeutung darf ich nicht scheitern«, erklärte ihm die Hexe, »auch ich muß auf meinen Ruf bedacht sein. Ein Kardinal leistet Satan größeren Widerstand als ein Bischof und viel größeren als ein einfacher Kanoniker.«

»Ist es ein schwieriges Unternehmen?« fragte der Diakon.

»Bald werde ich alle Blitze und Flammen einsetzen müssen, die sich in meinem Besitz befinden, um den flämischen Papst einzuäschern. Das wird ein wahrhaft schwieriges Unternehmen sein.«

Dem Diakon blieb der Mund offenstehn.

»Ich habe schon ein Dutzend Anfragen von Kardinälen und Monsignores bekommen«, sagte Zenaide, »aber solange er sich auf dem Meer befindet, kann ich nichts tun. Ich muß warten, bis er nach Rom kommt und auf seinem Stuhl Platz nimmt. Jedenfalls braucht das Zeit – ein Jahr, zwei Jahre, Schritt für Schritt, Tag für Tag, jedesmal mit einer besonderen Anwendung des Feuers. Aber ich denke, es wird mir gelingen.«

Zenaide hielt sich die Hand vor den Mund, so als bereue sie, zuviel gesagt zu haben.

»Zuerst haben sie ihn gewählt, und dann haben sie ihn sofort gehaßt«, sagte der Diakon.

»Ich glaube, es müssen mindestens vier Jahrhunderte vergehen, bevor ein weiterer ausländischer Papst sich auf den Thron des Petrus setzt.«

»Seid Ihr auch Wahrsagerin?«

»Satan gibt mir zuweilen ein paar Nachrichten aus der Zukunft, wenn er gerade Lust dazu hat. Aber kommen wir zu unseren Dingen. Ich habe die Stunde der Mitternacht gewählt, weil ich hoffe, daß unser Mann zu dieser Zeit ohne Kreuze am Leib im Bett liegt, während Satan sich auf dem Gipfel seiner Macht befindet. Wir sehen uns in sechs Tagen, wenn der Vollmond die Nacht hell und leuchtend macht.«

Der Diakon hatt sich gleich an seine Schwester gewandt und die Schwester hatte sich an Nereo gewandt, einen kleinen Freund von ihr, der als Aushilfsdiener im Haus des Kardinals Ottoboni ein und aus ging: er möge ihr ein Büschel Haare des Kardinals verschaffen, wie es die Hexe verlangte. Auch einer von seinen Kardinalshüten würde gebraucht, damit die Verzauberung gelänge. Alles in großer Heimlichkeit, versteht sich, um nicht den Männern des Kardinals in die Hände zu fallen, der von strengen Wachen umgeben und beschützt wurde, und der mißtrauisch war, wie alle Menschen in dieser von wilder Unordnung regierten Zeit. Nereo hatte auf eine erste Schwierigkeit hingewiesen: Kardinal Ottoboni besaß nur wenige und schüttere Haare.

»Sind Barthaare auch geeignet?« hatte der Junge gefragt, angespornt durch das Versprechen einer Handvoll Münzen für seinen Dienst.

»Gewiß, ein Barthaar ist genauso wertvoll wie ein Kopfhaar«, hatte die Hexe vom Malpassogäßchen dem Diakon erklärt, der sie sofort um Rat gefragt hatte.

Das ganze Haus des Kardinals Ottoboni döste in der schwülen Nachmittagshitze, und Nereo bewegte sich flink und leise. Er nahm sich aus der Wäschekammer heimlich eine Schere, die er unter seiner Weste versteckte. Dann warf er einen Blick ins Arbeitszimmer des Kardinals, und fand ihn dort vor, mühevoll schnarchend, den Kopf auf die Brust gesenkt. Ohne Zeit zu verlieren und mit der Behendigkeit eines Kobolds betrat er barfuß das Zimmer, wobei er alle Heiligen des Himmels anrief, daß der Kardinal nicht aufwachen möge.

Aber als er in seine Nähe kam, erlebte der Junge eine böse Überraschung: er fand ihn mit völlig glattrasiertem Kinn. Er gab sich aber nicht geschlagen, sondern schlich um ihn herum, um hinter seinen Ohren ein kleines Büschelchen schüttere Haare abzuschneiden. Kurze und feine Härchen, die er in seinem Handteller verwahrte. Dann machte er sich rasch davon.

Unmöglich indessen, den Kardinalshut zu entwenden. Die ganze kostbare Garderobe des Kardinals wurde von einem strengen Aufseher bewacht, in einer Kleiderkammer, zu der nur der Hausschneider für die Änderungen und Ausbesserungen sowie die Bügelfrauen Zugang hatten.

Von dieser Schwierigkeit unterrichtet, fragte der Diakon sich, was er Zenaide sagen sollte.

Die Hexe war unerbittlich. Es handelte sich um einen Kardinal? Dann verschaffe man ihr den Kardinalshut, andernfalls könne die Verzauberung nicht durchgeführt werden. Der Hut sei ein unabdingbares Element, um dem Zauber eine symbolische Bedeutung zu verleihen – ein Symbol für den hohen Rang des Opfers, das der Wachsfigur und den Haaren beigefügt werden müsse.

Der arme Diakon wußte mit Sicherheit, daß er bei einem Mißlingen seines Versuchs zusammen mit dem Kardinal in eine unselige Lage voller Tücken und Hinterhalte geraten würde – und in schwere Gefahr.

Eines Morgens ging der Diakon zum Waschplatz der Ripa Grande am Tiber, um zwei Wäscherinnen für den Kardinalspalast anzuwerben. Dort traf er die Zauberin, die er unter den anderen Frauen sofort an den langen safrangelben Haaren wiedererkannte, die auf ihren weiten schwarzen Mantel fielen. Zenaide verhandelte dort mit den Wäscherinnen wegen Liebeshändeln, Abtreibungen, Verführungen, Heiratsversprechen, Treuebrüchen und einer ganzen Reihe von Transaktionen jeder Art, wovon das Mädchen Margotta schon berichtet hatte. Ohne gesehen zu werden beobachtete er diese erbärmlichen Geschäfte und sah, wie ein paar Kupfermünzen, ein paar Leinentücher und auch ein paar Tüten Stockfisch in ihre Hände glitten. Wie enttäuschend, dieser ganze Klüngel von albernen Weibern rings um die Zauberin, die vor ihm mit so pompösen Gebärden und Worten aufgetreten war.

Der Diakon wäre am liebsten zu ihr gegangen, um sie zu fragen, ob der Hut des Kardinals Ottoboni wirklich unverzichtbar war, oder ob man ihn auch durch ein Paar Handschuhe, Strümpfe, ein Mäntelchen oder ein Paar Pantoffeln ersetzen konnte – kurzum durch irgendein anderes Kleidungsstück, das er dem Garderobenverwalter des Hauses leichter entwenden konnte. Er wollte darauf bestehen, zumal es so schwierig war, den Kardinalshut zu bekommen. Aber dann zog er es vor, sich von der Ripa Grande zu entfernen, ohne mit der Zauberin zu sprechen, weil er sich nicht der Neugier dieser schwatzhaften Frauen aussetzen wollte. Die Verzauberung mußte mit größter Heimlichkeit geschehen, um den Kardinal della Torre und ihn selbst nicht in die Sache zu verwickeln. Er sagte sich, daß es das Beste sei, auf die Vorsehung zu vertrauen, aber dann wurde ihm gleich bewußt, wie sinnlos seine Hoffnung war, daß die Vorsehung eine Zauberei unterstützen würde, die im Namen Satans geschah.

Auf dem Rückweg von der Ripa Grande benützte er die Pfade längs des Tibers und blieb ab und zu stehen, um dem Quaken der Frösche in den toten Tümpeln, und da und dort dem Plätschern der verspäteten Wäscherinnen zuzuhören, die ihre Körbe voll eingeseifter Wäsche noch nicht fertig gewaschen hatten. Andere ließen sich nach getaner Arbeit hinter die Büsche ziehen, von Burschen, die sich dort aufgestellt hatten, weil sie wußten, daß sie dort vorteilhafte Bekanntschaften machen konnten. Einige leisteten Widerstand, aber am Ende überließen sich alle gern diesen Strolchen. Hernach zogen sie ihre Kleider wieder zurecht und kehrten zu ihren Familien zurück – und manchmal auch zu einem betrogenen Ehemann.

Der Diakon wollte sich auf diese Tiber-Abenteuer nicht einlassen, und um unnötigen Versuchungen auszuweichen, bemühte er sich, einen Bogen um jene Paare zu machen, die eng umschlungen auf dem Sandstrand lagen. Aber plötzlich wurde er von dem verrückten Wunsch gepackt, diese Mädchen, die sich dort auf dem Boden ihren improvisierten Liebhabern wie junge

Ziegen überließen, eine nach der anderen zu besitzen. Das Blut stieg ihm zu Kopf und vernebelte seinen Blick, und seine Beine begannen zu zittern, aber er war fest entschlossen, sich selbst gegen jeden Augenschein davon zu überzeugen, daß er nach dem Abenteuer mit Margotta seine ganze Energie der Aufgabe widmen mußte, den Kardinal della Torre gegen seine Feinde zu verteidigen. Aber es ging nicht nur um den Kardinal. Durch diese Hexe stand jetzt auch sein eigenes Schicksal auf dem Spiel – seine Rettung oder sein Untergang.

Beim Palast des Kardinals della Torre angelangt, lief er durch den Hausflur, der von zwei bewaffneten Männern bewacht wurde, die man sich von der Päpstlichen Garde ausgeliehen hatte. Auf dem Weg zur Treppe durchquerte er die Halle und warf von dort aus einen Blick in den Vorraum der Garderoben, wo er auf einem großen Tisch einen Berg von Kardinalsgewändern liegen sah: den seidenen Umhang, den weiten Regenmantel, ein Samtkissen, den großen roten Kardinalshut, den weiten Rauchmantel, den langen Hausrock, mehrere Paar Seidenhandschuhe, den schwarzen Talar mit den purpurfarbenen Säumen und Knöpfen, die purpurgesäumten Pantoffeln mit der goldenen Schnalle. Ein Berg von Kleidern, die der Kleiderbewahrer während der freiwilligen Klausur des Kardinals herausgelegt hatte, um sie zu lüften und vielleicht ein paar jahreszeitlich bedingte Reparaturen auszuführen. Etwas weiter hinten sah er auf einer Bank den großen Reisemantel, und unter dem Purpur den breiten schwarzen Hut mit der goldgewirkten roten Quaste.

Ohne lange nachzudenken, ergriff der Diakon den schwarzen Hut mit der roten Quaste und rannte die Treppe hinauf in seine Kammer, ohne einem der Hausbewohner zu begegnen. Er legte den Hut auf sein Bett und versuchte sich davon zu überzeugen, daß die Vorsehung und nicht das blinde Schicksal ihm das evidente und eindeutige Symbol der Kardinalswürde in die Hand spielte. Welcher andere Gegenstand konnte mit solcher Evidenz die symbolische Präsenz der beiden Gegner vertreten? Eigentlich hätte er den Hut des Kardinals Ottoboni der Verzauberung aussetzen müssen und nicht den von Cosimo Rolando, der ja nicht das Ziel, sondern der Auftraggeber der Verzauberung war. Aber vielleicht, sagte sich der Diakon, würde ein allgemeines Kardinalssymbol genügen, zumal die Verzauberung ja zwischen zwei Kardinälen stattfinden sollte. Hatte die Hexe nicht gesagt, daß dem Hut vor allem ein symbolischer Wert zukam? Die Bestimmung des Opfers wäre ja durch das Haarbüschel des Kardinals Ottoboni und durch die Wachsfigur klar bestimmt. Er beschloß also, der Hexe den Hut zu bringen, der sich nunmehr in seinem Besitz befand, als wäre es der von Kardinal Ottoboni. Vorläufig versteckte er ihn unter seinem Bett und arbeitete dann lange daran, dem kleinen jungfräulichen Wachsblock das fette Äußere des Opfers zu verleihen.

Der Vollmond leuchtete den Schritten des Diakons, der mit seinem Bündel unterm Arm durch die Via Giulia zu Zenaides Haus ging. Die Magierin oder auch Hexe vom Malpassogäßchen besaß ihre Werkstatt in einem langen Zimmer mit tonnenförmig gewölbter Decke im ersten Stock jenes Palazzos, den der Diakon schon bei seinem ersten Besuch gleich an der Kette über dem Torbogen erkannte, die Margotta ihm beschrieben hatte. Die Wände des Zimmers waren mit Nägeln ausgeschlagen, an denen allerlei Zauberkram hing – Pferdefüße, Kolben von schwarzem Mais, Büschel von Sumpfgräsern, Bockshörner, Tierschädel, Sträuße aus Pfauenfedern, Schienbeine und andere menschliche Knochen, zerbrochene Spiegel in ihren Rahmen, am Hals aufgehängte Statuetten, mit Nadeln durchstochene Wachsfiguren, Marderschwänze, getrocknete Eidechsen, schwarze Hüte und Mäntel, Halsketten aus Menschenzähnen, Haarbüschel, Seile mit Schlingen, Schlangenhäute.

Wie vereinbart kam der Diakon kurz vor Mitternacht und durchquerte im Halbdunkel langsam das große Zimmer, an dessen Ende die Hexe, in ein langes schwarzes Gewand gekleidet, ihn reglos erwartete. Sie trug eine Kette aus bunten Steinen um den Hals, glitzernde Ringe an allen Fingern ihrer Hände, und saß auf einem Sessel, der mit einem bis zum Boden herabhängenden Ziegenfell bedeckt war.

»Täusch dich nicht«, sagte die Hexe sofort, »auch du unterstehst, wie alle Lebewesen dieser und aller Welten, der Macht meines Herrn.«

Der Diakon schwieg. Er fragte sich, ob die Hexe wußte oder erraten hatte, daß ihr Kunde dieser Nacht einen Teufel unter den Kleidern eines unschuldigen Klerikers barg.

»Zeig mir jetzt die Substanzen, die der Person gehören, die du mit den tödlichen Blitzen des Herrn der Finsternis treffen möchtest.«

Der Diakon, den die pompöse Einfalt ihrer Sprache enttäuschte, schickte sich an, ihr seine Gegenstände zu zeigen, aber er mußte sich noch einmal gedulden und zuhören, wie die Hexe sich mit rollenden Augen in einem ersten Beschwörungsruf erging.

»Eko eko azarak, eko eko zomelak!«

Auf ein Tischchen, das vor dem Hexenthron stand, legte der Diakon sein Leinenbündel, öffnete es und zeigte der Hexe den Kardinalshut, das Büschelchen grauer Haare und die kleine Wachsfigur, die er als Abbild des Kardinal Ottoboni mühsam aus dem Gedächtnis modelliert hatte. Dann zog er einen Golddukaten aus der Tasche, den er vom Kardinal della Torre bekommen hatte.

»Als Gott die Welt erschuf, machte er sie rund wie dieses Goldstück«, sagte die Hexe, während sie die Münze ergriff, »aber wie du weißt, ist die Welt nicht aus Gold, und die Herrschaft über sie bleibt auch weiterhin zwischen Gott und dem Herrn der Finsternis geteilt. Letzterer ist es, an den wir uns nun zitternd wenden. Wenn ich richtig verstanden habe, verlangst du den extremen Zauber. Du weißt, was ich meine?«

»Ich habe gehört, daß Ihr eine mächtige Zauberin seid, und ich bitte Euch um den höchsten Einsatz Eurer Fähigkeiten gegen den Feind, von dem ich Euch Haare und Wachsbildnis mitgebracht habe.«

»Die Unternehmung ist schwierig. Die Kardinäle werden von den Himmlischen Hierarchien gut behütet. Während ich die magischen Formeln ausspreche, mußt auch du alle deine geistigen Energien einsetzen, mußt gemeinsam mit mir zittern und schwitzen, damit die Weisen in der Unterwelt unsere Worte hören und unsere Wünsche deuten, aber manchmal sträuben sie sich, gegen einen Kanoniker vorzugehen, besonders einen von so hohem Rang.«

Der zermürbte Diakon nickte zerstreut mit dem Kopf.

»Wie gesagt, ich bin im Auftrag einer hohen Hierarchie gekommen, aber ich empfinde mich hilflos und verwirrt angesichts Eurer Zaubereien, mit denen ich keine Erfahrung habe.«

»Im Namen einer hohen Hierarchie gegen eine gleichrangige Hierarchie zu handeln, müßte unsere Unternehmung erleichtern. Ich habe den ersten Drudenfuß, den Weißen Stern, und den zweiten Drudenfuß, den Schwarzen Stern, befragt und habe erfahren, daß die Großen Arkana uns günstig gestimmt sind. Kehren wir also dem Bart Gottes den Rücken und schreiten wir über den Feuerabgrund zu den neuen Himmeln.«

Von der Kirche der Heiligen Maria von Gebet und Tod in der Via Giulia tönten die Schläge der Mitternacht.

»So«, sagte Zenaide, »jetzt können wir beginnen. Der Teufel fürchtet den Glockenklang, das Morgendämmern, den Hahnenschrei, das Kreuzzeichen, den Weihrauch und das geweihte Wasser. Die Glocken haben geschlagen, wir können beginnen – beginnen wir also.«

Die Hexe nahm den Kardinalshut und legte ihn auf ein Kupfertablett, das gerade groß genug für ihn war. Dann besprengte sie ihn mit einer alkoholischen Flüssigkeit. Bevor sie ihn anzündete, nahm sie die kleine Wachsfigur in die Hand, bohrte mit einem Messer ein Loch in die Vorderseite, stopfte die wenigen Haare hinein und schloß das Loch mit den Fingern. Dann zündete sie den Kardinalshut an, und während er mit großer Rauchentwicklung brannte, steckte sie eine Nadel in den Hals der Wachsfigur. Dabei rezitierte sie, mit einem Ausdruck, der schreckenerregend sein sollte, die kurzen dem Propheten Jesaia entnommenen Einleitungsworte.

»Und der Starke wird sein wie Werg und sein Tun wie ein Funke, und beides wird untereinander brennen, und niemand löscht.«

Inzwischen erfüllte der Rauch des Hutes, der langsam auf dem Tablett verbrannte, mehr und mehr das Zimmer. Der arme Diakon begann zu husten. Die Hexe setzte ihre Beschwörungen fort.

»Ad te unum et trinum Lucifer, per virginem Diana coelorum regina inter astra et nubila, tibi animam dedi et do ut mihi adjuvas in saecula saeculorum.«

Die Hexe blickte zum Deckengewölbe hinauf, dann hob sie abermals an:

»Oh unermeßliche Gottheit, die du das Szepter über die Geschöpfe des Himmels, der Erde und des Wassers hältst, allerhöchster Luzifer unum et trinum, ich bitte dich bei den Blitzen, die du in deinen Händen hältst und bei den Schwingen der Winde, auf denen du schreitest, erhöre mein Gebet.«

Wieder blickte die Hexe zur Decke und schien durch und durch erleuchtet in ihrer Ekstase.

»Da ist sie, die kleine Wolke, geformt aus dem kochenden Atem der fünfzehn schwarzen Cherubim und Seraphim!«

Der Diakon blickte nun auch zur Decke und durchforschte die Luft im Zimmer, aber er sah gar nichts.

Die Hexe machte mit der linken Hand das umgekehrte Kreuzzeichen, dann sprach sie eine zweite Anrufungsformel, mit einer zischenden Schlangenstimme, die den armen Diakon erschauern ließ, der auf diese Komödie nicht vorbereitet war.

»Dies mies, jesquet benedo efet douvema enitemais.«

Dann hob sie zu einer zweiten magischen Beschwörung an:

»Oh allerhöchster Luzifer, bei den Verdiensten des Belzebub, deines ersten Dieners, bei den Werken der finsteren Phlegeton, deiner Mutter und Gattin, et per meritis Davidis et Salomonis sanctorum regum et claviculae ejus, eile mir zu Hilfe.«

Nachdem sie mit hoher und würgender Stimme langsam die zweite Formel rezitiert hatte, stach die Hexe Zenaide drei große Nadeln in den Leib der Wachsfigur. Eine weitere stach sie in den Hals, eine in die Gegend des Herzens und eine dritte in den Kopf, alles von Grimassen begleitet, die unmenschlich erscheinen sollten, die der Diakon aber nur mit Staunen und Mißtrauen beobachtete.

Der Hut brannte noch immer. Die Hexe warf die Wachsfigur darauf, die gleich zu schmelzen begann und schließlich in Flammen aufging und das Zimmer mit einem grünlichen Flackern erfüllte.

Während das Wachs zerrann, erstarrte die Hexe vollkommen, streckte die Hände nach vorn, spreizte die Finger und blieb lange reglos so sitzen, wobei sie mit weit aufgerissenen Augen ins Leere blickte.

Der Diakon sah sie entgeistert an, ohne ein Wort zu sagen. Als das Wachs gänzlich geschmolzen war, kam die Hexe wieder zu sich, ergriff einen unter dem Sessel versteckten Zauberstab, hielt ihn einige Augenblicke lang in die Höhe und schlug dann drei Mal damit auf den Boden, um Satan zu entlassen.

»Si te obsecro cum virga virtutis! Im Namen des Vaters, des Sohnes und des Heiligen Geistes, bei Abraham, Isaak, Jakob, bei allen Patriarchen, Propheten, Aposteln, Märtyrern, bei den Bekennern, den Jungfrauen und allen Heiligen Gottes, kehre in die Höhlen zurück, aus denen du gekommen bist!«

Die Hexe verharrte reglos und gespannt, wie auf ferne Stimmen horchend, dann zog sie eine enttäuschte Grimasse.

»Er will nicht gehen!«

»Wer?« fragte der Diakon.

»Satan.«

Der Diakon begann sich zu beunruhigen und wand sich unter seiner Kutte.

»Und was tun wir, wenn er nicht weggeht?«

Die Hexe warf ihm einen verächtlichen Blick zu.

»Wenn er nicht weggeht, dann ist das zunächst einmal meine Sache. Einmal ist er schon bis zum Morgengrauen geblieben und ist mir unter die Kleider geschlüpft, von vorn, von hinten, von überall. Alle Löcher sind ihm willkommen. Aber ich bin nicht bereit für seine Gelüste.«

Der Diakon erbleichte, von Panik ergriffen bei der Aussicht, bis zum Morgengrauen bei Zenaide ausharren zu müssen.

»Wird es Euch gelingen, ihn zu verjagen?«

»Ich weiß es nicht.«

Die Hexe nahm ein Körnchen Weihrauch aus einer Schale und warf es auf die noch rauchende Platte, auf welcher der Hut mit der Wachsfigur verbrannt war. Während der Diakon von einem Hustenanfall geschüttelt wurde, ergriff sie wieder ihren Zauberstab, und schlug nun sechs Mal damit auf den Boden. Dann machte sie das richtige Kreuzzeichen und begann mit tiefer und ferner, fast heulender Stimme eine zweite Schmähung.

»Im Namen dessen, den die Himmel nicht zu fassen vermögen, dessen, der das Dach der Welt trägt, dessen, der die Berge rauchen läßt: möge der Duft dieses Weihrauchs in die Abgründe tauchen und aufsteigen bis hinauf zu Gott dem Allmächtigen im Himmel, auf daß er uns beschütze vor dem Zorn des gefräßigen Drachen und vor Satan mit seinen Gehilfen und seinen Malefizien, Zeichen und Zaubereien, und auf daß er ihn verjage, weit fort von diesem Haus, weit fort von der Erde, zurück in die Höhlen, aus denen er gekommen ist, umgeben von Schwefeldämpfen.«

»Was geschieht jetzt?« fragte der Diakon ungeduldig.

Die Hexe schloß die Augen und konzentrierte sich noch einmal, wobei sie lange horchend verharrte. Der Diakon beobachtete sie beunruhigt. Endlich öffnete sie die Augen mit einem Ausdruck der Erleichterung.

»Er ist weg!«

»Satan?«

»Ja, ich habe ihn verjagt, wir brauchen ihn jetzt nicht mehr. Der Vollmond zieht ihn an, aber er erträgt weder das Zeichen des Kreuzes noch den Geruch des Weihrauchs.«

Die Hexe erhob sich langsam von ihrem Thron. Die Zeremonie war beendet. Sie begleitete den Diakon, der noch völlig benommen war von diesen ganzen Verrichtungen, und dessen Augen vom Husten tränten, durch das große Zaubergemach zur Tür.

»Hörst du das Rasseln der Ketten? Die Verhexung ist gelungen. Der große Alfa hat sich in galatim galata offenbart.«

Der Diakon hörte weder Kettenrasseln noch sonst etwas. Nein, er ließ sich von dieser Inszenierung nicht betören, aber er wußte, daß solch seltsame Zaubereien schon in vielen Fällen wirksam gewesen waren, und entschloß sich, zuversichtlich zu sein.

»Du bestätigst mir dann, daß die Verzauberung gelungen ist?«

Der Diakon nickte bejahend, verabschiedete sich kurz und stieg die Treppe mit leichtem Schritt hinab.

Auf der Straße, wo plötzliche Blitze den Himmel erhellten, ließ er sich von der Nacht, der Stille, der Angst, der Schwüle und seinen Franziskanersandalen leiten, die ihn nicht etwa zum Palast des Kardinals führten, sondern in seine Klosterzelle in der Via della Scrofa.

Der junge Diakon zog all seine verschwitzten Kleider aus, legte sich nackt auf den Strohsack in seiner Zelle und löschte das Kerzenlicht.

Heilige Theodora von Alexandria! Jacopo da Voragine sagt, daß dein Gatte gottesfürchtig war und dazu ein reicher Mann.

Aber mir genügt es nicht zu wissen, daß er den Herrgott gefürchtet hat und daß er reich war. Und von dem anderen Mann, den der Teufel in Liebe zu dir entzündet hat, sagt er nur, daß er auch sehr reich war und dich mit häufigen Botschaften und Geschenken belästigt hat. Ich bin nicht vertraut mit solchen Ränken, aber ich glaube trotzdem, daß es solche und solche Arten gibt, Botschaften zurückzuweisen und Geschenke zu verschmähen, und wenn er so beharrlich war, dann heißt das, daß deine Zurückweisungen nicht entschieden genug waren, um ihn von seinem Vorhaben abzubringen. Oder war diese Hartnäckigkeit nur ein Werk des Teufels? Aber über dich hat der Teufel seine Macht ja nicht ausgeübt, so heißt es wenigstens in Jacopos Erzählung. Warum beschließt du dann also, deinen Mann zu betrügen, nachdem die Magierin dir erzählt hat, daß Gott die Sünden, die man im Dunkeln begeht, nicht sieht? Jacopo da Voragine sagt auch, daß der Teufel, der auf die Heiligkeit Theodoras neidisch war, diesen Ehebruch angestiftet hat. Aber so heilig kannst du ja gar nicht gewesen sein, wenn du, gleich nachdem du überzeugt warst, daß Gott dich nicht sieht, den Entschluß faßt, diesen ehrlichen Gatten zu betrügen. Ich möchte dich nicht anklagen, Theodora, aber ich habe den Eindruck, daß du tagsüber eine Heilige warst und nachts eine Hure. Auch ich bin tagsüber ehrlich und nachts ein Sünder. Auch ich hätte gern, daß Gott die Sünden nicht sähe, die man im Dunkeln begeht und an ungehörigen Orten, wie in der Werkstatt der Hexe Zenaide.

Der junge Diakon, ganz nackt unter dem Laken, das er sich über den Kopf gezogen hatte, schlief über diesen Gedanken ein wie auf einem werggefüllten Kissen.

Verfluchte Nacht

Die ganze Nacht hindurch war ein Kammerdiener durch die Straßen Roms geritten, um einen Arzt für den Kardinal Ottoboni zu suchen, aber aus Angst, ans Bett eines Pestkranken gerufen zu werden, ließ keiner sich sprechen. Gerade in jenen Tagen waren zwei genueser Kaufleute, vier römische Patrizier, eine Wäscherin von der Ripa Grande und der Pfarrer von San Clemente an der Pest gestorben – und ein Landstreicher, dessen Körper einen ganzen Tag lang unter den Bögen des Marcellus-Theaters liegengeblieben war. Das Gerücht von einer Wiederkehr der Seuche hatte sich sofort in ganz Rom verbreitet, und mit solchem Schrecken war die Plag eingedrungen in die Hertzen der Männer wie Fraven, dasz gar ein Bruder den andern im Stiche liesz und der Oheim den Neffen und die Schwester den Bruder vnd sintemalen die Gatten ire Gatten, und Vater und Mutter mieden ihre Kinder, sie zu besuchen und zu atzen.

Der berittene Kammerdiener zeigte den Leuten die Kardinals-insignien, aber das reichte nicht aus, um das Mißtrauen der furchtsamen Leibesbesorger oder ihrer Angehörigen zu zerstreuen. Durch die geschlossenen Türen oder von den Fenstern herunter hatten sie ihm jedesmal gesagt, daß man den Arzt zu einem dringenden Fall gerufen hatte, und daß sie ihn nach seiner Rückkehr ganz gewiß zum Kardinalspalast am Alten Zollamt schicken würden. Wenn die Dinge so gelaufen wären, wie die Angehörigen dem berittenen Kammerdiener versicherten, hätte sich schon vor Sonnenaufgang eine große Menge von Ärzten am Krankenbett Ottobonis einfinden müssen. Unterdessen war der Kammerdiener, der den Grund für all diese Abwesenheiten sehr wohl begriffen hatte, in eine Kutsche gestiegen und nach Pale-strina gefahren, um dort einen alten Arzt zu holen, der dem Kardinal Dank schuldete und sich darum nicht weigern konnte, dem Leidenden zu Hilfe zu kommen.

In der Kutsche, während der Fahrt nach Rom, wollte der alte Arzt sich lediglich versichern, daß der Kardinal Ottoboni keine Schwellungen unter den Achseln und an den Leisten hatte, und daß auf seiner Haut keine schwarzen Flecke aufgetreten waren. Der Schrecken vor Ansteckung war durch die Mauern der Hauptstadt hinausgedrungen und verbreitete sich nun auch in den Dörfern der Umgebung, wo die Pestfälle sich jeden Tag mehrten – ohne Rücksicht auf Stand und Würde.

In Segni war ein Priester von einem Glockenturm gesprungen und ein Bauer hatte sich in einen Brunnen gestürzt. In Palestrina hatte man einen Gesundheitsdienst eingerichtet, der seine nächtlichen Wachen in der Gegend herumschickte, um die Häuser der Pestkranken anzuzünden, im Glauben, die Ansteckungsgefahr auf diese Weise zu zügeln. Aber die Zusammenstöße mit den Familien der Pestkranken, die ihre Häuser mit Waffen verteidigten, forderten eine Zahl von Opfern, welche die der Pest noch überstieg. Während das Umland seine Toten beklagte, wurde ganz Rom von einem neuen Schauder ergriffen, als man eines Morgens unter dem Altar der Kirche des Heiligen Thomas in Monte Cenci den halbnackten Leichnam einer schönen schwarzhaarigen Pestkranken fand –»schwarz und üppig« schrieb der von der Präfektur der Engelsburg geschickte Gesundheitsbeamte in seinem Bericht. Wie sie an diesen Ort gelangt war, blieb für alle ein Rätsel. Der junge Pfarrer konnte oder wollte keine Erklärung für ihre Gegenwart geben, aber wenige Tage später starb auch er an der Pest.

Der Arzt aus Palestrina war erst im Morgengrauen am Bett des Kardinals Ottoboni angekommen und hatte ihn bei schlechtester Laune vorgefunden. Es war der Kranke selbst, der von Vergiftung sprach, aber als der alte Arzt versuchte, ihm ein Brechmittel zu verabreichen, damit er die verdorbenen oder vergifteten Speisen wieder von sich gäbe, drehte er sich wie eine Furie im Bett herum, und hätte ihn, wäre er nicht von den Hausbewohnern daran gehindert worden, gewiß davongejagt.

»Ich habe mir schon meine ganze Seele samt aller Gifte aus dem Leib gespuckt!« hatte der Kardinal gezischt, der, wenn ihn die Wut packte, ohne Sinn und Anstand sprach.

So griff der Arzt, nachdem er ihm ein Glas magenstärkender Mixtur auf der Basis von Rosenessig, Laudanum und Herba blanca eingeflößt hatte, klüglich auf die essiggetränkten Lappen zurück, die auf die Stirn gelegt wurden, und kochende Leinsamenumschläge auf die Brust. Das kann nicht schaden, dachte er, und deshalb pflegte er auf solche Linderungsmittel zurückzukommen, wenn die medizinische Wissenschaft ihm keine anderen Heilmittel anriet. Aber die Schmerzen hielten den ganzen Tag über unvermindert an und führten zur völligen Entkräftung des Kardinals, der von Zeit zu Zeit den Kopf hob und mit ganz verzweifelter Stimme Beschimpfungen gegen denjenigen ausstieß, der ihn vergiftet hatte.

Als die Schmerzen sich etwas beruhigten, rief man den Koch ans Krankenbett des Kardinals, der sich im Bett aufsetzte und ihn mit einem furchterregenden Blick fixierte. »Wer hat die Küchen betreten?«

»Ich kann schwören, daß weder gestern noch vorher ein Fremder sie betreten hat, Eminenz.«

»Diese Rotbarben!«

»Die Rotbarben, die Ihr verspeist habt, wurden auch von den beiden Bischöfen von Salamanca verspeist, die mit Euch getafelt haben.«

»Ich traue diesen beiden Gaunern nicht.«

»Aber Eminenz, sie sind doch geradewegs aus Spanien gekommen und direkt vor Eurem Haus ausgestiegen, ohne vor Euch irgend jemanden in Rom gesehen zu haben. Das sagt jedenfalls der Kutscher, der sie in einer Staatskutsche bis vor unser Tor gebracht hat.«

»Sie können aus Salamanca gekommen sein, um mir im Auftrag von wer weiß wem diese Gifte als Geschenk zu überbringen. Noch weitere Unglücksvögel werden aus Spanien hier erwartet.«

Der Koch des Hauses war leicht verstört in die Küchen zurückgekehrt, aber der Bericht seines Gesprächs mit dem Kardinal wanderte sogleich von Mund zu Mund und führte zu einem dichten Netz von Gerüchten, an dem Truchsesse Küchenjungen Kutscher Schneiderinnen Wäscherinnen Flickerinnen Kleiderverwahrerinnen mitwirkten, und die verschiedenen Hilfsmädchen des Hauses, die vor allem versuchten, dem vermeintlichen Vergifter einen Namen zu verleihen. Irgend jemand sprach von dem wütenden Wettstreit zwischen Kardinal Ottoboni und Kardinal della Torre um das Amt des Kardinalkämmerers, und die am besten informierten legten auch die Rivalität um die schöne Palmira auf die Waage – ein weiteres Motiv für mögliche Gifte. Und so wurden die Küchen des Alten Zollamts zum Mittelpunkt schwindelerregender Klatschgeschichten – von Gerüchten, die korrigiert und amplifiziert wurden und mit immer frischeren Nachrichten von draußen gefüttert, um hier, im Erdgeschoß des Hauses Ottoboni ihre Bestätigung oder ihr Dementi oder auch eine Erweiterung durch neue aufregende Einzelheiten zu finden.

Nach einem Tag der Schwindelanfälle und Leiden am ganzen Leib erholte sich der Kardinal allmählich wieder, aber die akuten Schmerzen hatten einen Zustand von immer wiederkehrender Übelkeit hinterlassen, die seinen Zorn gegen den anonymen Urheber der Gifte jedesmal neu schürten. Daß dieser dem Ottoboni bekannt war, war schon oft genug wiedergekäut worden, aber sein Name wurde vom Kardinal niemals ausgesprochen, nicht einmal in den Momenten, in denen sein Zorn sich in zügellose Schmähreden ergoß.

Die schreckliche Nacht der Verhexung hatte auch Kardinal della Torre Schaden zugefügt. Er war mitten in der Nacht aufgewacht, mit einem gräßlichen Schmerz im Hals und einer Schwellung, die ihm den Atem einschnürte. Er hatte mit seinen Klagen sämtliche Hausbewohner geweckt, und es hatte ihn Mühe gekostet, seine Schlafzimmertür aufzuschließen, um die Helfer hereinzulassen. Sie mußten ihn auf den Marmorboden legen, und ihm die Brust massieren, wie man es bei Ertrunkenen macht. Der Kardinal war nicht gewöhnt, seine negativen Stimmungen zu zeigen, aber als er um Mitternacht diese Schwellung im Hals gespürt hatte, hatte er die Kontrolle über seine Gefühle verloren. Während sie seine Arme hochzogen und seine Brust herunterdrückten, murmelte er unverständliche Worte und stieß dann einen Klageruf aus, der alle Anwesenden erbleichen ließ.

»Ich sterbe, ich stürze mitten in die Flammen«, und mit verzweifelter Stimme fügte er hinzu: »Wenn es ihn gibt, den Allmächtigen Gott, warum kommt er mir nicht zu Hilfe?« Von welchen Flammen sprach diese erstickte Stimme, die mit seltsamem Gurgeln aus seiner geschwollenen und schmerzenden Kehle kam? Nach und nach hatte der Kardinal schließlich wieder Luft bekommen und schien – mit der Hilfe des Allmächtigen Gottes – den Flammen entronnen zu sein. Er bat nur um einen Krug frischen Wassers zur Abschwächung der Hitzewallungen, die ihm noch dann und wann in die Kehle stiegen, und um ein essiggetränktes Tuch für die Stirn, zur Linderung seiner Migräne. Dann schlief er ein.

Nachdem der Diakon Baldassare das Kloster in der Via della Scrofa beim Morgengrauen verlassen hatte, zog er durch die Straßen des Marsfeldes und betrat schließlich die Locanda del Fico, um zu hören, ob seine Schwester von Nereo irgendwelche Nachrichten über den Kardinal Ottoboni erhalten hatte.

Aber Fiorenza, so sagte man ihm, hatte die Nacht auswärts verbracht, und man wußte nicht, wann sie zurückkommen würde.

Der Diakon war durch das Gäßchen der Winde und das Strohgäßchen gegangen und hatte noch weitere leere und stickige Straßen der Stadt durchstreift, bevor er beim Palast des Kardinals della Torre ankam.

Die Nachrichten, die er vom Bruder Pförtner erhielt über die Schmerzen, die den Kardinal Ottoboni während der Nacht in seinem Palast befallen hatten, und die für sein Leben fürchten ließen, bestätigten ihm sofort, daß die Verhexung gewirkt hatte, daß aber die extreme Wirkung, die sie zum Ziel gehabt hatte, nicht eingetreten war. Ein teilweises Resultat bedeutete ein mehr als völliges Scheitern, denn, so hatte Zenaide ihm erklärt, eine Verhexung könne man wohl wiederholen, aber die Wiederholung zeitige stets geringere Resultate als der erste Versuch.

Als dann der Kammerherr ihm sagte, daß auch der Kardinal della Torre genau um Mitternacht einen schlimmen Schmerz im Hals gehabt hatte, fühlte der arme Diakon, wie seine Beine vor Entsetzen zitterten. Er hätte sich lieber von den Ameisen auffressen lassen als dem kalten Zorn seines Kardinals zu begegnen. Er wußte, daß er eine ungeheure Torheit begangen hatte, als er der Hexe seinen Hut und nicht den des Kardinals Ottoboni gebracht hatte. Was würde geschehen, wenn die Wahrheit ans Licht kam? Welche Blitze würden auf sein zerbrechliches Haupt herunterfahren? Cosimo Rolando schimpfte nicht laut wie Kardinal Ottoboni, aber er war fähig zu feinen und nachhaltigen Grausamkeiten.

Der Diakon beschloß, den Kardinal in der Stunde der Mittagsmahlzeit aufzusuchen, die er als den friedlichsten Moment des Tages ansah.

»Wie du siehst bin ich imstande, etwas zu schlucken, aber ich muß weiche Breichen essen, weil mein Hals sich verengt hat. Das Essen will nicht hinunter, und die Worte wollen nicht herauf.«

Der Kardinal war aschfahl und sprach nur mit Mühe.

»Man hat mir unten gesagt, daß es Euch heute Nacht schlecht gegangen ist.«

»Nicht heute Nacht, sondern genau um Mitternacht.«

Der junge Kammerdiener hielt es für ratsam, die Koinzidenz zu bestätigen.

»Genau im Moment, als die Hexe Zenaide die Verzauberung ausgeführt hat.«

»Und wie erklärst du dieses schwere Unglück?«

Der Diakon sah dem Kardinal ins Gesicht, aber dieser hielt seinen Blick gesenkt auf den mit einer Prise geriebenem Schafskäse gewürzten Dinkelbrei.

»Es ergeben sich wirklich überraschende Symmetrien im Leben.«

»Ein so plötzliches Unwohlsein, um Mitternacht und ohne ersichtlichen Grund, ist deiner Meinung nach eine Symmetrie? So hätte ich also wegen einer Symmetrie den Tod riskiert?«

»Etwas anderes fällt mir dazu nicht ein.«

»Bemühe dich, ein paar andere Gedanken vorzubringen.«

Der Diakon wußte nicht, was er sagen sollte, aber er konnte sich dem mit bedrohlich ansteigender Stimme vom Kardinal vorgebrachten Argument nicht entwinden.

»Es ist eine Seltsamkeit, daß Eure Eminenz sich genau um Mitternacht schlecht gefühlt hat, zu der Zeit, als ich bei dieser Frau war.«

»Du betrachtest das als eine Seltsamkeit? Ich glaube, du gebrauchst immer noch nicht die passenden Worte.«

»Etwas anderes weiß ich nicht.«

»Du möchtest keine andere Möglichkeit in Betracht ziehen?«

»Ich bin so verstört, daß ich Mühe habe nachzudenken, Eminenz, verzeiht mir bitte!«

»Ich kann dir deine kärglichen Gedanken verzeihen, aber es fällt mir schwer, dir den Diebstahl eines meiner Reisehüte zu verzeihen.«

Der arme Diakon war wie vom Blitz getroffen vor Scham und vor Schreck.

»Einer meiner Hüte ist aus dem Haus verschwunden«, fuhr der Kardinal fort, »und alles läßt mich vermuten, daß er aus meinen Händen in die Hände jener Frau gewandert ist, und folglich für ihre Zaubereien verwendet wurde. Wenn ich recht verstanden habe, bestand dein Plan darin, meinen Feind und mich auf einen Streich zu beseitigen.«

»Was sagt Ihr da, Eminenz? Ich habe niemals eine solche Teufelei ausgeheckt, das müßt Ihr mir glauben. Wie könnte ich eine so schwere Sünde der Undankbarkeit begehen?«

Der Kardinal sah ihn an und ließ ein halbes Lächeln erkennen.

»Teufelei – endlich hast du das richtige Wort gesagt. Aber wenn du darauf bestehst, deine Schuld zu bestreiten, dann gib mir doch meinen Hut zurück. Oder schwöre auf die Bibel, daß du es nicht warst, der ihn genommen hat.«

Der Diakon befand sich in schrecklich verzwickter Lage. Er fühlte sich wegen einer inexistenten Schuld angeklagt, oder besser: einer Leichtferigkeit überführt, die zu einer ungeheuren Schuld geworden war. Ein plötzlicher Wirbelsturm der Verwirrung hinderte ihn daran, sich irgendeine Verteidigung auszudenken. Im übrigen konnten weitere Lügen seine schon jetzt so heikle Lage nur noch verschlimmern.

Der Kardinal stand reglos vor ihm. Eine Hälfte seines Gesichts erschien ihm jetzt flammend und schrecklich, wie das des Racheengels, der vom Himmel herabgekommen war, um ihn mit seinen Blitzen zu treffen. Was konnte er zu seiner eigenen Entschuldigung sagen? Kein einziger Gedanke kam ihm in den Sinn, kein einziges Wort, nur eine unerträgliche Scham. Plötzlich warf der Diakon sich auf die Knie.

»Ich bekenne mich schuldig, Eminenz, aber ich bitte Euch, mir zu glauben, daß es nur ein Irrtum war, eine Einfältigkeit, die meiner Unwissenheit entspringt. Ich verstehe mich nicht auf solche Magien und dachte, daß ein beliebiger Kardinalshut als Symbol gebraucht wird, nur als Symbol. Das hatte mir die Magierin in dem Malpassogäßchen gesagt.«

»Mein Hut kann nicht als Symbol für einen anderen Kardinal dienen, das ist nicht schwer zu verstehen. Und da du nicht so schwachköpfig bist, wie du mir weismachen möchtest, und meinen Hut für deine wirren Beziehungen zu Satan benützt hast, bist du dadurch zur anderen Seite übergewechselt und hast den Menschen verraten, der dir Vertrauen geschenkt hat und dich gelehrt hat, ein ehrliches und würdiges Leben zu führen.«

»Ich bin nicht zum Satan übergewechselt, Eminenz. Ich habe nur das getan, was Ihr mir zu tun befahlt. Durch einen Irrtum meinerseits habe ich Euch einer schweren Gefahr ausgesetzt, aber es war nur Unwissenheit von mir, das müßt Ihr mir glauben, und dafür bitte ich Euch demütig um Verzeihung.«

Der Kardinal warf einen kalten und schrecklichen Blick auf den armen Diakon.

»Verzeihung? Du erzählst mir ein unerträgliches Lügenmärchen und schreibst mir Befehle zu, die ich dir nie gegeben habe, Gedanken und Absichten, die ich nie hegte. In früheren Zeiten wärest du durch solche Worte im Gefängnis oder sogar auf dem Scheiterhaufen gelandet.«

Der Diakon sah den Kardinal mit wirrem Blick an.

»Ich habe mit Eurer Zustimmung gehandelt, Eminenz, das könnt Ihr nicht vergessen haben.«

»Wie hätte ich meine Zustimmung geben können zu einem gegen mich gerichteten Komplott? Du sagst so abwegige und beleidigende Dinge, daß ich dich beim Richter, wenn nicht gar bei der Heiligen Inquisition wegen Hexerei anzeigen müßte.« Der Kardinal legte eine Pause ein, dann fuhr er mit eisiger Stimme fort: »Aber zu deinem Glück weiß ich, daß die abscheulichen Worte, die aus deinem Munde kommen, nur Einflüsterungen des Teufels sein können, der von deinem Leib und deinem Geist Besitz ergriffen hat.«

Der arme Diakon wäre lieber verschwunden oder ins Innere der Erde versunken, als einen so offensichtlichen Betrug von Seiten des Kardinals ertragen zu müssen, der also von seiner Autorität profitierte, um ihn zu demütigen und ihm Absichten zuzuschreiben, die ihm nie in den Sinn gekommen waren.

»Du wolltest mich also sterben lassen. Es ist mir sehr schlechtgegangen. Ich glaubte wirklich, daß ich diesen Knoten, der mir den Hals zugeschnürt hat, und an dem ich zu ersticken drohte, nicht überleben würde. Es ist ein Wunder, daß ich noch lebe, aber wie soll ich je vergessen, daß ich mir meinen eigenen Henker in meinem Haus herangezogen habe? Das ist ein Wort, das aus meinem Mund kommt wie eine Hexenkröte, aber ich weiß nicht, wie ich dich sonst bezeichnen könnte.«

Der Diakon klammerte sich an die Gewänder des Kardinals.

»Sagt nicht solche Worte, Eminenz, sprecht nicht von Kröten, vor denen mir graut. Glaubt an meinen guten Willen und verzeiht mir.«

»Es schmerzt mich, so streng mit einem meiner Familiaren zu sein.« Der Kardinal machte eine Pause. »Die einzige Rechtfertigung für das, was du getan hast, ist der Teufel, der in dir sitzt. Auch wenn ich beschließe dir zu verzeihen, so kann ich dich doch in Zukunft nicht mehr als einen Menschen betrachten, der bewußt und verantwortungsvoll handelt. Ich muß ein Instrument des Dämons in dir sehen, das überwacht werden muß, damit es keinen Schaden anrichtet.«

»Dann verzeiht Ihr mir also?«

Der Kardinal lächelte zweideutig.

»Du mußt Satan dafür danken, daß du meine Verzeihung erhalten hast.«

»Wie viele unfaßliche Seltsamkeiten, Eminenz. Ich bin verwirrt und weiß wirklich nicht mehr, wie ich meine Irrtümer begründen soll. Ich bin zu jeder Buße bereit, die Ihr mir auferlegt. Prügelt mich, geißelt mich, tut mit mir, was Ihr wollt, ich liege zu Euren Füßen.«

Auf dem Gesicht des Kardinals zeigte sich ein halbes Lächeln, dann fuhr er fort, langsam zu sprechen.

»Den Stock und die Geißel brauchen wir nicht. Nur wenn es uns gemeinsam gelingt, den Teufel für unsere Zwecke zu benützen, kann ich mich als entschädigt betrachten. Wir müssen den Feind Gottes unseren Wünschen unterwerfen.« Der Kardinal sah dem Diakon kurz ins Gesicht und fügte dann hinzu: »Zumal wir ihn nun schon im Hause haben.«

Der Diakon war dem Abgrund der Heiligen Inquisition entronnen, aber diese letzten Worte öffneten einen neuen Schlund vor seinen Füßen. Schon bei der Nennung der Heiligen Inquisition war ein Schauder durch seinen ganzen Körper gelaufen, aber die Aussicht, die ihm der Kardinal am Schluß dieses dramatischen Zwiegesprächs ausgemalt hatte, war etwas noch viel Schlimmeres als ein Prozeß vor dem Tribunal der Kirche.

Noch immer kniend wartete der Diakon auf ein Zeichen der Verabschiedung. Als der Kardinal die Hand ausstreckte, um ihm zu bedeuten, daß er aufstehen solle, küßte der Diakon hastig den Ring, stand auf, machte eine leichte Verbeugung und entfernte sich fast im Laufschritt.

Mein Intellekt leidet, meine Gefühle werden gedemütigt und verlacht, man zweifelt an meinem Glauben. Heilige Theodora, mein Herz, es geschieht mir im Schlaf, dich mit allen meinen Sinnen zu lieben, und wenn ich dich auf meinem harten Strohsack wiederfinde, wo wir feurige Liebeskämpfe austragen, dann gelingt es mir sogar, meine irdischen Sorgen zu vergessen. Was mir an deiner Heiligkeit gefällt, Theodora, ist gerade die Berufung zur Sünde und zur süßen Qual der Reue. Was aber meinen Fall betrifft: was kann es Abwegigeres geben als die Qual, die mir auferlegt wird, nicht wegen einer Sünde, sondern wegen eines Irrtums beim Sündigen, wegen einer mißglückten Sünde. Die Geschichte mit dem vertauschten Kardinalshut kennst du, aber du kannst dir nicht vorstellen, in welches Unglück mich das gestürzt hat. Auch die Engel machen manchmal Fehler, so heißt es wenigstens, aber sie müssen dem Erzengel Gabriel Rechenschaft ablegen, die Glücklichen, und nicht dem Kardinal della Torre. Nachts in meiner Zelle lasse ich das kleine Fenster offen, das auf die Straße hinausschaut, und warte immer, daß du aus den staubigen Seiten des Jacopo da Voragine heraustrittst und vom Himmel heruntergeflogen kommst, ganz nackt wie Eva. Komm zu mir, Heilige Theodora, ich erwarte dich. »Von solcher Heiligkeit war Theodora, daß sie viele Wunder tat«, sagt Jacopo da Voragine. Tu also ein Wunder auch für diesen deinen armen verliebten Diakon und errette mich aus einer Lage, aus der ich mich nicht allein befreien kann. Ich werde das Fenster immer offenlassen, auch im Winter, und werde dich in allen Nächten meines Lebens erwarten.

Von Livorno nach Ostia

Die Seefahrt von Livorno nach Civitavecchia auf stürmischem Meer »sicut Luciferi rugientis«, unter dem Grollen Luzifers, rief Sturm und Übelkeit auch im Magen des Papstes hervor. Hadrian erbrach in eine Silberschüssel die Reste des Seebarschs, den er in Livorno gegessen hatte; aber auch nach dem Ausspeien des edlen Fisches litt er weiter an heftigstem Brechreiz, um so schmerzhafter, als die Kontraktionen einen nunmehr leeren Magen plagten. Einer aus seinem Gefolge riet ihm aufzustehen, andere wollten ihn sitzend, und nochmals andere auf dem Schiffsdeck liegend, die einen mit dem Bauch nach oben, die anderen mit dem Bauch nach unten. Aber welches auch die gewählte Lage war, das Übelbefinden wollte sich nicht beruhigen, der ganze Körper des Papstes wand sich wie ein vom Hurrikan gezauster Baum. In den Augenblicken, da es ihm gelang, genügend Kräfte zu sammeln, rief der unglückliche Flame mit schmerzlicher Stimme zu Gott.

»Gott im Himmel, helft mir, kommt herab, einem armen Christenmenschen Trost zu spenden, der sich in den Gewalten der Wasser befindet. Mein Allmächtiger Gott, die Wasser sind Euer, die Winde sind Euer, Ihr allein könnt sie bezähmen.«

In dieser mißlichen Lage wurden alle gewahr, daß der Papst sich in Holländisch und nicht mehr in Latein an Gott wandte. Und die wenigen, die einige Kenntnis dieser Sprache hatten, bemerkten mit Staunen, daß Hadrian Gott mit »Ihr« anredete, während bei uns auch ein einfacher Matrose »Du« zu ihm sagt.

Die Sekretäre des päpstlichen Gefolges berieten sich mit dem Kommandanten, ob es anginge, die Segel zu streichen, aber dieser entschied ohne Zögern, es sei notwendig, die Fahrt fortzusetzen, weil ein Halt mitten im Meer während eines Sturms das Schlingern fraglos verschlimmert, und nicht nur das Heil des Papstes, sondern auch das des Schiffs in Gefahr gebracht hätte.

*Als sich der Schmerz endlich zugleich mit den Wellen des Meeres beru-
higte, verlangte es den Papst auf dem Oberdeck niederzuknien, um Gott
Dank zu sagen, ausführlich, und diesmal in Latein. Sein Gefolge kniete mit
ihm nieder und stimmte in seine Gebete und Psalmengesang ein.*

*Endlich, nach zwei Nächten heiteren Himmels und tiefen Schlafs, langte
Hadrian im Hafen von Civitavecchia an, am 25. August des Abends. Am
Morgen des folgenden Tages setzt er erstmals den Fuß auf den Boden des Kir-
chenstaats.*

*Eine große Menschenmenge erwartete ihn am Kai und feierte die Ankunft
des Papstes mit Applaus und Gesängen. Als Gesandte des Heiligen Kollegiums empfingen ihn auf dem Festland die Kardinäle Colonna und Orsini,
welche, bereits informiert über den störrischen Charakter Hadrians, sich in
würdevoller Zurückhaltung übten.*

*Kardinal Colonna hielt eine Willkommensrede auf dem Boden des Kir-
chenstaates. Hadrian antwortete kurz, daß die Grenzen des päpstlichen
Territoriums rein zufällig und ohne jeden geistlichen Wert seien, und er erinnerte an das Reich Christi, das sich überall da befände, wo gute Christen
seien. Kurz und gut, der Papst wollte auch diesmal die Worte des Kardinals
irgendwie korrigieren, der sich doch solche Mühe gegeben hatte, den neuen
Papst in einer der schwierigen Mentalität des Flamen angepaßten Weise zu
empfangen. Ob solchen indirekten Tadels stand Kardinal Colonna nicht an,
sich später beim Kardinal Orsini zu beklagen, der sich hingegen in vorsich-
tiges Schweigen gehüllt hatte.*

*Der Papst tat die ersten Schritte auf dem Boden des Kirchenstaats, in-
dem er sich zur Kathedrale von Civitavecchia begab, um dort ein kurzes
Dankgebet zu verrichten. Von hier ging er zu Fuß zur Rocca, wo er ein
leichtes Gericht aus gekochtem Gemüse und rohem Schinken zu sich nahm;
und dann gewährte er dem Klerus und der bürgerlichen Obrigkeit des Ortes
eine Audienz.*

*Er hatte für alle nur wenige Worte, gesprochen in gutturalem und fast un-
verständlichem Latein, und das erstaunte und entsetzte die Versammelten.
Einer machte die boshafte Bemerkung, daß der Papst so spreche, weil er gewiß gar nicht verstanden zu werden wünschte. Im übrigen: was konnte ein
Papst, der immer an fernen Orten gelebt hatte, schon diesen Bürgern oder*

Klerikern sagen, die ihm die Probleme einer ihm unbekannten Region dar-
legten.

    Am 27. August bereitete sich der Papst zur Abreise. Abermals versam-
melte sich eine Menge an der Mole, um ihn zu verabschieden. Den Armen,
die sich um ihn drängten, ehe er die Füße auf die Laufplanke zum Schiff
setzte, drückte er seine Gedanken und Absichten mit diesen Worten aus:

    »Ich liebe die Armut, und ihr werdet sehen, was ich für euch tue.« Die
Armen waren glücklich über dieses Versprechen, und sie verharrten auf der
Mole, bis die Schiffe des Päpstlichen Hofes in Richtung des Hafens von
Ostia am Horizont verschwanden.

Teufelsaustreibung

Der Kardinal della Torre war nicht nur ein Freund des Priors, sondern hatte auch seit geraumer Zeit die Rolle des Protektors der Franziskanischen Gemeinschaft in der Via della Scrofa übernommen. Etliche Male hatte er sich bei Leo X. als Fürsprecher für die Zuweisung von Schenkungen an das Kloster und von Benefizien an seine Mitglieder eingesetzt. So war ein drei Morgen großer Obstgarten mit Feigen- und Pflaumenbäumen hinter der Via delle Fornaci dem Kloster als päpstliche Schenkung übergeben worden; zudem wurden jedes Jahr von Leo X. beträchtliche Almosen gespendet, um die Bettelei abzuschaffen, die ihm verhaßt war, obwohl die Franziskaner vom Poverello von Assisi die Regel und die Gebräuche eines Bettelordens übernommen hatten. Mit den Worten des Novellisten pflegte er zu sagen, wenn sie von Almosen nicht leben können, sollen sie gefälligst zur Hacke greifen. Trotz allem, und auch diesmal dank der Fürsprache des Kardinals della Torre, wies derselbe Papst den beiden ältesten Möchen in der Via della Scrofa die Pfarreien von Santa Maria della Seggiola und San Clemente mit den damit verbundenen Pfründen zu. Neben alledem wanderten von Zeit zu Zeit auch ein paar Fäßchen Wein vom Kardinalspalast in die Keller des Klosters.

Der Prior schätzte die Gefälligkeiten des Kardinals, aber er schimpfte insgeheim auf die Schläue des Papstes, der die Einnahmen der vakanten Pfarreien immer den ältesten Möchen zuwies, wohl wissend, daß sie am nicht allzufernen Tag ihres Todes wieder verfügbar sein würden. Um dem Papst ein Schnippchen zu schlagen oder durch geheimnisvolle Zauberei wurden die alten Pfründenempfänger oft über neunzig Jahre alt und älter, zur deutlichen Genugtuung des Priors, der ihre Pfründen für seine Gemeinschaft einstrich. Der Tod Leos X. hatte den Fluß der Zuwendungen unterbrochen, und der Prior mußte sich mit den sparsamen aber essentiellen Hilfen des Kardinals della Torre begnügen.

Zum Zeichen seiner Dankbarkeit hatte der Prior dem Kardinal den aufgewecktesten unter den jungen Diakonen des Klosters als Kammerdiener geliehen, mit der Bereitschaft, ihm seine Zelle in der Via della Scrofa mit all seinen Büchern freizuhalten, für den Fall daß der Diakon ab und zu ein paar Stunden oder Nächte in seinem Kloster verbringen wollte, oder daß besondere Zeremonien seine Präsenz erforderten. Gewöhnlich sollte der Diakon aber im Haus des Kardinals in der Via Monte della Farina und später in der neuen Residenz in der Via dell'Oro wohnen. Der junge Diakon wurde so zum Bindeglied zwischen dem Haus des Kardinals und dem Kloster in der Via della Scrofa, wodurch er ein wenig Prestige und ein paar Vorteile genoß: gepflegtere Kleidung, das Recht, bei Wettspielen und anderen Darbietungen in den Höfen des Vatikans dabeizusein, und wenn nötig auch der Gebrauch einer Dienstkutsche, die das Kloster ihm zur Verfügung stellte.

Doch nun, zum ersten Mal, verschob der Prior die Zusammenkunft, um die der junge Diakon dringend gebeten hatte, von einem Tag auf den anderen. Was bedeuteten diese fortgesetzten Aufschübe von seiten des Priors? Der Diakon interpretierte sie zunächst als Mangel an Achtung vor dem Kardinal della Torre, als dessen Vertreter bei der Franziskanischen Gemeinschaft er sich fühlte, aber seinen Informationen war nicht zu entnehmen, daß die Beziehung zwischen den beiden erkaltet sei. Die schlechte Stimmung des Kardinals seit dem Tod Leos X. und der gnadenlose Wettstreit mit dem Kardinal Ottoboni um das Amt des Kardinalkämmerers konnten keinerlei Einfluß auf den Prior haben – diesen vorsichtigen und vor allem auf die Vorteile seines Klosters bedachten Mann.

Als der Prior ihm schließlich eine Zusammenkunft in seiner Zelle und nicht im Sprechzimmer vorschlug, begriff der junge Diakon, daß das Gespräch unter dem Siegel der Verschwiegenheit stattfinden sollte.

Die Zelle des Priors war ärmlich und schmucklos wie die der einfachen Brüder. Die gleichen kalten Wände, die gleichen Möbel aus rohem Holz, die gleiche franziskanische Schlichtheit und Sauberkeit. Der Diakon setzte sich auf eine Bank dem Prior gegenüber, der hinter einem Tischchen kauerte, auf dem verschiedene übereinandergetürmte Bücher lagen und ein römisches Meßbuch in Pergament. Hinter ihm stellte ein von der Feuchtigkeit beschädigtes Bild von Giunta Pisano den Heiligen Franziskus dar, mit gerunzelter Stirn und dem von tiefen Falten geprägten Gesicht. Der einzige Schmuck in dieser Zelle war ein kostbares farbiges Schnitzwerk von Daniel Mauch, Geschenk eines deutschen Wohltäters, das in Pyramidenform eine übereinandergehäufte Gruppe mit zwei Päpsten, einem Kardinal, einem Bischof, sowie sieben Mönchen und einem Priester darstellte.

Der Diakon erforschte mit raschem Blick das Gesicht des Superiors, um zu erkennen, in welcher seelischen Verfassung er sich befand, und welche Haltung ihm gegenüber unter den gegebenen Umständen ratsam war. Aber das Gesicht des Priors war undurchdringlich und ausdruckslos wie eine tönerne Vase. Es war also besser, dachte der Diakon, das Problem, dessenthalben er um die Zusammenkunft gebeten hatte, ohne Zögern anzugehen, um die starre Barriere, hinter die sich der Prior geflüchtet hatte, sofort zu durchbrechen.

»Ich habe oft an Euren Rat gedacht, Monsignore, und habe nun endlich beschlossen, den Exorzismus auf mich zu nehmen. Ich habe gehört, daß es sich immer um ein schwieriges und gefährliches Unternehmen handelt, weil der Teufel, der in einem Körper Platz genommen hat, gewöhnlich nicht wieder weggehen will und alle Arten von Widerstand leistet. Aber ich werde dieses Opfer demütig auf mich nehmen, wie Ihr mir geraten habt, damit ich mich wieder den Sakramenten nähern und frei über meine Person verfügen kann.«

Der Prior sah ihn mit so offenkundigem Erstaunen an, daß der junge Diakon sofort beunruhigt war.

»Vielleicht täuscht mich meine Erinnerung«, sagte der Prior, »aber ich kann mich einfach nicht erinnern, dir einen solchen Rat gegeben zu haben. Wir haben von Exorzismus als von einer fernen und unsicheren Möglichkeit gesprochen – das ist es, was meine Erinnerung mir sagt.«

Der Diakon wußte, daß der Prior einen klaren und präzisen Verstand und ein gefürchtetes Gedächtnis hatte. Er konnte einfach nicht glauben, daß er so etwas vergessen hätte. Bestimmt gab es irgendeinen Grund, warum er diese Täuschung inszenierte.

»Du sagst, daß die Dämonen, die sich in einem Individuum angesiedelt haben, auch dazu neigen, in ihm zu bleiben«, fuhr der Prior fort, »aber wie willst du wissen, ob der Teufel gehen oder bleiben will? Frönst du da nicht der Sünde der Überheblichkeit? In solchen Fällen gilt die Vorsicht als höchste Regel.«

Der Diakon neigte den Kopf zum Zeichen der Demut.

»Wenn ich mit Überheblichkeit gesprochen habe, dann bitte ich Euch um Verzeihung, Monsignore.«

»Jetzt bringst du mich in Verlegenheit, denn ich weiß nicht, ob du mit deiner eigenen Stimme sprichst oder mit der des Teufels, den du in dir beherbergst. Denn wenn es deine eigene Überheblichkeit ist, dann fällt es mir leicht, dir zu verzeihen, aber wenn du mit der Stimme des Teufels sprichst, dann gerät mein Geist in Verwirrung und ich weiß nicht mehr, wie ich mich verhalten soll. Die Schatten, die aus dem Reich der Hölle kommen, sind flüchtig und träge. Aus diesem Grund habe ich gezögert, dich zu empfangen, und jetzt weiß ich nicht, ob ich mit einem äußerst durchtriebenen Teufel spreche oder mit dem jungen Franziskanerdiakon, den ich dem Kardinal Cosimo Rolando, unserem vortrefflichen Freund und Beschützer, als Diener geliehen habe.«

»Ich möchte Euch nicht in Verlegenheit bringen, Monsignore. Ich bitte Euch nur, mir zu helfen, den Teufel zu verjagen, der mich vor den Kirchen niesen läßt und mich husten läßt, wenn ich in die Nähe eines Altars komme.«

»Ich möchte dir gern helfen, aber wie du weißt, birgt der Exorzismus die schrecklichsten Gefahren, denn die Teufel können sich ärgern und der Person, von der sie Besitz ergriffen haben, einen nicht wiedergutzumachenden Schaden zufügen. Einigen Besessenen haben sie den Verstand so verwirrt, daß sie während des Exorzismus verrückt geworden sind. Einer hat unter schrecklichen Kopf- und Bauchschmerzen sogar sein Leben gelassen. Andere sind den Erstickungstod gestorben, weil die ›Aerien‹, die luftfressenden Teufel, die am schlimmsten von allen sind, sich in ihrem Hals zusammengedrängt und ihnen den Atem abgewürgt haben. Du mußt nicht glauben, daß die Teufel Respekt vor den Menschen haben, sie sind immer hinterhältig, zerstörerisch und durch und durch schlecht. Deshalb ist es vielleicht besser zu warten, bis der Leib sie von selbst ausstößt. Manche Teufel sind freiwillig und ohne Schaden anzurichten durch den Hals geflüchtet. Andere wieder sind hinten entwichen, zusammen mit den Körperwinden und den Exkrementen, was ja der Abgang ist, der ihrer Widerwärtigkeit am besten entspricht.«

Der Diakon nahm die Worte des Priors mit Mißtrauen auf. Sie klangen zu anders als jene, die während des Spaziergangs vom Kloster zum Brückenviertel von denselben Lippen gekommen waren. Sie hatten also die Rollen getauscht in ihrer Einstellung zum Exorzismus. Was war in der Zwischenzeit geschehen? Der Diakon konnte sich schon einen Vers darauf machen, und er beschloß deshalb, frei heraus um eine Erklärung zu bitten.

»Als Ihr mich vor den Kirchen niesen saht und ich Euch von dem krampfartigen Husten erzählte, der mich jedesmal befällt, wenn ich in die Nähe des Allerheiligsten komme, da habt Ihr gesagt, daß dieses Phänomen gewiß nicht den kalten Luftzügen zuzuschreiben sei, sondern daß es sich um ein Werk des Teufels handle, der sich in meinem Körper angesiedelt hat. Dann habt Ihr gesagt, daß Ihr Euch selbst darum kümmern würdet, einen Exorzisten zu finden, um mich von der teuflischen Präsenz zu befreien. Wenn es jetzt irgendwelche Gründe gibt, derentwegen Ihr Eure Meinung geändert habt, Monsignore – und ich glaube, das ist geschehen – dann bitte ich Euch, ohne Rückhalt zu sprechen, und mir zu sagen, welches diese Gründe sind.«

Der Prior schien sich einige Augenblicke lang auf seine Gedanken zu konzentrieren.

»Bevor ich deine Frage beantworte, muß ich dich meinerseits fragen, ob du glaubst, daß du ein freier Mann bist?«

»Meine Freiheit«, antwortete der Diakon, »ist durch meine Pflichten beschränkt. Ich habe Pflichten Gott gegenüber, Pflichten meinen Vorgesetzten gegenüber und Pflichten im Hinblick auf alle Menschen.«

»Die Hierarchien innerhalb der Heiligen Mutter Kirche und ihrer Institutionen sind dir also bekannt?«

»Sie sind mir durchaus bekannt, Monsignore.«

»Und glaubst du, daß du der einzige bist, der Pflichten gegenüber seinen Vorgesetzten hat?«

Der Diakon begriff plötzlich und mit Bestürzung, woher der Widerstand des Priors gegen die Ausführung des Exorzismus rührte, und er erschrak.

»Kardinal Cosimo Rolando della Torre, auf den Ihr Euch sicherlich bezieht, ist kein Vorgesetzter von Euch.«

»Genaugenommen ist er es nicht, aber er ist ein Wohltäter unseres Klosters, und deshalb habe ich ihm gegenüber ebenso große und sogar größere Pflichten, als wenn er mein Vorgesetzter wäre.«

»Der Kardinal möchte nicht, daß ich exorziert werde. Er zieht es vor, daß der Teufel seinen Wohnsitz in meinem Körper behält.«

»Das habe ich nicht gesagt.«

»Es ist nicht nötig, daß Ihr das sagt, Monsignore. Aber wißt Ihr auch, warum der Kardinal della Torre nicht möchte, daß ich mich exorzieren lasse?«

»Ich will es nicht wissen. Die Gedanken des Kardinals bleiben seine, und ich möchte sie nicht zum Gegenstand unserer Kommentare machen.«

»Wenn ich Euch sagen würde, welches der Grund ist, dann würdet Ihr mir nicht glauben.«

»Ich habe dir doch erklärt, daß ich seine Gedanken nicht wissen, geschweige denn kommentieren möchte.«

»Einverstanden, vielleicht ist das richtig so. Ihr müßt die Interessen des Klosters vertreten und nicht meine. Wenn ich weiterhin eine Beute des Teufels bleibe, dann ist das eine Sache, die Euch nicht betrifft. Ich werde also mit meinen schwachen Kräften allein gegen ein mächtiges und bösartiges Wesen kämpfen müssen.«

»Da kann ich dich nur daran erinnern, daß die bedauernswerte Heilige Katharina von Stommeln, wie Bruder Petro de Dacia schreibt, gegen mehr als dreihunderttausend Teufel kämpfen mußte.«

Der Diakon zuckte zusammen.

»Ihr erzählt mir von einer Heiligen, Monsignore. Ich bin kein Heiliger und habe auch nicht den Ehrgeiz einer zu sein. Ich bin nur ein armer Diakon, der sich in diesem Moment bedrängt und verlassen fühlt.«

Der Prior senkte den Blick als Zeichen der Demut.

»Mein Wille unterliegt manchmal dem Willen anderer. Auch meine Wünsche unterliegen den Wünschen anderer.«

»Das bedeutet, daß ich mich in Zukunft nur auf meinen eigenen Willen und meine eigenen Wünsche, oder besser gesagt, auf meine Interessen verlassen muß.«

»Jeder von uns hat sein eigenes Quantum von Freiheit und nutzt es in der Weise, die ihm am besten erscheint.«

»Dann habt Ihr also nichts dagegen, daß ich eigenmächtig beschließe, mich exorzieren zu lassen, und mich dem Kardinal della Torre dann als vom Teufel befreit präsentiere.«

»Ich habe nicht gehört, was du eben gesagt hast, aber wenn du auf einer Antwort bestehst, dann verbiete ich dir, eine solche Entscheidung zu fällen. Leider weiß ich, daß es den Ungehorsam gibt, und daß auch fromme Menschen ihren Vorgesetzten manchmal nicht gehorchen. Es ist ein Unglück, das zu ertragen und zu verzeihen, was ich in all meinen Klosterjahren gelernt habe.«

Der Diakon hatte verstanden, was ihm der Prior mit den letzten Sätzen dieses Gesprächs, das sich im Zeichen der Verschweigung und der Zweideutigkeit abgewickelt hatte, zu verstehen gab. Doch sofort, in rascher Gedankenfolge, tauchte in seinem Kopf das Problem auf, wie er sich ohne Wissen des Kardinals exorzieren lassen, und dann die schriftliche Bestätigung des gelungenen Exorzismus erlangen sollte. Ein schwieriges Unterfangen, zumal die Kardinäle lange und scharfe Ohren haben. Aber er korrigierte dieses Bild gleich wieder, das sich in sein Gehirn eingeschlichen hatte, denn wie alle wissen, sind es die Teufel, die lange und scharfe Ohren haben, und nicht die Kardinäle. Als er die Hand des Priors auf seiner Schulter spürte, kam er wieder zu sich.

»Was denkt Ihr von mir, Monsignore? Aus welchem Grund glaubt Ihr, daß der Teufel ausgerechnet mich als Wohnung gewählt hat? Glaubt Ihr, daß er durch meine Hand irgendeine Missetat ausführen möchte?«

»Ich kenne mich nicht aus mit den Teufeln und ich weiß wirklich nicht, welches die Kriterien ihrer Wahl sind, wenn sie beschließen, in einem von uns zu hausen, aber ich muß gestehen, daß ich mir bis gestern nicht vorstellen konnte, daß sie es wagen würden, in den Körper eines Diakons einzudringen, der seine Zeit teils im Haus eines Kardinals, teils in einem Franziskanerkloster verbringt. Auch unserem Orden gereicht eine Tatsache wie diese nicht zur Ehre, wenn sie durch einen Exorzismus bestätigt wird. Deshalb empfehle ich dir die größte Verschwiegenheit, wie immer deine Entscheidung ausfällt.«

»Wollt Ihr mir keinen Rat geben, Monsignore, was Eurer Meinung nach für meine Person und für den Orden, dem ich angehöre, das Beste ist?«

»Erlaube mir, auf deine Frage nicht zu antworten. Schweigen ist die Verteidigung der Schwachen.«

»Wir sind allein, Monsignore, und was immer Ihr mir sagt, ist zwischen uns beiden begraben, ich gebe Euch mein Ehrenwort.«

Der Diakon versuchte den Blick des Priors zu erhaschen, der den Kopf schüttelte, als wolle er die Versuchung zu reden verscheuchen.

»Ihr könntet ja versuchen, den Kardinal della Torre zu überreden«, sagte der Diakon, »daß er mich zu einem Exorzisten schickt, der mich von diesem seelischen und leiblichen Gebrechen befreit. Ich weiß, daß der Kardinal viel auf Eure Freundschaft gibt.«

Der Prior entschloß sich, offen zu antworten.

»Ich kenne den Kardinal seit vielen Jahren. Er ist ein Mann, der zur Großzügigkeit fähig ist, aber er ist auch sehr dickköpfig, und wenn er sich ein Ziel setzt, dann gibt es keine Hindernisse für ihn. Du gehörst zu seiner familia, und deshalb ist es am besten, du appellierst selbst an sein wohlwollendes Verständnis, auch wenn ich bezweifle, daß dein Wunsch erhört wird.«

Der Prior blickte auf zu dem strengen Abbild des Heiligen Franziskus an der Wand.

»In dieser Welt geschehen zuweilen auch Wunder.«

Dann stand er auf und entließ den jungen Diakon, der sich gleichfalls erhob und dabei dachte, daß nur die Heiligen Wunder tun, und daß der Kardinal della Torre gewiß kein Heiliger war.

Mord und Totschlag

Am schwarzen und bedrohlichen Himmel war plötzlich ein Gewitter von biblischer Gewalt ausgebrochen. Blitze, Donner,
Wind und Regengüsse zerwühlten die Stadt, überfluteten die
Plätze und verwandelten die Straßen in reißende Flüsse. Der
Tiber, durch den Regen in Umbrien bereits gestiegen, über-
schwemmte die Lände des Ripettahafens und setzte die Wein-
und Gemüsegärten an beiden Ufern unter Wasser. Die Straßen
der Viertel Ripa und Parione, der Circus Agonalis und alles
ringsum hatte sich in einen Sumpf verwandelt; im Süden war das
Wasser in die Magazine der Porta Portese und des Testaccio eingedrungen und hatte einen See rings um die Cestiuspyramide ge-
bildet. Zusammen mit dieser sommerlichen Sintflut war, mit
langgezogenem Geheul, eine Windhose eingebrochen und hatte
Bäume entwurzelt, Dächer von den Häusern gehoben, Kutschen, die sich im Freien befanden, umgeworfen und bei drei
schwangeren Frauen, sechs Ziegen und zwei Pferden Fehlgebur-
ten ausgelöst.

Den Diakon Baldassare überraschte der prasselnde Regen in
der Nähe von San Salvatore in Lauro; er hätte sich gern in die
Kirche geflüchtet, aber ein heftiger Niesanfall zwang ihn, das
Weite zu suchen, die Füße bis zum Knöchel im schlammigen
Wasser. Schließlich erreichte er den Palast des Kardinals della
Torre, völlig durchnäßt und schlammbedeckt und noch immer
vom Niesreiz und ein paar Hustenanfällen geplagt, die er lieber
dem Regen zuschrieb als dem tückischen Teufel, der seit einer
Weile sein unliebsamer Gast war. Bei seinem Gang durch die
Halle und über die Treppe hinterließ er ein Rinnsal schlammigen

Wassers. Schließlich betrat er seine Kammer, wo er sich von allem, was er am Leib hatte, befreite und trockene Kleider anzog.

Nach diesem Toben des Himmels, in der Stille, die dem Sturm gefolgt war, versammelten sich in ihm seine ganze Ratlosigkeit und seine Ängste, seine Reue und seine Versuchungen, die Sünden der Heiligen, das Mädchen von Viterbo, die blonde Geliebte Margotta und der unverschämte Teufel, der jetzt in seinem Unterschlupf saß, unter den trockenen und sauberen Kleidern.

Sollte er mit dem Kardinal della Torre reden, wie der Prior ihm geraten hatte? Oder direkt zu einem Exorzisten gehen und sich dem Kardinal als bereits vom Teufel befreit präsentieren? Aber wo einen diskreten und vertrauenswürdigen Exorzisten finden? Er dachte daran, den alten Pfarrer in Viterbo aufzusuchen, der ihm Lateinunterricht gegeben hatte, aber ehe er die Reise antrat, konsultierte er die Register der Datarie und entdeckte, daß der arme Mann schon seit vier Jahren tot war. Noch einmal kehrte das Brombeermädchen in sein Gedächtnis zurück – diese unglückliche Erinnerung, die er aus Stolz verdrängte, und die von den überstürzten Ereignissen überholt war, aber in Momenten der Traurigkeit immer noch lebendig. Endlich beschloß er, den schwierigsten Weg zu wählen und mit dem Kardinal zu reden.

Er mußte nicht warten wie beim Prior. Der Kardinal empfing ihn in seinem Arbeitszimmer mit einem halben Lächeln, das ihn sofort mißtrauisch machte. Es gab keinerlei Grund zu lächeln.

»Ich habe erfahren, daß du vom Gewitter überrascht wurdest, und daß dich die Windhose, die über die Stadt hereingefallen ist, beinah in den Himmel getragen hätte. Wer weiß, ob die Pforten des Paradieses sich bei deiner Ankunft geöffnet hätten? Schlammbedeckt, wie du warst, hättest du zunächst einmal die himmlischen Treppen beschmutzt, so wie du es hier getan hast, und dort oben herrscht Sauberkeit und Ordnung. Und dann hätte mit dir ja auch ein Teufel das Paradies betreten, und das entspricht nicht den Regeln jenes heiligen Orts.«

Der Kardinal kicherte ein wenig, um die Ironie seiner Worte zu unterstreichen. Der junge Diakon geriet sofort in Schwierigkeiten. In seiner Lage konnte er sich nicht erlauben zu scherzen, und der Kardinal hatte das Gespräch auf einem Register begonnen, dessen er sich nicht bedienen durfte.

»Du hast also ein paar gute Neuigkeiten für mich? Ich bin in diesem Haus eingeschlossen wie in einem Gefängnis, aber du gehst herum, siehst Leute, sprichst mit ihnen und hörst ihnen zu.«

Der Diakon beschloß, gleich zur Sache zu kommen, mit lauter und klarer Stimme.

»Ich bin hier, Eminenz, um mit Euch von dem Teufel zu reden, der einer Meinung zufolge, die ich nur ungern teile, von meinem Leib Besitz ergriffen hat.«

»Von deinem Leib oder von deiner Seele?«

»Ich rede und denke gemäß meinem Willen, Eminenz, und darum ist meine Seele, wie ich Euch bereits sagte, von jeglicher Einflüsterung oder Tyrannei des Teufels unberührt.«

»Woher beziehst du soviel Gewißheit?«

»Mein Geist entbehrt jeden Zwang und meine Gedanken können sich in jede Richtung bewegen, auch wenn mein Leib auf Befehl des Teufels hustet oder niest.«

»Der niederträchtige Anschlag, den du auf meine Gesundheit verübt hast, wurde gewiß nicht von deiner Nase, deinen Beinen, deinen Armen oder deinen Knien beschlossen. Dann hat ihn also dein Geist, der jeden Zwang entbehrt, beschlossen?«

Der Diakon war wieder in der mißlichen Lage, sich mit Worten zu verteidigen, die unterhalb der Ebene der anhaltenden Bosheit des Kardinals, der das Gespräch leitete, bleiben mußten.

»Ich habe einen Fehler in der Bewertung der sogenannten Zaubermittel begangen, Eminenz, das gebe ich zu. Aber keinerlei böse Absicht hat mich in die Irre geführt.«

»Glaubst du nicht, daß es Absicht des Teufels war, dich zu einem Irrtum zu verleiten, der mir zum Verhängnis werden konnte?«

»Ich war mir nicht bewußt, auf einen Befehl oder eine Einflüsterung des Teufels hin gehandelt zu haben.«

»Willst du mich wirklich zwingen zu denken, daß du aus eigenem Willen gehandelt hast, und daß somit ausgerechnet du es warst, der meinen Tod gewünscht und angestiftet hat? Ich hatte gehofft, es wäre der Teufel gewesen, der dich zu diesem niederträchtigen Verhalten gegen meine Person verleitet hat.«

»Ich habe niemals Euren Tod angestiftet, Eminenz, ich kann alle Heiligen des Himmels zu Hilfe rufen, damit sie meine Unschuld bezeugen.«

»Gut, dann war es also der Teufel. Das beruhigt mich und stellt das Vertrauen wieder her, das ich zu dir habe.«

Der Diakon begann zu schwitzen und unruhig zu werden. Das Gespräch lief in die falsche Richtung, und der Kardinal wollte seinen Vorteil nicht verlieren.

»Ich habe dir schon erklärt, daß ein Besessener nicht für die schlechten Taten verantwortlich ist, zu denen der Teufel ihn verleitet.«

»Aber ich existiere auf dieser Erde, ich heiße Baldassare und stehe hier vor Euch. Ich bin ein vergängliches und wenig gelehrtes, aber fleißiges und wahrnehmungsfähiges menschliches Wesen, welches das Böse in jeder Form ablehnt.«

»Das will ich hoffen. Du mußt dich widersetzen, wenn die Tat an sich eine böse ist, aber wenn sie zufällig nützliche und ehrbare Wirkungen zu erzielen vermag, mußt du deine Hand von demjenigen lenken lassen, der mehr Macht hat als du. Jeder von uns muß sich mit den Mitteln wehren, die er in der Tasche hat, und du weißt, daß nicht nur das Recht der Kirche, sondern auch das bürgerliche Recht keinen verurteilt, der aus Notwehr handelt.«

»Ich muß mich gegen niemanden wehren, Eminenz.«

»Aber ich muß es.«

Der Diakon strich sich mit der Hand über die feuchte Stirn. Dann sprach er mit Entschlossenheit.

»Ich bin gekommen, Euch zu bitten, daß ich einem Exorzismus unterzogen werde. Ich möchte nicht mit dem Teufel zusammenleben und schon gar nicht Gewalt gegen eine hohe kirchliche Autorität anwenden.«

Der Kardinal schwieg eine Weile, um den Vorteil auszukosten, den ihm sein Kammerdiener durch die indirekte Namensnennung des Opfers verschafft hatte.

»Auch ich verabscheue die Gewalt, aber ich wiederhole noch einmal: sie kann zuweilen gerechtfertigt sein, wenn sie, wie in unserem Fall, für die Würde und das Wohl der Kirche und ihrer treuen Diener nützlich ist. Vom Exorzismus reden wir dann später.«

Der Diakon hatte nun wirklich genug von diesem Gespräch, das ihn durch die wohlbekannte Hartnäckigkeit des Kardinals immer wieder zum selben Thema zurückbrachte. Er versuchte noch einmal eine offene Rebellion, mit der er ihn in Verlegenheit zu bringen hoffte.

»Ich habe keine Lust, einen Mord zu begehen, Eminenz.«

»Einen Totschlag, keinen Mord. Verstehst du den Unterschied? Einen Totschlag kann man aus Notwehr begehen, oder zur Beseitigung eines Tyrannen oder eines Übeltäters. Als Totschlag gelten auch die Abertausende von Tötungen während eines Kriegs, und deshalb ist Totschlag legitim oder sogar verdienstvoll. Mord ist das Töten einer Person mit übler Absicht. Mord ist immer ein Verbrechen, Totschlag nicht.«

»Ich habe das verstanden, Eminenz, aber ich muß Euch gestehen, daß ich auch keine Lust habe, einen Totschlag zu begehen.«

»Ich verstehe dich, und ich stimme dir bei, aber wenn es der Teufel in dir ist, der es wünscht oder es dir befiehlt?«

»Es fällt mir schwer, das zu glauben, Eminenz. Mein Teufel läßt mich vor den Kirchen niesen, und husten, wenn ich vor einen Altar trete, aber er hat keinerlei Berufung zur Gewalt. Ich glaube aufrichtig, daß er ein kleiner Hausdämon ist, einer von denen, die man gewöhnlich Kobolde nennt – lästige und tückische Wesen, aber nicht gewalttätig.«

»Du wirst doch nicht behaupten wollen, daß es gute und harmlose Teufel gibt. Oder sprichst du in diesem Augenblick vielleicht ohne dein Wissen in seinem Namen und nach seinem Willen? Ist er es, der dir die Dinge, die du sagst, ins Ohr flüstert? Du darfst nicht vergessen, daß überall dort, wohin das Auge des Teufels fällt, Unfruchtbarkeit, Hunger und Pest auftreten, wie es in der Bibel heißt.«

»Eminenz, die Unannehmlichkeiten, die mir dieses Teufelchen bereitet, sind keine Tragödie, und vielleicht verschwinden sie mit der Zeit wieder, oder es gelingt mir, mich daran zu gewöhnen.«

»Auch ich denke, daß es im Augenblick unnötig ist, dich dem Risiko eines Exorzismus auszusetzen. Aber ich muß dich daran erinnern, daß Teufel immer böse und gewalttätig sind, deiner nicht ausgenommen. Das ist der Grund, warum ich daran gedacht habe, ihn zu benützen, wobei ich dich selbstverständlich von jeder Verantwortung befreie.«

»Ich glaube, Eminenz, daß mein Teufel sich weigern wird, irgendeine Gewalttat zu begehen, wenn ich ihm meine Hände dazu leihen muß, denn er weiß ganz sicher, daß sie völlig unerfahren sind in dieser Art von Unternehmungen.«

»Glaubst du wirklich, daß deine Hände nicht in der Lage sind, das zu tun, was zerbrechliche Frauen und sogar bartlose Jünglinge im Lauf der Geschichte getan haben, während du ein junger Mann auf der Höhe seiner Kraft bist? Wenn das Töten nicht so leicht wäre, dann gäbe es nicht täglich so viele Verbrechen in Rom und anderorts. Dein Widerstand ist verständlich, und im Namen des Teufels zu handeln ist eine lästige Obliegenheit – aber ist es nicht viel schlimmer, sich gegen die Notwendigkeit zu wehren, die Person in Staub zu verwandeln, die einen Giftmord an mir versucht hat – einen Sünder, der sowohl den Purpur, den er trägt, entehrt, als auch die Mutter Kirche, die ihn mit dieser großen Würde belehnt hat? Wir wissen seit kurzem, daß Kardinal Ottoboni sich als einziger von allen den Bart abgeschnitten hat, nachdem er alle anderen Kardinäle – unter anderem auch mich – überredet hat, ihn zu behalten – gegen die Anordnng des Papstes, der im Begriff ist, in Rom zu landen. Mit dieser bösartigen List glaubt er, sein Wohlwollen zu erringen und von seiner Gunst zu profitieren, wenn es darum geht, den Vorsitzenden der Apostolischen Kammer zu bestimmen. Scheint dir ein solches Benehmen eines Purpurträgers würdig, oder paßt es nicht eher zu einem gemeinen Höfling?«

Der junge Diakon mußte sich nicht sonderlich anstrengen, um zu verstehen, daß die Worte des Kardinals einen Befehl enthielten.

Er wollte aber doch noch einen Versuch von Angesicht zu Angesicht machen, um den Exorzismus zu erlangen und dem furchtbaren Auftrag zu entgehen.

»Ich flehe Euch an, Eminenz, helft mir, einen Exorzisten zu finden, der mich von diesem Teufel befreit, der mich belästigt und bedrückt. Ich bitte Euch im Namen der christlichen Barmherzigkeit darum.«

Die Miene des Kardinals verfinsterte sich plötzlich und er warf dem jungen Diakon einen eiskalten und drohenden Blick zu.

»Ich brauche diesen Teufel, und ich habe nicht die Absicht, auf ein Instrument der Gerechtigkeit zu verzichten, das mir der Herr in seiner unendlichen Güte in meinem eigenen Haus zur Verfügung stellt.«

»Und an mich denkt Ihr gar nicht, Eminenz?«

»Sobald ich meinen Plan ausgeführt habe, werde ich dafür sorgen, dich exorzieren zu lassen, wie du es wünschst. Aber einstweilen bist du für mich nur ein Instrument der Gerechtigkeit. Wir werden deinen Teufel an der Nase herumführen, indem wir ihn für einen guten Zweck benützen. Du müßtest stolz sein und mit Enthusiasmus dabeisein. Statt dessen sehe ich dich unsicher, mißtrauisch und ängstlich. Ich bin wirklich enttäuscht.«

»Körperlich bin ich ängstlich, Eminenz, das muß ich gestehen. Aber ich fürchte auch, eine schwere Sünde zu begehen, wenn ich einen Kardinal töte. Ich bin zum Wohlwollen, zum Frieden, zur Nächstenliebe und zur Vergebung erzogen worden.«

»Während der letzten sieben Jahre wurden in Rom vier Kardinäle getötet, und wie ich annehme ohne die Beteiligung des Teufels wie bei dir.«

Der Kardinal sprach so, als hätte der Diakon den Auftrag inzwischen angenommen.

»Verzeiht mir, Eminenz, aber vielleicht wurden sie von gedungenen Mördern getötet und nicht von einem Kleriker wie mir.«

»Einer wurde sogar im Haus des Kardinals Riario vergiftet und die anderen sind durch die Hand von Auftragsmördern gestorben, die alle der Justiz entgangen sind. Vielleicht waren sie Kleriker, vielleicht nicht, wie können wir das wissen? Aber in der Geschichte gibt es einen Fall, der von all jenen akzeptiert und gelobt wird, denen das Schicksal der römischen Kirche am Herzen liegt. Vor nicht viel mehr als zwei Jahrhunderten lehrte Siger von Brabant an der Universität von Paris erfolgreich den radikalen Aristotelismus, bis Thomas von Aquin, der seine Ideen unter Anklage stellte, in die Stadt kam. Der Ketzerei verdächtig, wurde Siger von der Universität entfernt. Er fand am Päpstlichen Hof in Orvieto Zuflucht und wurde dort von einem Mönch getötet. Auf diese Weise war die Gefahr der Verbreitung von Theorien gebannt, die zu gefährlichen Lehrkonflikten innerhalb der Kirche geführt hätten. Ein ehrlicher Totschlag, durch den der Integrität der christlichen Lehre ein kostbarer Dienst erwiesen wurde.«

Daß die Kirche vor zweihundert Jahren einen Philosophen töten ließ, um eine Idee zu töten, erschien dem Diakon seit jeher als das schlimmste aller denkbaren Verbrechen und gewiß nicht als lobenswerte Unternehmung, wie der Kardinal ihm einreden wollte. Er hätte ihn gern daran erinnert, daß die historischen Texte in bezug auf das Ende des Siger von Brabant ziemlich zurückhaltend und unschlüssig waren, aber das Gespräch war nunmehr beendet und wäre durch dieses Argument gewiß nicht wieder in Gang gekommen.

Niedergeschlagen von diesem Treffen und von Schwermut ergriffen betrat der Diakon seine Kammer. Er setzte sich aufs Bett, preßte die Handflächen gegen die Schläfen und konnte nicht einmal weinen. In seiner Verzagtheit und Einsamkeit sagte er sich, daß bei einem verwirrten Menschen die Schuld abgemildert wird, und daß seine Sünden vielleicht durch die Hilfe des Teufels – welch kolossales Paradox – verziehen werden konnten.

Seine Gedanken stiegen in den Himmel hinauf, um die Heilige Theodora von Alexandrien zu erhaschen, die inmitten von Engeln über die fernen Wüsten flatterte. Wer weiß, wie es ihr da oben ging, dieser so irdischen und sittenlosen Heiligen, in der Gesellschaft der weißgekleideten Scharen und ständig von Gewittern und Luftgeistern geplagt. Bleich und sorgenvoll, diese Engel, und zu Recht immer mit gelangweilten Gesichtern dargestellt, denn natürlich sind auch sie nicht besonders glücklich. Der einzige lächelnde Engel, den man kennt, an der Fassade der Kathedrale von Reims – in Stein gehauen, den Blick nach Westen gerichtet – wurde gerade deshalb berühmt, weil er im Gegensatz zu all seinen Gefährten lächelt. Nein, weder die Heilige Theodora noch die Engel konnten diesmal seinem unglücklichen Gewissen Linderung verschaffen.

Die Versuchung des Baldassare

Als der Diakon Baldassare ganz verschwitzt in der Locanda del Fico erschien, mit einem kleinen Sack aus grobem Leinen, in den er achtlos etwas Unterwäsche und eine leichte Sommerkutte zum Wechseln gesteckt hatte, begann die Wirtin mit den Händen in der Luft herumzufuchteln, denn sie hatte sofort begriffen, daß der junge, Unterkunft suchende Klosterbruder im Unglück steckte. Fort mit den unglücklichen Menschen, dachte die Wirtin, denn Unglück ist ansteckend wie die Pest.

Daß dieser junge Mann mit der verstörten Miene der Bruder Fiorenzas war, der jungen Hure, die seit zwei Jahren bei ihr wohnte, regelmäßig Miete zahlte, und ihren Beruf, nach Ansicht der Kunden, mit beträchtlicher Geschicklichkeit und Phantasie ausübte, war keine ausreichende Garantie, um das Mißtrauen der Wirtin gegen das gesamte römische und auswärtige niedere Priestervolk zu zerstreuen. Es handelte sich fast immer um säumige Zahler und störende Präsenzen unter ihrer Kundschaft, die zum größten Teil aus Kunsttischlern und Kunstschmieden bestand, welche man aus der Toskana und aus Umbrien nach Rom gerufen hatte, um in den zahllosen Betrieben zu arbeiten, die während der Regierungszeit Leos X. eingerichtet worden waren. Gute Kunden, diese Kunsthandwerker, die den ganzen Tag auswärts arbeiteten und abends so müde und ausgehungert in die Locanda zurückkehrten, daß sie aßen, was immer sie ihnen auf den Tisch stellte, um dann sofort ins Bett zu fallen und wie Säcke zu schlafen, bis sie sich bei Tagesanbruch wieder auf die Beine machten, um zur Arbeit auf ihre Baustellen oder in ihre Werkstätten zu gehen.

Fiorenza war wohlgelitten – eine Hure ist hilfreich in einer Locanda, ein zusätzlicher Dienst für die raren reichen Kunden und eine angenehme Abwechslung, um die Eintönigkeit einer rein männlichen Kundschaft aufzulockern. Aber ein junger Klosterbruder mit untrüglich leeren Taschen? Wie es mit den Taschen steht, sieht man am Gesicht, und darin irrte sich die Wirtin nie.

Gesten und Worte des Diakon Baldassare verrieten einen Zustand von Angst, der keine gute Empfehlung war; aber die Wirtin sah davon ab, ihm das zu sagen, was sie unerwünschten Kunden gewöhnlich sagte – daß ihre Locanda kein refugium peccatorum sei.

»Wie lange gedenkt Ihr zu bleiben?«

»Ich weiß noch nicht.«

»Das Geld für das Zimmer habt Ihr?«

An diesem Punkt erinnerte sich der Diakon an den Satz, den man dem Kardinal Ottoboni zuschrieb: »Homo sine pecunia imago mortis«. Nein, er wollte kein Bild des Todes bieten. Dann lieber lügen.

»Ich habe das Geld für die Locanda, aber ich weiß noch nicht, wieviele Tage ich bleiben werde.«

Die Wirtin war noch nicht überzeugt und stellte weitere Fragen, jede von einem inquisitorischen Blick begleitet.

»Seid Ihr aus dem Kloster geflohen?«

Der Diakon fühlte sich entlarvt. Diese erfahrene Frau hatte die Bedenklichkeit seiner Lage und seine pekuniäre Schwäche sofort erkannt.

»Sagen wir, ich habe einen Urlaub genommen und es handelt sich nicht um eine Flucht.«

»Das war nur eine beiläufige Neugier, ich interessiere mich sonst nicht für die privaten Angelegenheiten meiner Kunden.«

Eine Lüge, wie ihre Fragen bereits verrieten.

Die Wirtin begleitete den Diakon die Treppe hinauf zu einer Dachkammer, die seiner Zelle im Kloster der Via della Scrofa sehr ähnlich war.

»Ich werde hier auf meine Schwester warten«, sagte er zu der Wirtin, damit sie ihn alleinließ.

»Fiorenzas Zimmer ist nebenan, aber es ist nicht gesagt, daß sie zurückkommt und die Nacht in der Locanda verbringt. Bei dem Beruf, den sie ausübt, schläft sie nicht immer in ihrem Bett.«

Bei diesen Worten fühlte der Diakon einen Druck in der Magengegend, aber er sagte nichts. Er legte sein Bündel auf ein Tischchen und setzte sich aufs Bett.

»Vorläufig bleibe ich hier, um mich auszuruhen.«

»Wie Ihr wollt.«

Die Wirtin ging hinaus, schloß die Tür hinter sich, und ging holzschuhklappernd die Treppe hinunter.

Fiorenza kehrte erst spät in der Nacht in die Locanda del Fico zurück. Ihr Bruder hatte hellwach und mit leerem Magen auf sie gewartet, und war in seiner Kammer auf und ab gegangen, nachdem er die franziskanischen Holzsandalen ausgezogen hatte, um die Gäste ein Stockwerk tiefer nicht zu wecken.

Durch die angelehnte Tür sah er endlich seine Schwester, die mit einer Kerze in der Hand auf Zehenspitzen zu ihrem Zimmer ging. Gottlob war sie allein zurückgekommen.

»Was tust du denn hier?« fragte Fiorenza, als sie ihrem Bruder gegenüberstand. Sie hätte alles andere erwartet, als ihren Bruder nachts in dieser übelbeleumdeten Wirtschaft anzutreffen.

»Ich muß mit dir reden.«

»Und du hast hier, in dieser Locanda, ein Zimmer genommen, um mit deiner Schwester zu sprechen?«

»Ich bin aus dem Kardinalspalast weggelaufen.«

»Bist du verrückt geworden?«

»Er will schreckliche Dinge von mir. Ich erklär' dir das nachher.«

»Der auch? Diese Kardinalsschwuchtelei macht mich ganz krank. Es schien doch, als dächte er noch an Palmira, und jetzt ist auf einmal auch er hinter den Männern her.«

Der Diakon erinnerte sich an einen Verdacht, der ihm beim Lesen der Zeilen über den nackten Jüngling gekommen war, die der Kardinal im Markusevangelium unterstrichen hatte.

»Warum? Hast du etwas gehört?«

»Ich habe nichts gehört«, sagte Fiorenza, »aber du sagst ja gerade, daß er dich aufgefordert hat, mit ihm zu gehen.«

»Was hast du da nur verstanden? Es handelt sich nicht um das, was du denkst. Das wäre ja gar nichts. Es ist etwas viel viel Schlimmeres.«

Fiorenza schloß ihre Kammertür.

»Hier hört uns niemand. Erzähl mir alles.«

»Ich will nicht lange drumherum reden. Der Kardinal hat sich in den Kopf gesetzt, ich sei vom bösen Geist besessen.«

Fiorenza riß erschrocken die Augen auf.

»Vom bösen Geist besessen – du? Ist er wahnsinnig geworden?«

»Das hat er gesagt.«

»Eine ärgerliche Sache, lieber Bruder. Und du, was spürst du? Geht es dir schlecht?«

»Nein. Es kommt vor, daß ich niese, wenn ich an einer Kirche vorbeigehe. Das ist äußerst lästig, verstehst du, ich weiß nie, welche Straße ich benützen soll, in Rom gibt es Kirchen auf Schritt und Tritt. Aber ich fühle mich nicht besessen.«

»Das ist ja eine wilde Türkerei, die du mir da erzählst. Und warum bist du weggelaufen?«

»Unter dem Vorwand, daß ich den Teufel im Leib habe, will der Kardinal mich Dinge tun lassen, die ich dir nicht einmal zu erzählen wage. Mach dir nichts draus, hat er gesagt, schuld ist der Teufel.«

»Dann hatte ich also richtig verstanden.«

»Ich sagte dir doch, es handelt sich nicht um Schwuchteleien. Wenn es so wäre, dann könnte ich mich verteidigen. Der Kardinal ist verändert in letzter Zeit, er fühlt sich verfolgt und verzehrt sich in Rachegedanken. Er hat den Schlaf und den Frieden verloren. Ich muß ihm jetzt einfach beweisen, daß ich nicht besessen bin, damit er endlich aufhört mich zu quälen.«

»Aber sag mal ehrlich, spürst du ihn in dir, diesen Teufel? Spürst du irgendeine Bewegung in deinem Bauch? Angeblich spüren die Besessenen etwas, das sich in ihrem Bauch bewegt, so als hätten sie eine lebendige Kröte verschluckt.«

Der Diakon hatte einen unbezwingbaren Ekel vor Kröten. Er verzog angewidert das Gesicht.

»Ich weiß es nicht, ich versteh nichts davon, aber diese lebendige Kröte spüre ich Gott sei Dank nicht in mir. Nur den Niesreiz vor den Kirchen und das krampfhafte Husten wenn ich sie betrete und in die Nähe des Altars gehe, sonst nichts. Und da ist mir eingefallen, daß du ja diesen Codronchi kennst, den Leibarzt und Spezialisten für die Besessenen. Der könnte mir vielleicht sagen, ob ich den Teufel im Leib hab oder nicht, und ich könnte ein Attest von ihm bekommen. Ich weiß, daß er eigens nach Rom gerufen wurde, um das Kardinalskollegium zu beraten, wenn es dort schwierige Fälle gab.«

»Codronchi, Giovanni Battista, und ob ich den kenne. Der die Flöhe quält, bevor er sie zerdrückt, ein komischer Kerl und ein Dreckfink. Aber ich hab ihn seit Jahren nicht gesehen.«

»Ich brauche ihn sofort. Bei deinem umtriebigen Leben, immer auf Trab zwischen einem Ufer und dem andern, da mußt du doch jemand kennen, der dir sagen kann, wo er ist.«

Die Schwester sah ihn mit einer Spur von Unwillen an.

»Ich führe das Leben, das mir möglich ist, ich arrangiere mich und ich schlage mich durch.«

»Ich wollte dich nicht kränken. Ich muß nur wissen, ob ich besessen bin oder nicht.«

»Das hätte ich jedenfalls nicht erwartet, einen Bruder, noch dazu einen Diakon, der sich den Teufel in den Leib geholt hat.«

»Es wäre nicht das erste Mal, daß der Teufel einen Klosterbruder als Geisel nimmt. Aber ich hoffe noch immer, daß es nicht wahr ist. Andernfalls muß ich mich hinter dem Rücken des Kardinals exorzieren lassen.«

Fiorenza, noch immer verstört, murmelte weiter vor sich hin.

»Das hat noch gefehlt, ein Bruder, der den Teufel im Leib hat. Eine schöne Bescherung.«

»Ich habe diese schöne Bescherung bekommen, nicht etwa du. Ich brauche jetzt diesen Codronchi, der mich untersuchen und mir sagen muß, ob ich wirklich einen Teufel im Bauch hab'.«

»Hast du das auch gehört, daß er im Bauch sitzt?«

»Natürlich, es scheint, daß die Teufel sich von hinten heranschleichen und in den Darm schlüpfen.«

»Wie eklig.«

»Es scheint, daß sie hinten hereinkommen und hinten wieder hinausfahren, das sagt der Prior meines Klosters. Ich hab auch schon versucht, ihn mit Fenchelsamen zu vertreiben.«

Fiorenza riß die Augen auf vor Staunen.

»Du hast versucht, den Teufel mit Fenchelsamen zu vertreiben? Was ist das – Hexerei?«

»Nein nein, es gibt ein altes Buch der Medizin, das ›Regimen Sanitatis‹ aus der Salernitanischen Schule, wo es heißt: ›Semen foeniculi fugat spiracula culi‹. Das bedeutet, daß die Fenchelsamen Luft aus dem Hintern jagen, und zusammen mit dieser Luft, habe ich mir gedacht, womöglich auch den Teufel.«

»Wie sagst du, heißt das auf Latein?«

»›Semen foeniculi fugat spiracula culi‹. Im Kloster ließen sie uns dieses ganze Büchlein auswendig lernen. Aber warum fragst du danach?«

»Entschuldige mal, aber dieses Latein, das ist von einem Klosterbruder geschrieben, der Hintern-Gedanken hatte: foeniculo, spiraculo, Culo, culo*. Der hatte Türkereien und Arschfickereien im Kopf.«

»Du bist ja ganz vernagelt mit diesem Geschwuchtel. Das ist

---

* culo = Hintern (Anm. d. Übers.)

ein Medizinbuch, sogar ein berühmtes. Die Hintern-Gedanken hast du da reingeheimnist.«

»Und der Teufel ist zusammen mit dem Fenchelsamen weggegangen?«

»Wie soll ich das wissen? Wer weiß, ob in der von den Fenchelsamen erzeugten Luft auch der Teufel drin war. Deshalb möchte ich ja zum Codronchi gehen.«

»Es scheint, daß auch dieser Deutsche, der Luther, der sich mit der Kirche von Rom anlegt, den Teufel mit Fürzen wegjagt, aber auch die sind irgendeinem Papst zufolge Todsünden. Was war das für ein Papst, der die Fürze exkommuniziert hat, erinnerst du dich?«

Der Diakon lächelte ein wenig.

»Es heißt, daß es Gregor VII. gewesen sei. Aber wer erzählt dir solche Kindereien?«

»Wir haben da eine Freundin vom Ortaccio, die sich manchmal Bücher von einem Arzt im Heiligen-Geist-Spital ausleiht, und dann erzählt sie uns diese Geschichten. So vertreiben wir uns die Zeit, wenn es nichts zu tun gibt.«

»Im Heiligen-Geist-Spital sind die Pestkranken untergebracht. Bleib da weg, hast du gehört?«

Der Diakon sah seine Schwester zärtlich an.

»Und wie geht's dir so?«

»Ich mühe mich ab, nicht zu hungern. Aber es gibt wenig Arbeit, die Leute sind unzufrieden und überall stänkern sie wegen diesem ausländischen Papst. Dann sind jetzt auch die spanischen und maurischen Huren gekommen, die uns die Kunden wegschnappen. Der Papst ist noch unterwegs, aber sie kommen wie die Heuschrecken schon zu Hunderten geflogen, weil sie denken, daß mit dem Papst auch viele Handelsleute und eine Menge liederliches Priestervolk kommen wird. Und so ist Rom schon ein einziges Bordell geworden.«

»Du kannst immer noch den Beruf wechseln«, sagte der Diakon schüchtern.

»Das ist doch das einzige, was ich kann. Es ist ein anstrengender Beruf, aber wie bei allen Frauen, die man mit Ziegenmilch aufgezogen hat, ist mein Schicksal besiegelt, und ich kann
nichts anderes sein als eine Dirne. Das ist mein Beruf und
meine Berufung, genauso wie es deine Berufung ist, ein Mönch
zu sein.«

»Berufung? Wenn ich könnte, würde ich den Beruf sofort
wechseln, Ehrenwort.«

»Was erzählst du da?«

»Nichts. Das war nur so eine Anwandlung, das geht vorbei.«

Fiorenza schwieg eine Weile, dann sah sie ihren Bruder mit
seltsamer Intensität an. Endlich sprach sie mit leiser Stimme,
noch unsicher, aber bemüht, ihren Worten einen natürlichen
und glaubhaften Ton zu verleihen.

»Ich möchte dir gern vorschlagen, dich zu mir in mein Bett zu
legen, ich könnte dich dann ein bißchen trösten, aber zwischen
Bruder und Schwester tut man das wohl nicht.«

Der Diakon merkte, daß seine Schwester es ernst meinte, und
sah sie überrascht und verlegen an. Der Vorschlag schien ihm
völlig verrückt, und die Aufforderung brachte ihn sofort in
Schwierigkeiten. Fiorenza begriff seine Lage, lächelte ihm verschmitzt zu und tat so, als schnürte sie ihr Leibchen auf.

Der Diakon wußte nicht, wie er sich verhalten sollte angesichts dieses unglaublichen Vorschlags.

»Du bist wirklich töricht.«

»Das ist doch gar keine schlechte Idee«, sagte sie und sah ihm
in die Augen, »es ist Nacht, wir sind allein, hier ist ein Bett und
niemand sieht uns. Außerdem bin ich noch nie mit einem Bessessenen ins Bett gegangen und bin neugierig zu sehen, was der
Teufel zustandebringt. Man erzählt sich Wunderdinge. Bitte!
Komm zu mir ins Bett!«

Der Diakon fing an zu schwitzen, hin- und hergerissen zwischen Verlegenheit und Erregung. Er versuchte sich zu beherrschen.

»Du scherzt über eine Sache, die mich ernstlich beunruhigt.«

»Nein nein, ich meine es wirklich ernst.«

»Du bist meine Schwester«, sagte der Diakon mit kaum hörbarer Stimme.

»Und das heißt?«

»Das heißt, daß es nicht geht.«

»Du kannst doch hinterher beichten.«

»Du bist gut. Wir Klosterbrüder beichten beim Prior. Der zeigt mich auf der Stelle bei den Beamten der Sittenpolizei an.«

»Es gab Heilige, die haben sich mit nackten Mädchen ins Bett gelegt, um zu sehen, ob sie es schaffen, ihnen zu widerstehen, und jetzt hängen sie über den Altären.«

»Ich bin kein Heiliger.«

»Willst du's denn nicht versuchen? Wir spielen einfach dieses Spiel, und dann sehn wir, wohin die Wissenschaft uns führt.«

»Was für eine Wissenschaft?«

»Die Wissenschaft vom Schwanz, mein Bruder.«

Fiorenza näherte sich ihrem Bruder, schob eine Hand unter die Kutte und streichelte seine haarige Brust.

»Warum ziehst du diesen Rock nicht aus? Wir vergehen ja hier vor Hitze«, sagte Fiorenza leise.

»Sei mir nicht böse«, sagte ihr Bruder, »aber du hast einen schlechten Moment erwischt. Diese Sache mit dem Teufel bringt mich ganz durcheinander. Entschuldige, aber ich muß mich erst zurechtfinden.«

Fiorenza sah ihn enttäuscht an, aber sie gab noch nicht auf. Der Diakon wußte nicht, wie er gegen die Versuchung angehen sollte.

»Ich will dich nicht zu sehr bedrängen, aber es ist wirklich schade«, sagte Fiorenza. »Wenn du nicht mein Bruder und dazu noch ein Mönch wärst, dann könnten wir jetzt schon einer über dem anderen im Bett sein. Aber du kommst mir ganz verstört vor.«

»Das stimmt, mir raucht der Kopf.«

»Weißt du, daß ich gekränkt sein könnte?«

»Ich versteh' gar nichts mehr, Fiorenza. Du stellst meinen freien Willen auf die Probe.«

Die Schwester sah ihn verwirrt an, dann wühlte sie in ihren Haaren.

»Das sag' ich dir gleich, mit dem freien Willen leg' ich mich nicht an.«

Der Diakon senkte den Blick ohne etwas zu erwidern.

»Vielleicht bist du müde«, sagte Fiorenza.

»Ja, ich bin müde«, bestätigte der Diakon.

»Oder hast du Angst?«

Der Diakon antwortete nicht.

»Ich bin nicht übergeschnappt. Ich bin schon mit vielen Priestern im Bett gewesen. Mit jungen und alten.«

»Herzlichen Glückwunsch! Und bist du stolz darauf?«

»Sicher. Wenn du wüßtest, wie dankbar sie sind, danach.«

Fiorenza ging zu der Kerze und tat als wolle sie die Flamme löschen.

»Soll ich die Kerze löschen, und wir gehn dann im Dunkeln ins Bett?«

»Warte.«

Der Diakon berührte den nackten Arm der Schwester, um ihn von der Kerze wegzuziehen. Ein Schauer durchlief ihn von Kopf bis Fuß.

»So eine Gelegenheit bekommst du so bald nicht wieder«, sagte Fiorenza.

»Ich sagte doch schon, du bist meine Schwester.«

»Wir wollen ja auch nicht heiraten.«

»Das stimmt, aber ich muß noch drüber nachdenken.«

»Solche Dinge tut man auf Anhieb, ohne lang nachzudenken.«

Der Diakon schüttelte den Kopf, wie um die Gedanken zu verscheuchen. Fiorenza deutete diese Geste als ein Zeichen der Verneinung.

»Aber das wollte ich dich noch fragen: warst du je mit einer Frau im Bett?«

»Warum fragst du mich?«

»Nur so.«

»Ja«, sagte der Diakon.

»Das glaub ich dir nicht. Wenn das wahr wäre, dann hättest du dich schon über mich hergemacht. Jedenfalls bleibt dir noch die ganze Nacht, falls du's dir anders überlegst.«

Der Diakon schwieg. Er wußte nicht, wo er hinschauen und wo er seine Hände lassen sollte.

»Hast du schon was gegessen?«

»Nein. Ich hab' auch wirklich Hunger, und hab' Durst und bin müde und ganz verzweifelt.«

Fiorenza sah ihn besorgt an, aber sie merkte, daß ihr Bruder zu lächeln versuchte.

»Hier im Zimmer hab' ich nichts zu essen. Ich würde ja runtergehn zur Wirtin, aber ich hab' Angst, daß die Alte sich aufregt.«

»Ich kann schon überleben bis morgen früh.«

»Geld für dein Zimmer hast du natürlich nicht.«

»Woher sollte ich es haben? Ich hab' keinen einzigen Soldo bei mir.«

»Mach dir nichts draus, ich spreche morgen mit der Wirtin. Vielleicht sagt sie mir, wo dieser Codronchi wohnt. Aber dann mußt du mir auch erzählen, was er von dir will, dieser Schurke von Kardinal.«

Der Diakon machte eine ausweichende Gebärde, während seine Schwester sich zu entkleiden begann und ihre Brust entblößte.

»Ich geh' jetzt besser schlafen«, sagte der Diakon mit flammendem Kopf.

»Ich laß' die Tür angelehnt. Ich warte auf dich bis die Kerze abgebrannt ist.«

Blitzartig zog Fiorenza sich ganz und gar aus und stellte sich nackt zur Schau.

»Hast du nicht doch Lust?«

Ohne zu antworten senkte der Diakon den Kopf und verließ das Zimmer seiner Schwester.

»Ich erwarte dich«, sagte Fiorenza noch einmal.

Der Diakon erschien wieder in der Tür.

»Es wäre mir lieber, du würdest die Kerze löschen. Besser es ist dunkel, falls ich mich doch noch entschließe zu kommen.«

Das Mädchen blies die Kerze aus und es wurde dunkel im Zimmer.

In seine Kammer zurückgekehrt, die ihm die Wirtin zugewiesen hatte, riß der Diakon das Fenster auf, und die Welt schwankte furchterregend. Er ließ sich aufs Bett fallen und versuchte, den Hunger zu bezwingen, der an seiner Seele nagte.

Diesmal hatte er keinen Schwefelgestank gerochen, und seine Schwester hatte sich nicht in einen häßlichen Ziegenbock verwandelt wie jenes Mädchen aus Viterbo. Vielleicht schlief der liebe Gott zu dieser Stunde, und auch wenn er nicht schläft, sagte er sich, dann sieht er vielleicht die Sünden nicht, die wir im Dunkeln begehen.

Arzt der Besessenen

Der alte Codronchi, Oberhofmedikus und Arzt für die Besessenen, berühmt, weil er Teufel und Kardinäle vom wissenschaftlichen Standpunkt her erforscht hatte, wohnte am Ende der Via Leutri in einem kleinen Haus, dessen Fassade mit Malereien und Graffiti geschmückt war wie bei den Häusern der Kurtisanen. Der Diakon Baldassare wurde von einer schlurfenden Bedienerin empfangen, die ihn ins Sprechzimmer des Arztes im Erdgeschoß führte.

Giovan Battista Codronchi saß in dem geräumigen halbdunklen Zimmer hinter einem großen, mit Büchern überhäuften Schreibtisch. Aber der Blick des Diakons fiel sogleich auf ein Bild, aus dem die entgeisterten Augen zweier Heiliger direkt auf die Zimmertür blickten. Der Diakon erkannte sofort die Heiligen Kosmas und Damian, freiwillige Helfer, Wundertäter, Schutzheilige der Ärzte, Zwillingsbrüder arabischer Herkunft, was auch an den spitzen Nasen und den langen und feinen Augenbrauen ersichtlich war. Der Doktor, ganz klein und dürr und noch älter, als der Diakon erwartet hatte, erhob sich mit Mühe und knackenden Knochen von seinem Sessel und kam ihm mit einer Grimasse entgegen, die ein Lächeln sein sollte.

»Also, welches Übel hat dich in mein Haus geführt?«

Der Diakon war froh, das Thema, das ihm am Herzen lag, ohne die Hürde einer großen Einleitung anzugehen.

»Mir geschieht diese seltsame Sache, Doktor, daß ich jedesmal niesen muß, wenn ich an einer Kirche vorbeigehe. Wenn ich dann eintrete und mich dem Allerheiligsten nähere, packt mich ein so tiefsitzender und erbitterter Husten, daß es mir vorkommt, als spuckte ich meine Seele aus dem Leib. Wegen dieses Niesens und Hustens hat der Prior meines Klosters gesagt, daß vielleicht ein Teufel in meinen Körper eingedrungen sei. Aber ich spüre diesen Teufel nicht, und eben deswegen bin ich jetzt zu Euch gekommen, damit Ihr mir aufgrund Eures Wissens und Eurer Erfahrung sagt, ob diese körperlichen Zwischenfälle genügen, um mich als einen Besessenen zu bezeichnen.«

»Ich bin Arzt, und beschäftige mich deshalb mit dem Leib und nicht mit der Seele. Als erste Reaktion auf das, was du sagst, bin ich geneigt zu glauben, daß dein Niesen auf kalte Luftzüge oder plötzliche Temperaturschwankungen zurückzuführen ist. Bekanntlich ist in Rom die Luft zu allen Jahreszeiten unstet wie eine Ballettänzerin. Der Husten allerdings ist ein tiefer sitzendes Phänomen und gleichermaßen indiszipliniert, ob er nun von einer Halsentzündung oder von einem Lungenkrampf ausgelöst wird, aber es kann nicht ausgeschlossen werden, daß das eine wie das andere Phänomen auf der Präsenz eines oder mehrerer Teufel im Körper beruht. Darum besteht meine Aufgabe darin zu erforschen, ob es noch andere Symptome gibt, die eine solche Präsenz verraten.«

Der Arzt ergriff das Handgelenk des Diakons und konzentrierte sich darauf, den Rhythmen seines Pulsschlags zu folgen. Nach einigen Minuten hob er den Blick zu seinem Patienten und machte eine gehörige Pause, so als müsse er noch überlegen, bevor er ein Urteil fällte.

»An den Pulsschlägen spürt man keinerlei teuflische Präsenz. Gewöhnlich genügt ein einziger Teufel, um den ganzen Körper in Unruhe zu versetzen. Der Puls reflektiert die inneren Stürme durch plötzliches Stolpern und unregelmäßige Beschleunigung oder Verlangsamung. Nichts von alledem ist bei dir zu spüren.«

Der Diakon freute sich im stillen über diesen ersten Bescheid. Dann packte der Doktor ihn am Arm und zog ihn zu sich herab, um ihm von nahem in die Augen zu sehen.

»Hier ist etwas, das mir nicht gefällt«, sagte er und hob für eine kurze Weile den Blick.

Dann sah er wieder zuerst in das eine, dann in das andere Auge, wobei er die Lider mit den Fingern hochhob und ihm seinen warmen Atem in die Augen blies.

»Da ist es«, sagte der Doktor, »ich sehe da etwas wie eine rote Figur, die auch diejenige des Bösen sein könnte. Eine Rötung im Auge und grüne Striche in der Pupille sind gewöhnlich ein Signal, das aus den Schwefelflammen kommt, in die Satan sich hüllt. Spürst du ein Brennen in den Augen?«

»Ich spüre ein Brennen, Doktor, aber ich bin durch den Wind gelaufen und mir ist Staub in die Augen gekommen. Es kann der Böse sein, wie Ihr sagt, aber eher noch könnte es der Straßenstaub sein.«

»Wind und Staub sind elementare Folgen des stürmischen Wetters, aber es sind auch Instrumente, derer sich der Böse zuweilen bedient.«

Der Doktor schloß einen Moment lang die Augen, dann fuhr er fort, den Diakon auszufragen.

»Verursacht das Aussprechen des Namens Gottes bei dir seelische Erschütterungen und innere Stürme?«

»Nein.«

»Und das Zeichen des Kreuzes?«

»Nur wenn ich mich einer Kirche nähere oder sie betrete. Es sind die Orte Gottes und nicht sein Name, die mir die Beschwerden verursachen, von denen ich gesprochen habe.«

Der Doktor sah ihn mit der eisigen Miene eines Inquisitors an.

»Ein gemeinsames Symptom der Besessenen ist ein lästiges Kribbeln unter der Haut, wie von Ameisen, die unter der Haut durchlaufen, hinter den Ohren oder an Armen und Händen.«

»Nein, ich glaube dieses Ameisenkribbeln habe ich nicht.«

»Palpitationen auf der Haut? Plötzliches Klopfen da oder dort an der Oberfläche des Körpers?«

»Ich würde sagen nein, soweit ich mich erinnere.«

»Plötzliche Wärme, auch im Winter, die vom Kopf aus zu den Füßen absinkt und von den Füßen wieder in den Kopf steigt? Wie ein grundloses Fieber von kurzer Dauer?«

»Ich fühle die Wärme des Fiebers, wenn ich Fieber habe, sonst nicht.«

»Geschieht es dir, daß du einen Kloß im Hals spürst, der sich ausdehnt und dir infolge von Überatmung fast die Luftröhre verschließt und dann so trocken und hart wird, daß deine Stimme sich trübt?«

Den Diakon durchlief ein Schauer. Daß den Hals ein erstickender Kloß verschloß, das hatte er dem Kardinal della Torre durch jene Verhexung angetan. Ob der Böse in jener Nacht in den Leib des Kardinals transmigriert war? Aber mehr als ein Gedanke war es der Wunsch, daß die Rollen jetzt vertauscht seien und der Kardinal nun für sich selbst einen Exorzisten suchen müsse.

»Ich habe nie einen solchen Kloß im Hals gehabt, Doktor«, sagte der Diakon.

»Eine geschwollene Zunge, die aus dem Mund tritt und sich draußen verlängert wie bei einem Erhängten?«

»Nein Doktor, meine Zunge bleibt an ihrem Platz.«

Der Doktor fuhr mit seinen Fragen fort, mit betont professioneller Kälte. Der Diakon, der auf etwas Wohlwollen oder beschützendes Verständnis gehofft hatte, wie man es von denen, die sich mit unserer Gesundheit befassen, erwartet und beinah fordert, fühlte sich plötzlich der Willkür dieses alten Inquisitors ausgeliefert, der ihn gnadenlos bedrängte.

»Spürst du manchmal kaltes Wasser deinen Rücken herunterlaufen, auch an heißen Tagen?«

»Nein, Doktor.«

»Ein Druck im Kopf und etwas wie eine Ausweitung des ganzen Körpers?«

»Wirklich nie.«

»Akute Nadelstiche im Gehirn und an anderen Körperteilen?«

»Keine Nadelstiche, Gott sei Dank.«

»Spürst du nie ein Getümmel wie von Fröschen oder Würmern oder Ameisen am Eingang des Magens? Oder ein Bündel Werg, das dir den Atem verschließt?«

»Manchmal ein Schweregefühl durch schlechte Verdauung, wenn ich Pfefferschoten oder Schnecken gegessen habe, aber in solchen Fällen fühlt es sich eher an wie ein Stein, der auf meinem Magen liegt, nicht wie Frösche oder Ameisen, wie Ihr sagt, und auch nicht wie ein Wergbündel im Hals.«

»Ein Stein, hast du gesagt?«

»Ja, ein Stein, eine harte und reglose Schwere.«

Der Doktor verharrte eine Weile in Gedanken, dann fuhr er mit seiner Befragung fort.

»Starke Schmerzen in den Eingeweiden und ein Gefühl von Übelkeit?«

»Eine Ernährung nur aus Obst und Gemüse, wie sie bei uns Klosterbrüdern zu gewissen Jahreszeiten vorkommt, verursacht mir Völle im Bauch und manchmal akute Schmerzen. Ihr wißt ja, daß wir Franziskaner von Almosen leben und in den Sommermonaten oft nur Obst und ein wenig Brot essen, und da kommen dann bei mir manchmal diese Schmerzen.«

»Völle, hast du gesagt?«

»Ein Völlegefühl, keine wirkliche Völle.«

»Das hat keine Bedeutung«, sagte der Doktor, »aber sag' mir noch, ob du bei diesen Gelegenheiten spürst, wie ein kalter Wind oder ein sehr heißes Brennen durch deine Gedärme läuft.«

»Ich würde sagen nein.«

Der Diakon verharrte eine kurze Weile in Gedanken. Er wollte sich nicht zu negativ bei allem zeigen.

»Vielleicht etwas Wärme als Folge der Gärung.«

»Eine starke Wärme?«

»Nicht stark, nur die Wärme der Gärung im Bauch.«

Der Doktor ging im Zimmer auf und ab, vielleicht, um über die Dinge nachzudenken, die er durch die Antworten des jungen Diakons erfahren hatte. Welcher ihn guten Mutes ansah, denn außer dem von ihm selbst beschriebenen und von Codronchi bestätigten Niesen und Husten, schien ihm kein neues Zeichen einer Präsenz des Teufels aufgetaucht zu sein.

»Wir haben bis jetzt nur die Symptome der Sinne aufgezählt, es fehlen indes noch die anderen Symptome, die nicht eigentlich die Seele betreffen, die zu erforschen nicht meine Aufgabe ist, sondern sich auf den Geist des Besessenen beziehen. Ich nenne sie dir am besten der Reihe nach, und du sagst mir, welche davon bei dir aufgetreten sind, seit du davon überzeugt bist, dir einen Teufel einverleibt zu haben.«

Die Worte Codronchis wirkten wie eine Ohrfeige auf den Diakon.

»Überzeugt? In Wirlichkeit fühle ich mich überhaupt nicht besessen. Im Gegenteil, ich bin gerade deshalb zu Euch gekommen, weil Ihr mir bestätigen sollt, daß sich der Teufel nicht in meinem Körper niedergelassen hat.«

»Das wird erst aus der Summe aller Symptome ersichtlich sein. Einstweilen zähle ich sie dir auf, und du sagst mir während ich spreche, ob eines oder das andere bei dir aufgetreten ist.«

Der Diakon senkte den Kopf als Zeichen der Bejahung.

»Zuallererst wirst du mir sagen, ob es dir manchmal geschehen ist, unbekannte Sprachen zu sprechen oder solche Sprachen zu verstehen, wenn sie von anderen gesprochen werden, geheime oder vergessene oder zukünftige oder verborgene Tatsachen zu entdecken oder in diesem Zusammenhang Gedanken oder Sünden fremder Menschen zu erkennen. In so starke physische Erregung zu geraten, daß nicht einmal wackere Männer ihrer Herr werden können. Den Klang einer inneren Stimme zu vernehmen, ohne daß du einen Sinn zu begreifen vermagst. Völliges Vergessen von Dingen, die du in scheinbar natürlicher und ruhiger Verfassung gehört hast. Von einer mächtigen Kraft zurückgehalten zu werden, die dich daran hindert, die täglichen Gebete oder Gottesdienste zu zelebrieren.«

Hier machte der arme Diakon dem Doktor ein kleines Zeichen, der sich unterbrach, um ihm zuzuhören.

»Außer diesem Niesen und dem Husten hält mich keine Kraft zurück und ich werde von keinem der von Euch genannten Gefühle geplagt.«

»Fahren wir also fort. Geschieht es dir, daß dir plötzlich jede körperliche und geistige Energie entschwindet, so daß du kraftlos zu Boden fällst? Fühlst du dich je von einer inneren Kraft zu den Abgründen gezogen? Oder zu einem gewaltsamen Tod durch deine eigene Hand?«

Der Diakon schüttelte den Kopf als Zeichen der Verneinung.

»Und jetzt muß ich dir eine Frage stellen, die dir jeder Exorzist stellen wird.«

Der Diakon unterbrach ihn.

»Ihr sprecht von einem Exorzisten, aber ich hoffe, es wird nicht nötig sein, mich einem Exorzismus zu unterziehen. Ihr redet davon wie von einer nahe bevorstehenden und sicheren Sache, und das beunruhigt mich.«

»Darüber sprechen wir am Schluß. Vorläufig muß ich dich noch fragen, ob es dir manchmal geschieht, dich plötzlich dumm, blind, lahm, taub, stumm, launisch zu fühlen oder von plötzlichem Entsetzen gepackt zu werden.«

Der Diakon sah den Arzt mit großem Erstaunen an. Er wollte keinen einzigen Gedanken an diese lange Frage verschwenden und antwortete mit Entschlossenheit, daß er sich nie blind stumm halb oder ganz lahm gefühlt habe, und daß er sowohl geistig als körperlich eine gute Gesundheit genösse, mit Ausnahme jener leichten Unannehmlichkeit, von der er wiederholt gesprochen hätte.

Der Doktor schien seine Antwort wohlwollend aufzunehmen, dann konzentrierte er sich darauf, das Urteil auszusprechen.

»Deine Beschwerden rühren nicht, wie man glauben könnte, von der Feuchtigkeit, der Trockenheit oder anderen Problemen der Körperflüssigkeiten her. Es ist nicht wahr, wie Michael Psellos in seinem Traktat ›Werke der Dämonen‹ behauptet, daß die Ärzte, weil sie sich zu Recht nur mit dem Körper befassen, alle Beschwerden auf Völlegefühle, Lethargien, schwarze Lebern und durch verdorbene und verbrauchte Leibessäfte verursachte Phrenesien zurückführen wollen. Man muß sich vielmehr daran erinnern, daß die Dämonen zu unserer Welt gehören, auch wenn sie sich unseren Augen durch ihre feine Beschaffenheit entziehen, und daß sie ein winziges Quentchen Materie besitzen, dem sie irgendwie untertan sind, besonders jene, die aus den höllischen Regionen stammen, mehr als die anderen, die sich in der Luft verbergen. Das darf man nicht vergessen. Wie Psellos auch noch sagt, sind die Dämonen nicht gegen Ansteckung und körperliche Schmerzen gefeit, sie stöhnen, wenn sie geschlagen werden und verbrennen, wenn man sie in die Flammen wirft, und manche, die verbrannt sind, hinterlassen sogar Asche. Mein Beruf als Arzt beschränkt mein Eingreifen auf den Körper, wie ich vorhin schon sagte, aber der Körper gehört auch den Dämonen, die sich in ihm niederlassen, und wenn es sich um diese löchrigen und hyperbolischen Wesen handelt ist eine klare Unterscheidung zwischen Körper und Geist unmöglich. Das im Gesetz verborgene Licht Gottes wird schließlich alle Menschen bekehren und ihnen helfen, über den Bösen zu obsiegen. Und diesem Gesetz folge ich in meiner Arbeit, die manchmal dem Undank und dem Groll der Menschen von geringem und lauem Glauben ausgesetzt ist.«

Der Diakon hörte ihm verwundert zu. Er erschauerte, als er den anderen so unversöhnlich und strafend vom lauen Glauben und vom Gesetz Gottes reden hörte.

»Psellos sagt weiter«, fuhr der Doktor fort, »daß jedwede Rede, die der Böse zu äußern beliebt, ihren Empfänger ohne

Gepolter erreicht. Der in einem Körper installierte Böse redet auf eine stille Weise, so wie die Seelen, die ihre Körper verlassen haben, geräuschlos miteinander reden. Diese Dämonen wenden sich auch an uns Menschen mit geheimen Wörtern, damit wir nicht merken, aus welcher Richtung der Sturm heranzieht. Kurzum, der Besessene kann die Wahrheit verbergen, wenn er mit der Stimme des Dämons spricht. Das habe ich während unseres Zusammenseins konstatiert, als deine lakonischen und ausweichenden Antworten dir deutlich vom Bösen eingeflüstert wurden, der in deinem Körper wohnt.«

»Dann wäre ich also Eurer Ansicht nach besessen?« fragte der arme Diakon.

»Ganz sicher«, sagte der Doktor.

Der Diakon war sprachlos, ein großer Wirrwarr herrschte in seinem Kopf. Die Begegnung mit Codronchi hatte das Ziel verfehlt, das er sich gesetzt hatte, und sein Gemüt war in die tiefsten Abgründe der Verzweiflung gestürzt. Das Argument des Doktors, das gleiche wie das des Kardinals della Torre, erlaubte keinerlei Widerlegung. Was kannst du schon antworten, und wie dich verteidigen gegen jemand, der behauptet, daß der Teufel dir deine Worte persönlich eingeflüstert hat? Was immer du sagst, ist eine teuflische Stimme, heuchlerisch, wenn du in weiser Art sprichst, unumwunden böse, wenn du in verderbter Art sprichst.

Codronchi wollte sein Urteil mit einer unerbetenen Erklärung ergänzen, die dem armen Diakon endlich den Irrtum entdeckte, den er begangen hatte, als er sich an ihn wandte.

sIch bin gehalten, der Heiligen Kardinalskongregation in der Person ihres Ersten stellvertretenden Sekretärs Kardinal Giandomenico Ripamoti und den Eminenten Qualifikatoren des Heiligen Offiziums über mein Wirken Rechenschaft abzulegen. Wie du verstehen wirst, ist es meine Pflicht und mein Wunsch, die Integrität der Heiligen Mutter Kirche und der Gläubigen zu wahren, denen der Böse jede Nacht im Schlaf in den Mund spuckt und sowohl dem Körper als auch der Seele schrecklichen Schaden zufügt, wobei er Feuer und Wasser und Wind je nach Belieben gebraucht. Ich möchte dir auch noch sagen, daß viele Besessene sich ohne unser Wissen unter uns bewegen, und zuweilen – wie in deinem Fall – auch ohne ihr eigenes Wissen, durch eine List des Bösen, der sich in ihren Körpern einnistet und – aus der höllischen Hitze kommend – ein bequemes und klimatisch gemäßigtes Refugium in ihnen findet. Aufgrund dieser weiten Verbreitung von Teufeln, die uns wie Raben umflattern und darauf lauern, in den nächsten offenen Mund oder, wie du ja weißt, in einen anderen, geheimeren und niedrigeren Schlund einzudringen, haben wir die Pflicht, wachsam zu sein und jeden Fall teuflischer Besessenheit zu melden. Aus eben dem Grund, den ich dir dargelegt habe, muß ich notgedrungen den hochwürdigen Prior des Franziskanerklosters in der Via della Scrofa, dessen Mitglied du bist, und auch den hocheminenten Kardinal Cosimo Rolando della Torre, meinen guten Freund, in dessen familia du deine Dienste leistest, durch einen schriftlich abgefaßten Bericht informieren.«

Der Diakon machte eine Gebärde der Rebellion.

»Bitte, um Gottes Willen, ich flehe Euch an, dem Kardinal della Torre nichts davon zu sagen. Mein Leben steht auf dem Spiel!«

»Dein Leben steht auf dem Spiel, wenn niemand für deinen Exorzismus sorgt.«

»Aber gerade das möchte der Kardinal ja nicht.«

»Dann stünde der Kardinal della Torre also auf der Seite des Teufels?«

An diesem Punkt beschloß der Diakon Baldassare, sich augenblicklich von diesem obrigkeitshörigen Menschen zu entfernen, den er selbst aufgesucht hatte, zu seinem eigenen Verderben. Er machte eine ärgerliche Handbewegung, wie um alles wegzuwerfen, was er von dem Arzt der Besessenen erfahren hatte, und rannte grußlos davon. Codronchi sah ihm entgeistert nach und versuchte nicht einmal, die überstürzte Flucht zu verhindern.

Landung in Ostia

Die Schiffe des päpstlichen Gefolges kamen am 28. August 1522 morgens um elf in Sichtweite des Hafens von Ostia. Ein hell strahlender Himmel schien den neuen Papst Hadrian VI. mit Glorie empfangen zu wollen. Aber ein leichtes Lüftchen, das die Schiffe sacht in den Hafen zu schieben schien, verwandelte sich unversehens in einen so heftigen und turbulenten Südwestwind, daß der Kommandant der kleinen Flotte sich veranlaßt sah, die Segel zu streichen und auf dem offenen Meer zu verharren, um nicht Gefahr zu laufen, daß die Schiffe gegen die Kaimauern schlugen. Der Teufel, der schon auf der ganzen Reise des Papstes nach Rom die Wasser mit seinem gespaltenen Schwanz gepeitscht hatte, schien nicht auf seine Rolle als Störenfried verzichten zu wollen.

Hadrian schaute zur Küste und schickte Anrufungen zum Himmel, damit man nicht noch einmal sagen müßte, die Winde seien ihm feindlich gesonnen. Woher kommen die Winde? Sie kommen vom Himmel, aber warum mußte der Himmel dann seine Landung im Hafen der christlichen Hauptstadt behindern, seinem designierten Amtssitz? Während der Papst seine Gebete murmelte, auf daß sich der feindliche Wind entferne, hatten die Matrosen keinerlei Skrupel zu fluchen, sogar auf seinem Schiff. Sie meinten, die plötzliche ungünstige Wendung des Windes zur Ungunst rechtfertige jede Regung von Zorn. All ihre Verwünschungen würden, nach Meinung der Seeleute, vom Wind weggeweht, wenn man sie während der Fahrt äußerte, wobei die Gegenwart des Papstes sie nicht weiter kümmerte, zumal seine fremdländischen Ohren die obszönen Worte der Seefahrer ohnehin nicht verstehen würden.

Mehr als zwei Stunden verharrten die Schiffe auf der Reede vor dem Hafen von Ostia und warteten, daß der Wind sich legte. Endlich beriet sich der päpstliche Sekretär mit dem Kapitän des Schiffs und ging, dem Papst von den

Schwierigkeiten berichten, und fragte ihn, ob er versuchen wolle, mit einem Ruderboot an Land zu gehen.

»Welche Gefahr besteht bei dieser Unternehmung?«

»Es ist nur etwas anstrengend, Eure Heiligkeit, aber keineswegs gefährlich.«

»Dann gehen wir, und Gott möge uns beistehen.«

Es wurde ein Boot für sechs Matrosen zu Wasser gelassen, während sich Hadrian auf dem Oberdeck des Schiffs in die Knie warf und ein letztes Gebet sprach. Der Kapitän hätte ihn gern angeseilt aus Furcht, er könne ins Wasser fallen, aber Hadrian wies diese Erniedrigung von sich, stieg allein die Strickleiter hinab und sprang behend in das kleine Boot.

Die sechs Leute ruderten kräftig, aber die Ruder dienten hauptsächlich dazu, das Schiff in Richtung Land zu lenken und die plötzlichen Seitenböen des Südwestwinds abzuwehren. Der Papst saß in der Mitte des Schiffs und hielt sich mit den Händen an der Rückenlehne fest, und stemmte sich mit den Füßen gegen das Querholz. Endlich näherte sich das Boot der Mole, es wurde ein Tau zum Festmachen ausgeworfen, und zwei Matrosen sprangen an Land. Dann streckte einer die Hand aus, um die Hand des Papstes zu ergreifen, der seinerseits mit einem jugendlichen Sprung an Land ging.

In der Gruppe der Kardinäle, die in Vertretung des Heiligen Kollegiums zur Mole gekommen waren, um bei der Ankunft des Papstes zur Stelle zu sein, sprach man noch über die Widrigkeiten des Windes, und sie merkten nicht, daß Hadrian auf einem Boot bereits den Hafen erreicht hatte und an einer Seitenmole ausgestiegen war. Kaum wurden sie gewahr, daß der Papst bereits gelandet sei, rannten sie alle zusammen zur Kleinen Mole, warfen sich so tief auf die Knie, daß sie mit der Stirn den Boden berührten. Sie verharrten nur einige Augenblicke kniend, weil Hadrian auf sie zukam und sie mit einer Gebärde aufforderte sich zu erheben. Dann fragte er, wo die nächste Kirche sei, und ging zu Fuß in die angegebene Richtung.

Nach dem Gebet teilten die Kardinäle dem Papst mit, sie hätten im Kastell ein Festessen vorbereiten lassen. Abermals brachte Hadrian alle Programme durcheinander, indem er den Wunsch äußerte, allein zu speisen.

Die Kardinäle schauten sich bestürzt an, aber der Älteste stimmte zu.

»Es soll geschehen, wie Eure Heiligkeit wünscht.«

Sie begleiteten ihn zum Kastell, wo der Papst sich in einem kleinen Raum für die Dienerschaft aufhalten wollte.

»Möchte Eure Heiligkeit nicht das Kastell besichtigen?«

»Warum sollte ich es besichtigen?«

Die Kardinäle wußten nicht, was antworten.

»Für Euer Interesse an den Kunstwerken, Eure Heiligkeit.«

»Andere Dinge interessieren mich mehr als die Werke der Kunst«, antwortete er kühl, setzte sich an einen kleinen Tisch in der Dienstbotenkammer und sagte, er wünschte hier in Abgeschiedenheit seine Mahlzeit einzunehmen.

»Mir reichen eine leichte Brühe, gekochtes Gemüse und ein Krug Apfelmost.«

Nach dem Kuß des Rings entfernten sich die Kardinäle und ließen ihm von einem Diener ein Süppchen, einen Teller bitteren Zichoriensalat und einen Krug Apfelmost bringen.

Nachdem er sein einsames Mahl verzehrt hatte, verließ der Papst das Kastell. Am Tor erwarteten ihn die Kardinäle, die, eingeschüchtert durch die Mäßigkeit des Papstes, sich angepaßt hatten, um schnell und im Stehen etwas herunterzuschlingen, und sie versagten sich mit Bedauern die gepökelten Rebhühner des Festmahls und den Frischling in Madeira mit schwarzen Oliven.

Der Papst bestieg ein weißes Maultier und sagte, er wünsche nun nach Rom geleitet zu werden. Die nächste Etappe wäre die Basilika des Heiligen Paulus außerhalb der Mauer, wo er am nächsten Morgen das Heilige Kollegium der Kardinäle für die Empfangszeremonie treffen würde.

Die Pest im Haus

Immer wenn seine Gedanken während des kurzen chinesischen Schlafs nach draußen wanderten, erschien dem Kardinal della Torre zwanghaft das Bild Palmiras, die nackt auf dem Bett lag und sich den Wünschen des Kardinals Ottoboni darbot. Eine stets wiederkehrende Phantasie, die ihre einzige Rechtfertigung in den wenigen Nachrichten fand, die er vom Diakon Baldassare bezog, und in ein paar Gerüchten von seiten der Küchenfrauen, die den täglichen Klatsch am Coppellenmarkt oder am Campo de' Fiori sammelten und mit nach Hause brachten. Daß Palmira als Prostituierte am Weißen Brunnen tätig war, was nunmehr feststand, machte ihm nicht sehr viel aus, solange sie sich nicht ins Bett des Kardinals Ottoboni legte. Aber die Geschichte mit den roten Löckchen an der Zuckerfigur hatte seine Phantasie mit neuem Stoff der Beunruhigung gespeist. Wie hatte er sie sich verschafft, der Kardinal Ottoboni, diese roten Löckchen von Palmiras Scham? Durch welche Versprechen und welche Täuschungen? Hatte er selbst es besorgt sie abzuschneiden? Und war das vor oder nach der Umarmung geschehen?

Die Bilder des Betrugs erschienen zu regelmäßig im Kopf des Kardinals della Torre, als daß ihm nicht selbst der Verdacht gekommen wäre, seine Eifersucht könne auch nur ein Vorwand sein, um die Erinnerung an das einzige wahre Gefühl der Liebe, das sein Leben je beseelt hatte, wachzuhalten, und den schamlosen aber erregenden Szenen des in seiner Phantasie entstandenen Betrugs wie in einem Theater beizuwohnen.

In besseren Zeiten, so hatte Cosimo Rolando beschlossen, würde ihn niemand mehr davon abhalten, Palmira wieder in sein

Haus zu holen. Aber wann kämen diese besseren Zeiten? Seit er das fünfzigste Lebensjahr beendet hatte, sah der Kardinal sein Glück und die Gelegenheiten für ein Zusammenleben mit Palmira, die sich unterdessen in der Straßenprostitution verschliß, immer mehr dahinschwinden. Der flämische Papst drohte leider mit Blitz und Bannstrahl. Seine einzige Möglichkeit bestand jetzt darin, sich darauf vorzubereiten, dem Blitz und dem Bannstrahl die Stirn zu bieten. Den Mut dazu hätte ich, sagte sich der Kardinal, indem er die Worte eines berühmten römischen Buffo des römischen Theaters wiederholte, aber es ist die Angst, die mich überrumpelt. Und Hadrian VI. hatte allen Angst eingejagt, schon ehe er in Rom eintraf.

Die Nachricht von der Ankunft des Papstes auf dem stürmischen Meer von Ostia entfesselte weitere Phantasien und unruhige Träume, die auf den langen Nächten des Kardinals Cosimo Rolando della Torre lasteten. Finsternisse, Sturm, Aufruhr des Meeres, flammende Forste, Sintflut, Blitze vom Himmel, Erdbeben, Bergstürze, eingeebnete Städte, regenschwere Winde, Äste und Menschen durcheinandergewirbelt in der Luft. Nach diesen Träumen von Sturm und Blitzen erhob sich der Kardinal mit so starken Migränen, daß sie seinen Verstand betäubten und seine Schritte ziellos durchs Haus trieben, während er fast unfähig war zu sprechen und keinerlei Wunsch nach Gedanken hegte. In diesen Momenten schienen die Spiegel an der Wand seinen herabgesetzten Lebensmut wiederzubeseelen und in seinem verwirrten Geist ein paar Lichter anzuzünden.

Ein Spiegel reflektiert noch etwas mehr als nur die Oberfläche eines Gesichts, er reflektiert auch die geheimen Gefühle, die Gemütsbewegungen, die man verhehlen möchte. Kurz gesagt, der Spiegel reflektiert die Seele eines Menschen – bei diesem Gedanken ertappte sich der Kardinal –, sofern dieser Mensch eine Seele besitzt. Er näherte sich dem Spiegel, den er wenige Tage zuvor bei einem andalusischen Händler erworben hatte, einem runden Spiegel, nicht viel größer als ein Kardinalshut, mit einer konvexen Oberfläche und einem schönen vergoldeten Rahmen, der mit kleinen mit Dukatengold überzogenen Bällchen verziert war. Er hatte ihn »Spiegel der vielfachen Figuren« getauft, weil er den Raum ringsum vergrößerte und Bilder mit einem so weiten Blickfeld reflektierte, daß er alle im Raum befindlichen Personen und Dinge faßte.

Der Kardinal schaute sein eigenes, von dem konvexen Kristall reflektiertes Gesicht aus der Nähe an, und es flößte ihm Grauen ein. Diese aufgeworfenen Lippen, diese hervorquellenden Froschaugen, diese geschwollene und krumme Nase. Er zwang sich zu lächeln und betrachtete eine Weile seine großen und langen Pferdezähne. Einen Moment lang hatte er Angst, sie könnten ihn beißen. Es kommt kaum vor, daß Pferde Menschen beißen, aber die Drachen? Dies waren keine Pferdezähne, sondern die Zähne eines furchtbaren Drachens, eine Bedrohung und eine Gefahr. Von einem zispadanischen Schriftsteller hatte er die groteske Behauptung gehört, die Zähne seien ein Spiegel der Seele. Diese gräßliche Fratze in dem andalusischen Spiegel wäre also sein wahres Bild? Oder reflektiert dieser Spiegel nur seine schlechtere Hälfte? Oder zeigte er einfach nur eine Maske, genauso verlogen wie alle Masken? Er dachte daran, ihn »Spiegel der minderen Art« zu nennen, wie man die Prostituierten der niedersten Sorte nannte. Oder »Spiegel der Masken«, weil er in jedem Fall und von jedem Gesicht ein Karnevalsbild reflektierte und wäre es das des Papstes.

Der Kardinal stand immer noch da und dachte über einen geeigneten Titel für diesen Zerrspiegel nach, als der alte Kammerherr sich mit langem und erschrockenem Gesicht im Spiegelsalon präsentierte, um ihm die schreckliche Nachricht zu überbringen: der junge Diakon Baldassare sei mitten am Morgen blaß wie ein Gespenst nach Hause gekommen und hätte sich ins Bett gelegt und verkündet, er habe die Pest.

Der Kardinal schloß verzweifelt die Augen.

»Das ist nicht möglich!«

Sein Gesicht loderte vor Zorn und erblaßte vor Schreck.

»Aber warum habt ihr ihn hereingelassen? Einen Pestkranken ins Haus zu lassen, auch wenn er zur familia gehört, das ist keine Geste christlicher Barmherzigkeit«, sagte er mit bebender Stimme, »sondern nur eine Bekundung völliger und eselhafter Gewissenlosigkeit.«

»Eminenz«, entschuldigte sich der alte Kammerherr, »der Diakon hat nichts gesagt, als er ins Haus gekommen ist. Zuerst hat er sich ins Bett gelegt, dann hat er um ein Glas frische Milch und einen Löffel Honig gebeten und gesagt, er glühe vom hohen Fieber. Erst als der Koch hinaufgegangen ist, um ihm die Milch und den Honig zu bringen, hat er gesagt, daß er schwarze Beulen an den Leisten und unter den Achseln hätte. Da ist der Koch weggelaufen und Hals über Kopf die Treppe heruntergerannt, um mir zu melden, daß wir einen Pestkranken im Haus haben. So hat es sich abgespielt, Eminenz.«

»Alle meine Maßnahmen, um unsere familia vor Ansteckung zu bewahren, sind durch die hirnlose Handlungsweise unseres Kammerdieners zunichte geworden. Eine wirklich kriminelle Handlung, wenn wir bedenken, daß er von seiner Erkrankung sicher schon wußte, bevor er das Haus betrat.«

Der Kardinal wischte sich mit einem großen purpurgesäumten Leinentuch den Schweiß von der Stirn, dann lockerte er seine Halsbinde und zischte leise:

»Das ist ein vom Teufel angestiftetes Verbrechen, da besteht kein Zweifel. Satan belagert unser Haus.«

»Was sollen wir jetzt tun, Eminenz?«

»Ihr seid derjenige, dem es obliegt, mir zu sagen, was wir jetzt tun sollen. Aber Eure Trägheit überrascht mich nicht: Ihr seid alt, und es bekümmert Euch nur wenig zu sterben. Das Alter hat Euch egoistisch gemacht, aber auch in Eurem Alter ist Egoismus eine Sünde.«

»Ich bin fast achtzig Jahre alt, Eminenz, aber ich möchte nicht vor dem Zeitpunkt sterben, den der Himmel für mich bestimmt hat, und vor allem möchte ich nicht an der Pest sterben.«

»Und warum verhaltet Ihr Euch dann so gleichgültig angesichts dieser Kalamität, die unser Leben gefährdet?«

»Eminenz, auch ich habe Angst, wie alle Christenmenschen in dieser unglücklichen Welt, aber ich versuche, meine Gefühle zu beherrschen. Hinter meiner scheinbaren Ruhe verbirgt sich eine Angst vor dem Tod, die gewiß ebenso groß ist wie die Eure, trotz meines fortgeschrittenen Alters.«

Der Kardinal beugte den Kopf über den Tisch und preßte seine Handflächen gegen die Schläfen. So verharrte er lange Sekunden reglos mit geschlossenen Augen. Dann richtete er sich wieder auf und fixierte den Kammerherrn. »Entscheidet etwas, in Gottes Namen. Ihr seid der Kammerherr in diesem Haus, und es ist Eure Aufgabe Anweisungen zu geben angesichts dieses unseligen Notstands. Ihr seid es, der wissen muß, was zu tun ist.«

Der Alte sah ihn verängstigt an.

»Ich weiß es nicht, Eminenz.«

»Euer Alter und Eure Erfahrung empfehlen Euch keinerlei Rat? Ist das die Weisheit, um derentwillen ich Euch als Leiter meines Hauses angestellt habe? Darf ich Euch in aller Offenheit sagen, daß mir Eure gleichgültige und schwachsinnige Weisheit zum Hals heraushängt?«

Der Kammerherr breitete die Arme aus, gepackt von großer Verwirrung.

»Ich habe zum Heiligen Martial, dem Bischof von Limoges gebetet, der für Seuchen zuständig ist, daß er unser Haus vor der Pest verschonen möge.«

»Der Heilige Martial hat Euch nicht erhört, denn die Pest ist trotz Eurer Gebete in unser Haus gekommen. Habt Ihr irgendeinen anderen Vorschlag?«

»Wir könnten Kräuter verbrennen, um die Luft zu reinigen.«

Der Kardinal reagierte mit Ungeduld.

»Und worauf wartet Ihr? Sind diese Kräuter im Haus?«

Der Kammerherr griff nach einer Kordel an der Wand, und zog mehrmals heftig an der Quaste. Von unten her vernahm man ein Klingeln, und wenige Sekunden später erschien atemlos ein Diener an der Tür.

»Bestell dem Koch, er soll sofort dafür sorgen, daß die Luft im Haus gereinigt wird, und zwar mit allen verfügbaren Mitteln: Ausräucherung, Dämpfe, Waschungen und was es sonst noch gibt. Und wenn keine aromatischen Kräuter für die Ausräucherung im Haus sind, dann soll er sie beim Gewürzhändler holen: Beifuß, Kampfer, Ginster, Myrte, Lorbeer und Rosmarin.«

Der Kardinal griff sich an den Kopf.

»Das sind doch Kräuter, mit denen Kapaune am Spieß gewürzt werden! Sind das Eure Kenntnisse in Pharmakopöe?«

»Man könnte noch etwas graue Ambra dazutun, aber ich muß Eure Eminenz davon in Kenntnis setzen, daß sie so teuer ist wie Gold. Man importiert sie aus Java, aus Madagaskar und aus Japan, und es ist nicht einfach, sie in Rom zu finden. Es scheint, daß auch Weihrauch die Luft purifiziert, aber seitdem die Pest hier wütet, wird eine Unmenge davon in den Kirchen verbrannt, und er ist eine kostspielige Rarität geworden. Oder ein Quentchen Schwefel, aber da müssen wir weinen und husten.«

»Man füge Schwefel hinzu«, sagte der Kardinal.

Der Diener sah den alten Kammerherrn erstaunt und beunruhigt an, warf einen Blick auf das hochrote Gesicht des Kardinals, machte eine rasche Verbeugung und kehrte ins Kellergeschoß zurück, um dem Koch Bericht zu erstatten.

»Die Funktion des Kammerherrn«, murrte der Kardinal grimmig, »besteht auch darin, in plötzlichen Notlagen wie dieser sofort einzugreifen. Ihr habt jetzt angeordnet, Kräuter zu verbrennen. Glaubt Ihr wirklich, mir genügt diese Entscheidung?«

»Ich muß Euch daran erinnern, Eminenz, daß bis jetzt noch niemand ein Mittel gefunden hat, um die Ansteckung zu verhindern.«

»Ich spreche nicht von Mitteln«, sagte der Kardinal, »ich beklage mich, weil man das Haus nicht gut bewacht hat. Ihr habt einen Pestkranken hereingelassen, und das ist eine so schwerwiegende Tatsache, daß sie keinen Kommentar verdient, sondern nur Tadel. Wißt Ihr oder wißt Ihr nicht, daß in dieser Stadt in den letzten vierzehn Tagen täglich zwischen acht und neun Personen an der Pest gestorben sind, und daß die Mortalität ohne Rücksicht auf die Person noch weiter zunimmt? Muß ich Euch erst erklären, daß der Gefahr entsprechende Vorsichtsmaßnahmen unerläßlich sind?«

Der Kammerherr begann sich darüber zu ärgern, daß man ihn für ein Ereignis verantwortlich machte, das niemand voraussehen konnte

»Was die Sterblichkeit betrifft, Eminenz, so sind vor vier Tagen zwölf Personen an der Pest gestorben und nicht sieben oder acht.«

»Was soll das? Glaubt Ihr daß diese Nachricht zur Sache gehört, oder ist es eine Rechtfertigung Eurer Indolenz?«

»Ich wollte nur sagen, daß die Pest sich ausdehnt, und daß wir alle erschrocken sind. Wenn ich gewußt hätte, daß der Diakon Baldassare sich angesteckt hat, hätte ich die notwendigen Vorkehrungen getroffen. Aber wie konnte ich das ahnen?«

»Euer Ahnungsvermögen ist sehr gering, und dagegen gibt es kein Mittel, aber Ihr wißt ja noch nicht einmal, was hier geschieht, in dem Haus, das Ihr verwaltet. Alle wissen, daß unser Kammerdiener vom Teufel besessen ist, aber Euch ist das unbekannt, Ihr haltet Eure Augen und Ohren fest geschlossen.«

Der Kammerherr wußte nicht, wie er seine Verwunderung ausdrücken sollte.

»Niemand hat mich davon informiert, daß unser Diakon vom Teufel besessen ist, und mein mangelhaftes Ahnungsvermögen hat mich diesbezüglich nicht aufgeklärt. Offengesagt habe ich nicht erwartet, daß zusammen mit der Pest auch Satan in unser Haus getreten ist.«

»Wer hätte denn unseren Diakon dazu verleiten können, die Pest in das Haus zu bringen, in welchem er stets den materiellen und geistigen Zuspruch gefunden hat, den er brauchte? Wer anders als der Teufel, der seinen Körper bewohnt und seine Gefühle verdirbt? Ich möchte Euch anläßlich dieses peinlichen Umstands daran erinnern, daß Unwissenheit eine Sünde ist.«

»Es gibt ein Wissen des Vorher und eines des Nachher, Eminenz. Wie konnte ich ahnen, daß in unserer familia ein Wesen herangewachsen ist, so pervers, daß es unser Verderben und unseren Tod wünscht? Und daß Satan mit seiner Gegenwart zu unserem Unglück beiträgt?«

»So hat also der Teufel ohne Euer Wissen das Haus betreten, und jetzt ist auch die schwarze Pest ohne Euer Wissen hereingekommen.«

Während der Kardinal den Kammerherrn ausschalt, zog langsam dicker weißer Rauch zusammen mit einem beißenden Schwefelgeruch die Treppe herauf und begann, das Haus zu erfüllen. Er drang in Wellen auch in den Spiegelsalon, und der Kardinal fing an zu husten.

»Ob er was nützt, dieser Rauch?«

Der alte Kammerherr fing gleichfalls an zu husten, und seine Augen begannen zu tränen.

»Es heißt, daß er die Luft purifiziert, sonst nichts. Wie es scheint, hat Kardinal Mattei Parfümeure aus Paris kommen lassen, damit sie seinen Palast an der Lungaretta ausräuchern, aber man munkelt, daß einer von ihnen an der Pest gestorben sei. Die Pest ist blind, Eminenz.«

»Ich kann mir den Luxus des Kardinals Mattei nicht leisten. Ich muß mich mit dieser improvisierten Ausräucherung begnügen, bei der wir sicher bald ersticken werden, wenn wir die Fenster nicht öffnen.«

Nach dem Husten wurde der Kammerherr von einem plötzlichen Erstickungsanfall gepackt und begann mit den Händen vor seinem Mund herumzufuchteln, um den beißenden Rauch zu vertreiben, der in Wogen zur Tür hereindrang und ihm den Atem nahm. Der Kardinal öffnete ein Fenster und lehnte sich zusammen mit dem Kammerherrn hinaus, um Luft zu holen.

»Welches Unglück und was für eine Infamie, beim Himmel!« sagte der Kardinal hustend.

»Wenn Ihr mit Himmel den Herrgott meint, dann habt Ihr soeben geflucht, Eminenz!«

Der Kardinal machte eine unwillige Gebärde und antwortete nicht.

Von der Treppe her hörte man plötzlich aufgeregte Stimmen. Es war der Koch, der mitten im Rauch hustete und schrie.

»Feuer! Feuer! Beeilt euch mit dem Wasser, ihr Bastarde!«

Ein Gerenne treppauf treppab, die Flüche des Kochs, und dann das Platschen des Wassers aus den Eimern, um die Flammen zu löschen, die einen schweren Samtvorhang ergriffen hatten und züngelnd zur Kassettendecke strebten. Der Koch warf noch einen Eimer Wasser auf den glimmenden Vorhang, klammerte sich an den geschwärzten Stoff, der weiter brannte, und hängte sich mit seinem ganzen Körpergewicht an den Vorhang, bis er zu Boden fiel und das Feuer mit Geprassel in einer weißen Dampfwolke erlosch.

Der Kardinal hatte sich vom Fenster entfernt und zur Treppe gewandt, wo zwei Diener ein paar weitere Eimer Wasser auf den immer noch rauchenden Vorhang gossen. Er griff sich an den Kopf.

»Zuerst die Pest und dann Schwefelrauch und Feuer. Der Teufel hat mein Haus belagert, und meine Hausgenossen haben ihm die Tore sperrangelweit geöffnet.«

Einige Sekunden lang weilten seine zornigen Gedanken beim Kardinal Ottoboni. Er war wirklich im Begriff, die Partie zu verlieren, durch dieses ganze Unheil, das plötzlich wie ein Wirbelsturm über die Piazza dell'Oro hereingebrochen war. Er schloß die Augen, um das Schlachtfeld nicht zu sehen.

»Das Feuer ist jetzt mit geringem Schaden gelöscht, Eminenz«, verkündete der Koch, indem er seine noch immer schwarzen Hände unter der Schürze verbarg.

»Feuer kann man mit ein paar Eimern Wasser löschen, aber die Pest, die versteht niemand zu löschen.«

Der alte Kammerherr öffnete den Mund, um zu sprechen, murmelte etwas, ohne den Satz zu beenden, und fuchtelte schließlich mit den Händen herum, um das Feuer und die Pest gemeinsam zu verscheuchen, als wären es Hühner.

Schließlich begann der Rauch sich zu verziehen und der Kardinal ging zum Fenster, um es zu schließen.

»Die ganze Luft ist durch die Pest verseucht, sowohl im Haus als auch draußen«, sagte der alte Kammerherr, »und man weiß nicht ob es besser ist, die Fenster offen oder geschlossen zu halten.«

»Zu uns ist die Pest nicht durchs Fenster hereingekommen, sondern durch das Haustor«, sagte der Kardinal mit völlig verzweifelter Stimme.

Zwei Diener kamen mit Besen und Scheuertüchern, um die Treppe zu putzen und den zu einem Lumpen zusammengeschrumpften, verkohlten Vorhang wegzutragen, der noch immer kleine Dampfwölkchen ausstieß.

Vom Obergeschoß hörte man ein Stöhnen und dann eine angsterfüllte Stimme. Es war der Diakon, der in seinem Bett laut klagte.

»Bringt mir ein bißchen Wasser, ich habe Flammen im Leib und das Fieber verbrennt mir die Zunge und den Kopf! Ach meine Seele, meine liebe Seele, laß mich nicht im Stich!«

Der Koch, der mit zwei Bediensteten auf der Treppe stand, ging hinauf bis vor die Tür des Kranken. Er hatte die Absicht, ihn einzusperren, aber der Diakon hatte den Schlüssel abgezogen, vermutlich um diesen Zwangsarrest zu verhindern, den er zu Recht voraussah. Es war bekannt, daß in vielen Häusern der

Stadt die Familien ihre Kranken eingeschlossen hatten, um sie allein und als Gefangene sterben zu lassen.

Aus dem Inneren des Zimmers hörte man abermals die Stimme des Pestkranken.

»Bringt mir sofort etwas zu trinken und gebt nicht vor, mich nicht zu hören! Ich weiß, daß jemand vor der Tür ist. Wenn ihr mir nicht sofort ein bißchen Wasser bringt, dann komme ich in die Küche und hole es mir selbst.«

Nach dieser Drohung entschloß sich der Koch zu einer Antwort.

»Ich schicke dir Wasser und frische Milch herauf, aber jetzt verhalt dich ruhig und bleib still im Bett liegen.«

»Wie soll ich mich ruhig verhalten bei diesem Fieber, das wie ein Höllenfeuer in mir wütet? Ich brenne am ganzen Körper, meine Füße, mein Bauch, meine Ohren, meine Zunge, alles steht in Flammen! Wenn ihr mir nichts zu trinken bringt, dann steh' ich auf und komm in die Küche!«

»Rühr dich nicht weg, du bekommst sofort alles was du willst, um deine Kehle zu erfrischen.«

Der Koch rannte die Treppe hinunter. Auf dem Treppenabsatz traf er den Kardinal.

»Ich habe die Stimme unseres Kammerdieners gehört. Bring' ihm, was er wünscht, andernfalls geht dieser Besessene wirklich in die Küche.«

Der Koch sah den Kardinal bestürzt an.

»Der Diakon Baldassare hat die Schwarze Pest, Eminenz.«

»Ja und? Daß er die Pest hat, wissen wir, und das ist an sich schon ein großes Unglück, aber wenn du ihn in die Küche kommen läßt, dann sind wir alle erledigt.«

»Niemand wird den Mut haben, das Zimmer eines Pestkranken zu betreten, Hochwürdige Eminenz.«

»Wenn niemand anderer aus der familia das Zimmer unseres Diakons betreten will, dann wirst du es eben betreten.«

»Ich habe Angst, Eminenz.«

»Wir haben alle Angst vor der Pest.«

»Ihr müßt mir verzeihen, aber ich habe nicht den Mut, sein Zimmer zu betreten. Ich bin jetzt schon halb tot, ich zittere am ganzen Leib.«

»Aber warum mußt du es unbedingt betreten? Du stellst die Getränke vor die Tür und er holt sie sich dort.«

»Und wenn er nicht die Kraft hat aufzustehen?«

»Dann ist er auch nicht imstande, in die Küche hinunterzugehen. Schlaf jetzt nicht im Stehen, du bist der Koch des Hauses und es ist deine Aufgabe, den Bereich zu schützen, wo die Speisen für die familia zubereitet werden.«

Der Koch machte eine Verbeugung und rannte die Treppe hinunter.

Am Nachmittag klopfte der Koch an die Tür des Spiegelsalons. Der Kardinal rief ihn herein.

»Welche schlechten Neuigkeiten bringst du mir?«

Der Koch zögerte ein Weilchen, bevor er antwortete.

»Der Diakon hat den Wunsch geäußert, vor seinem Tod noch zu beichten.«

Das Gesicht des Kardinals verfinsterte sich, während der Koch in einem Atemzug die zweite Hälfte seiner Botschaft vortrug.

»Er möchte, daß Ihr persönlich hingeht und ihm die Beichte abnehmt.«

Der Kardinal war zunächst sprachlos, dann zwang er sich zu lächeln. Welche Arroganz, dachte er bei sich während er mit einem Wink den Koch entließ, der sich eilig entfernte. Der Kardinal sagte sich, daß er auf die Herausforderung seines Kammerdieners in irgendeiner Weise reagieren müsse. Warum hatte der junge Diakon, der doch wußte, daß der Kardinal sein Zimmer niemals betreten würde, ihn zu demütigen beschlossen? Es konnte sich um Rache handeln, aber war es nicht eher unwahrscheinlich, daß ein Mann, der nunmehr sicher war, innerhalb weniger Tage zu sterben, noch den Wunsch hatte, sich zu rächen? Und wenn ja, wofür? Er sagte sich, daß wohl jeder gegen jeden irgendeinen Grund zum Groll hat. Gewiß rechnete der pestkranke Diakon damit, daß die Angst vor der Ansteckung den Kardinal dazu brächte, entweder Zeit zu gewinnen oder sich der Pflicht, ihm die Beichte abzunehmen zu entziehen. Kurzum, es gab etwas in dieser arroganten Aufforderung, das ihn nicht überzeugte.

Was tun? Der Kardinal war, allem Anschein zum Trotz, im Grunde ein feiger Mensch. Aber wie alle feigen Menschen, wenn sie herausgefordert werden, war auch er zu starken und mutigen Handlungen fähig. Er sagte sich, daß, falls der Diakon, nachdem er ihm die Beichte verweigert hätte, doch wieder gesund würde, seine Autorität nicht nur in den Augen des jungen Mannes getrübt sein würde – und das war ihm nicht mehr so wichtig –, sondern auch bei den Mitgliedern seiner familia, und infolgedessen auch bei der ganzen boshaften und klatschsüchtigen Römischen Kurie. Er mußte sich also der Herausforderung stellen und diesem unseligen Kranken die Beichte abnehmen.

Der Kardinal ging in die Küche hinunter, verlangte einen Krug Essig, ließ ihn in eine Waschschüssel gießen und tauchte seine Hände hinein. Der Koch sah ihn verwundert an, hatte aber nicht den Mut, ihn nach dem Grund dieser Waschung zu fragen.

»Unser Kammerdiener hat den Wunsch geäußert, zu beichten. Es ist meine Pflicht, seinen Wunsch zu erhören.«

Der Koch sah ihn verdattert an.

»Und Ihr geht in sein Zimmer, um ihm die Beichte abzunehmen?«

»Gewiß.«

Der Kardinal nahm die Hände aus der Schüssel und trocknete sie an einer Serviette ab, die der Koch eilfertig vor ihm aufgefaltet hatte.

»Ihr wollt also sein Zimmer betreten?« wiederholte ungläubig der Koch.

»Wie sollte ich sonst seine Beichte hören, etwa durchs Schlüsselloch?«

Einen Moment lang ging dem Kardinal der Gedanke durch den Kopf, daß seine Worte auch eine Anregung enthielten. Warum nicht? Er hätte die Beichte des Pestkranken auch durchs Schlüsselloch hören können. Aber weshalb sich durch eine unwürdige List die Gelegenheit zu einer kühnen Tat verderben, die sich in Kürze in ganz Rom herumsprechen würde? Er würde das Zimmer also auf eigene Gefahr betreten und sich auf sein Glück verlassen, das ihm bis jetzt stets geholfen hatte. Der Koch wagte nicht zu widersprechen. Dann senkte er den Kopf als Zeichen der Zerknirschung.

»Ich schäme mich, Eminenz, daß ich nicht den Mut habe, das Zimmer des Diakons zu betreten.«

»Du mußt dich nicht schämen. Auch ich habe Angst vor der Pest, aber ich habe meiner familia gegenüber Pflichten, die du nicht hast.«

Der Kardinal stieg mit langsamen Schritten die Treppe hinauf, ohne die Wut zu zeigen, die er im Leib hatte. Endlich stand er vor dem Zimmer des Diakons. Er klopfte zwei- oder dreimal leicht an die Tür.

Aus dem Zimmer hörte er eine Stimme.

»Wer ist da?«

»Ich bin der Kardinal Cosimo Rolando della Torre. Du hast mich rufen lassen, und ich bin gekommen, um dir die Beichte abzunehmen.«

Er ergriff die Klinke, um die Tür zu öffnen. Sie war von innen abgeschlossen.

»Wenn du willst, daß ich dir die Beichte abnehme, mußt du mich hereinlassen. Die Türe ist abgeschlossen.«

Auf der anderen Seite ein Schweigen.

Der Kardinal klopfte ein zweites Mal. Wieder war die Stimme des Diakons zu hören, diesmal unsäglich schwach. »Ihr müßt mir verzeihen, Eminenz, aber ich habe nicht die Kraft aufzustehen.«

Ich kann Euch die Tür nicht öffnen, aber ich danke Euch, daß Ihr gekommen seid.«

»Du möchtest also in der Sünde sterben?«

Wieder eine ferne schwache Stimme.

»Ich werde morgen früh beichten, wenn ich nicht während der Nacht schon sterbe.«

»Aber warum wolltest du, daß gerade ich deine Beichte höre?«

»Ich wollte mich von Euch verabschieden, bevor ich sterbe.«

»Und um dich von mir zu verabschieden, hast du deine Tür abgeschlossen?«

»Es geht mir schlecht, Eminenz, ich habe Fieber, ich weiß nicht mehr recht, was ich tue.«

Wie schwer ist es doch, die Menschen zu verstehen, ihr Verhalten und ihre Gedanken, sagte sich der Kardinal, während er langsam die Treppe hinabging, und wie einfach ist es, von denselben Menschen die schlechtesten Dinge zu denken. Aber wie eitel und leer gerät alles – die Gedanken und das Verhalten – angesichts eines so entsetzlichen Unglücks wie die Pest, murmelte er bei sich selbst, während er einen Blick auf den Fußboden warf, der noch die schwarzen Male des Brandes aufwies. Der Kardinal flüchtete in den Spiegelsalon, zusammen mit seinen häßlichen Gedanken.

Das Wunder

Schwarze Reiter stoben kreuz und quer durch die staubigen Straßen, mit Keulen in den Fäusten, um unbewehrte Tore und Fenster einzuschlagen und in den Häusern alles und jedes zu rauben
und zu zerstören. In diesen Tagen der großen Furcht vor der Pest
und der täglichen Brigantengefahr lebten die Bürger in ständiger
Angst und schlossen sich in ihre Häuser ein, die sie nur für den
Gang zur Arbeit oder in äußerster Not verließen. Die Straßen
waren fast immer leer, sowohl tagsüber als auch abends. Rom ist
nicht mehr Rom, sagten alle, die Römer wie die Fremden.

Der Hauptmann der Miliz kümmerte sich nicht um die Sicherheit der Bürger, sondern war nur darauf aus, Lösegelder von
den verhafteten Räubern einzustecken und sich ihre Beute anzu-
eignen, bevor er sie ins Gefängnis steckte. Die Milizionäre, welche die armen Leute beschützen sollten, benahmen sich wie die
Herren der Stadt und ließen keine Gelegenheit aus, den erbaren
Fraven eines jeglichen Alters Gewalt anzuthun, vnd jene, die zu
den Unzüchtigkeyten nicht wilferig waren, packten sie bey den
Zepfen, miszhandelten sie vnd sezeten sie dan als Gefangene
vest in die Thürme. Niemand wagte die Übelthäter anzugeben
aus Furcht Stockschläge oder noch schlimere Peyn zu erleyden.

Das schwere Gittertor aus Eisen, das der Kardinal della Torre
vor seinem Haustor hatte anbringen lassen, war dazu bestimmt,
den Palast während der Nacht zu schützen, aber auch dazu, die
Banditen oder gedungenen Mörder âbzuschrecken, falls sie auf
den Gedanken kämen, das Holz mit ihren Keulen einzuschlagen. Gleich nach dem Konklave, das die Wahl des flämischen
Papstes gezeitigt hatte, hatten die Räuberbanden, denen sich un-

terwegs oft Vagabunden anschlossen, verschiedene Kardinals-
häuser geplündert, die ihnen in manchen Fällen, weil sie in
schwerer Schuld zu sein glaubten, sogar freiwillig ihr Gold- und
Silbergerät aus den Fenstern zugeworfen hatten, damit sie die
Personen verschonten.

Rom ist nicht mehr Rom, hörte man überall sagen. Er hatte
wahrhaftig recht, der Heilige aus Clairvaux, da er die Römer als
verwegen, aufwieglerisch, unmenschlich, schmeichlerisch, heuchlerisch, in hohem Grade verleumderisch, dumm, undankbar,
leichtsinnig, oberflächlich, unwissend und ungerecht, mit einem
Wort als vulgäres Pack bezeichnete.

Mitten in der Nacht hörte man von oberhalb der Treppe die
Schreie des Diakons Baldassare, die das Haus erfüllten und alle
Mitglieder der familia weckten. Aber in Wirklichkeit lagen viele
zu dieser Stunde noch mit weit aufgerissenen Augen zwischen
den Laken, denn schlecht und wenig schläft man in einem Haus,
das einen Pestkranken beherbergt. Nicht einmal der Kardinal
hatte Schlaf gefunden, und als er die Schreie hörte, hatte er einen
Augenblick lang geglaubt, daß ein Überfall durch die Fenster im
Gang sei, gemäß der neuen Strategie der Briganten, seitdem viele
Häuser ihre Tore zur Straße hin befestigt hatten.

Der Kardinal Cosimo Rolando verharrte horchend hinter seiner Zimmertür. Die Schreie kamen vom oberen Stock und
stammten von einer einzigen Stimme – der des Diakons, seines
Kammerdieners. Es waren also keine Briganten.

Der junge Mann hatte eilends einen Mantel übergeworfen,
war zum oberen Treppenabsatz gelaufen und hatte angefangen
zu schreien und mit den Füßen zu stampfen.

»Allmächtiger Gott im Himmel, ich bin gesund, ich bin durch
ein Wunder geheilt, ich habe keine Pest mehr!«

Die Bewohner der Kardinalsfamilia waren zunächst ganz verstört, weil sie den Worten des schreienden Diakons nicht glau-

ben mochten. Sie schrieben seinen Überschwang den plötzlichen Fieberwallungen zu, die bei Schwerkranken oft der letzten tödlichen Krise vorausgehen. Alle Familiaren zeigten sich deshalb nur kurz an der Treppe und schlossen sich dann wieder in ihre Zimmer ein, um mit dem wahnwitzigen Ansteckungsträger nicht in Berührung zu kommen. Niemand glaubte an seine plötzliche Heilung. Auch der Kardinal blieb klüglich in seinem Gemach. Der Diakon verkündete weiterhin lauthals vom Ende der Treppe her das Wunder, dann lief er bis zum Erdgeschoß hinunter und rannte unentwegt schreiend wieder hinauf.

»Schaut mich doch an! Ich habe keine Beulen mehr, ich bin geheilt! Laßt euch blicken, meine Freunde, kommt aus euren Zimmern heraus und schaut mich unbesorgt an. Meine Haut ist ganz hell und von der Pest genesen.«

Der junge Diakon hatte plötzlich den Mantel von sich geworfen und lief nun derart entblößt, nackt und haarig wie ein Affe, die Treppe hinauf und hinab, um seine Heilung zu demonstrieren. Er hob die Arme, damit alle sahen, daß er keine Beulen unter den Achseln hatte, und zeigte seine fleckenlosen Leisten. Aber niemand war da, um ihn zu betrachten. Sicher schauten die Mitglieder der familia durchs Schlüsselloch oder hörten zumindest sein Geschrei, aber niemand wagte sich aus seinem Zimmer.

»Ein Wunder, ein Wunder!« schrie er. »Die Madonna hat mich durch ein Wunder geheilt!«

Der Diakon näherte sich der Tür des Kardinals und klopfte energisch an.

»Ich bin Euer Kammerdiener, Eminenz. Ich bin geheilt, ich fühle mich stark wie ein Löwe. Ich war schon halb tot, ich trug die Zeichen der Pest und des sicheren Todes am Leib, dann habe ich mich an die Madonna gewandt, und sie hat mich erhört. Durch den Willen Gottes und der Madonna habe ich nun die Pest überwunden. Zeugen dafür« – und hier machte der Diakon eine Pause – »sind die Engel des Himmels. Seht mich doch an, in Gottes Namen!«

Der Kardinal stand immer noch hinter der Tür, während der Diakon fortfuhr, heftig und mit lauter Stimme auf ihn einzureden.

»Ich habe mich, Eminenz, der gnadenreichen Madonna empfohlen, und sie hat mich gerettet.«

Der Diakon trat näher zur Tür, weil er jetzt leiser sprechen wollte.

»Ihr allein könnt meine Verzweiflung von gestern verstehen, Eminenz, denn Ihr wußtet von meinem Zustand, ich meine, daß ich vom Teufel besessen war. Was geschieht mit der Seele eines Besessenen, wenn er stirbt? Das habe ich mich gefragt. Kommt sie ins Fegefeuer, oder wird sie geradewegs von den Flammen der Hölle verschlungen?«

Der Kardinal öffnete unvermittelt die Tür und stand dem jungen völlig nackten Diakon gegenüber. Erschrocken sprang der junge Mann mit einem Satz zurück. Aber dann faßte er sich gleich wieder und zeigte dem Kardinal seine Achseln und seine fleckenlosen Leisten.

Der Kardinal sah ihn mit strenger Miene an.

»Und du schämst dich nicht, dich in dieser anstößigen Nacktheit zu zeigen?«

»Das Glück, Eminenz, hat jede Scham bei mir ausgelöscht, und deshalb ist meine Nacktheit nicht mehr peinlich für mich. Schaut her, seht meine Achselhöhlen, seht meine gesunden Leisten. Ich kann es kaum glauben, Eminenz, daß die Madonna mich dieser Gnade gewürdigt hat. Sie hat mich ins Leben zurückgeholt, als ich bereits gestorben war, wie so viele Unglückliche in dieser Stadt.«

Der Kardinal besah sich aufmerksam Achseln und Leisten des Diakons, ohne zu nahe zu ihm hinzugehen. Keine Spur jener schwarzen Pestschwären. Obwohl er noch nie einen Pestkranken aus der Nähe gesehen hatte, kannte der Kardinal die Zeichen der Ansteckung sehr wohl, und mußte deshalb zugeben, daß der Diakon Baldassare, von seinem nackten Körper her beurteilt, völlig gesund war.

»Und jetzt geh und zieh dich an, damit du in dem Haus, das dich beherbergt, keinen Anstoß erregst. Oder glaubst du dich im Namen der Madonna zu jeder Verrücktheit berechtigt?«

»Glaubt Ihr nicht, daß Gott mir diese Ausschweifung verzeiht?«

»Sogar die ›Verrückten Heiligen‹ von Byzanz, die sich im Namen Gottes nackt wie die Würmer zeigten, mußten sich ein paar Jahrhunderte lang gedulden, bis man ihre Extravaganzen verstanden und geheiligt hat.«

Der Diakon ließ sich durch die Ironie des Kardinals nicht entmutigen.

»Ich bin so glücklich, Eminenz, daß meine Nacktheit mir gar nicht mehr auffällt. Außerdem scheint mir, ehrlich gesagt, daß Ihr unter Eurem Kardinalsgewand auch nichts tragt, ihr habt mir mehr als einmal gesagt, daß Ihr im Sommer mit den Eiern im Wind herumlauft. Ihr müßt entschuldigen, Eminenz, aber das habt Ihr selbst gesagt, mit Eurer eigenen Stimme, und ich habe es mit meinen eigenen Ohren gehört. Deshalb schien mir, daß ich niemanden beleidigen würde, wenn ich mich unter so außergewöhnlichen Umständen unbekleidet zeige. Verzeiht mir, wenn ich einen Fehler gemacht habe.«

Der Kardinal sah ihn erstaunt an bei diesen gewagten Worten, so ungewohnt bei den Personen seiner familia.

»Jetzt gehst du und ziehst dich an, und dann bleibst du bis morgen früh in deiner Kammer und dankst der Madonna.«

Der junge Diakon eilte die Treppe zu seiner Kammer hinauf, wo er sich einschloß und bis zum folgenden Morgen auf seinem Bett liegenblieb.

Früh am nächsten Morgen kam ein Bediensteter ins Zimmer des jungen Kammerdieners und teilte ihm mit, daß der Kardinal ihn in seinem Arbeitszimmer erwarte. Der Diakon kleidete sich eilig an und präsentierte sich im Spiegelsalon mit einer gewissen einfältigen und glücklichen Steifheit. Sein Zustand eines Wunder-geheilten verdiente seiner Meinung nach eine besondere Auf-merksamkeit.

Der Kardinal empfing ihn mit einem leichten Lächeln.

»Ich bin glücklich, dich bei guter Gesundheit zu sehen, mein Junge.«

»Ich danke Euch, Eminenz.«

Es folgte eine Stille, während der der Kardinal langsam seinen Malventee schlürfte, den er jeden Morgen vor dem Frühstück trank.

»Würdest du mir erzählen, wann du gemerkt hast, die Merk-male der Pest am Körper zu haben?«

»Wenn ich mich nicht irre, habe ich es während der Nacht ge-merkt, als ich in der Locanda del Fico schlief, wo meine Schwe-ster Fiorenza wohnt.«

»Ich hab' sie ein paarmal gesehen, deine Zigeunerin von Schwester. Eine hübsche junge Frau, großzügig bedacht von Mutter Natur.«

Der Diakon senkte beschämt den Blick und fragte sich, warum der Kardinal ihn wohl demütigen wolle mit dieser subtilen Bos-haftigkeit, die sich auf die natürlichen Gaben seiner Schwester bezog.

»Warum erinnerst du dich nicht genau an den Moment, als du entdecktest, daß du krank warst? Eine so schwerwiegende Tat-sache vergißt man nicht leicht, ich würde sogar sagen, daß sie sich notgedrungen ins Gedächtnis eingräbt, mit großer Genauig-keit in bezug auf den Ort und die Zeit.«

»In jener Nacht stand mein Kopf in Flammen und ich hatte Schmerzen im ganzen Körper. Da habe ich mir unter die Ach-seln geschaut und habe diese Beulen gesehen, die alle als Merk-mal der Pest erkennen. Ich habe auf meine Leisten geschaut, und auch dort habe ich schwarze Flecken entdeckt.«

»Und wem hast du diese Zeichen deiner Ansteckung gezeigt?«

»Niemandem, Eminenz.«

»Nicht einmal deiner Schwester?«

»Nicht einmal ihr.«

»Und warum nicht?«

»Wenn man entdeckt hätte, daß ich mich angesteckt habe, hätten mich alle gemieden. Und schließlich ist sie ja eine Frau, auch wenn sie meine Schwester ist.«

»Hätte ihr Schamgefühl gelitten, wenn sie dich nackt gesehen hätte?«

Der Kardinal machte eine Pause, vielleicht um auf eine Antwort zu warten. Aber der Diakon schwieg.

»Und da hast du dir gedacht, du bringst uns die Pest ins Haus.«

»Ich bin in dieses Haus gekommen, um Zuflucht in meiner Qual zu finden, nicht um die Ansteckung hereinzubringen. Ich hatte auf Verständnis und Trost gehofft, stattdessen fand ich nur Furcht und Feindseligkeit. Aber Ihr könnt allen sagen, daß ich ihnen verziehen habe.«

»Und dann wolltest du Panik in der familia verbreiten, indem du gedroht hast, in die Küche hinunterzugehen.«

Der junge Diakon senkte den Kopf zum Zeichen der Reue.

»Ich wußte nicht mehr, was ich tat, die Krankheit hatte meinen Verstand verwirrt.«

»Gewöhnlich werden die Pestkranken von Depressionen befallen, sie sprechen nicht, sie schreien nicht, sie drohen nicht, denn die Krankheit schwächt ihren Körper und nimmt ihnen jede geistige Energie. Du hingegen schienst fast zu viel Energie zu haben. Das ist eine Seltsamkeit, die ich mir nicht erklären kann.«

»Es heißt, daß das Fieber die Kranken manchmal in große Erregung versetzt und alle ihre Körpersäfte durcheinanderbringt. Wahrscheinlich war es das Fieber.«

»Ich habe deine Stimme gehört, als du um Hilfe gerufen hast, und dann noch einmal, als du drohtest, in die Küche hinunterzugehn. Ich habe bis jetzt nicht begriffen, ob das Fieber dich so erregt hat, daß du imstande gewesen wärest, die Treppe zur Küche hinunterzulaufen, oder ob du, wie du mir gesagt hast, als ich kam, um dir die Beichte abzunehmen, so schwach warst, daß du nicht einmal aufstehen konntest. Das sind zwei Wahrheiten, die sich nicht vertragen.«

Der Diakon hätte es vorgezogen, nicht zu antworten, aber der Kardinal stand vor ihm und fixierte ihn in Erwartung einer Antwort.

»Es fällt mir schwer, Eminenz, von neulich zu sprechen, als ich das Licht der Vernunft durch die Krankheit verloren hatte. Das Bewußtsein ist unzuverlässig und die Erinnerung trügt mich.«

»Mir scheint, daß du das Licht jetzt wiedergewonnen hast, und ich stelle die Frage jetzt und nicht neulich.«

Wieder konzentrierte sich der Diakon, um eine glaubwürdige Antwort zu finden.

»Ich sehe, daß du zuerst nachdenken mußt, bevor du eine Antwort findest«, sagte der Kardinal, »hast du die Wahrheit vergessen?«

»Die Wahrheit ist, Eminenz, daß mein Geist durch das Fieber gestört war und ich nicht die Möglichkeit hatte, meine Kräfte einzuschätzen. Deshalb glaubte ich auch, daß ich in der Lage sein würde, die Treppe bis zur Küche hinunterzugehen.«

»Dann bestätigst du also, daß du das ganze Haus anstecken wolltest. Wie verträgt sich diese böse Absicht mit der Gnade, die du angeblich von der Madonna erhalten hast?«

»Manchmal verzeiht die Madonna den Sündern.«

»Sie läßt also deiner Meinung nach all die vielen guten und ehrlichen Menschen an der Pest sterben und beschützt die bösen.«

»Ich bin kein böser Mensch.«

Der Kardinal begann wieder, seinen Kräutertee zu schlürfen und schwieg. Dann sah er dem jungen Diakon forschend ins Gesicht und wechselte die Stimme und das Thema.

»Weißt du, was ich von dir denke?«

»Was denkt Ihr, Eminenz?«

»Daß die Madonna dir gar keine Gnade erwiesen hat.«

»Ihr glaubt nicht an Wunder, Eminenz? Ich bin geheilt, Ihr seht es mit eigenen Augen.«

»Ich denke etwas ganz anderes«, sagte der Kardinal und zeigte ein kleines Lächeln, das den Diakon erstarren ließ, »meiner Ansicht nach warst du nie pestkrank.«

»Was sagt Ihr da, Eminenz?«

»Niemand hat die Anzeichen deiner Krankheit gesehen. Wie willst du beweisen, daß du krank warst?«

Der Diakon war verwirrt und sprachlos. Hegte der Kardinal nur einen Verdacht, oder hatte er wieder einmal alles begriffen und den Betrug entdeckt? An diesem Punkt mußte er entscheiden, ob er die Heuchelei fortsetzen wollte, oder ob er gleich die Wahrheit sagen und um Verzeihung bitten sollte, wie nach der Entwendung des Hutes.

»Ich weiß auch, aus welchem Grund du diese Komödie inszeniert hast.«

Der Diakon sagte nichts, in der Hoffnung, daß der Kardinal noch weitersprechen und ihm dadurch ersparen würde, stehenden Fußes zu entscheiden, welche Haltung angesichts dieser Beschuldigungen für ihn angezeigt sei. Aber sein verwirrter Blick verriet die Bestürzung, die sein Schweigen nicht verhehlen konnte.

»Es ist nutzlos, daß du dich weiterhin verstellst, auch wenn die Verstellung auf meine Person gemünzt war. Du wolltest mir mit der Gnade der Madonna zeigen, daß du dich vom Teufel befreit hast, weiter nichts. Und jetzt lasse ich dir genügend Zeit, damit du über das, was ich dir gesagt habe, nachdenken und den Wortlaut deiner Beichte vorbereiten kannst. Wenn es stimmt, daß die Nacht Rat bringt, dann wirst du morgen früh zu mir kommen und mir deinen Betrug gestehen, und ich werde Verständnis zu zeigen wissen. Wenn du aber auf deiner Lüge beharrst, dann wird die Strafe genauso streng sein, wie deine Verstellung bösartig und tölpelhaft war.«

Der arme Diakon fühlte, wie ihn seine Kräfte verließen. Mit vor Scham brennendem Kopf warf er sich vor dem Kardinal auf die Knie, nahm seine Hand und küßte sie mehrfach.

»Ich bitte Euch um Verzeihung, Eminenz. Ich habe gelogen. Ich verdiene die schlimmste aller Bestrafungen, weil ich bewußt gelogen habe.«

Der Kardinal zog seine Hand zurück und nahm noch einen Schluck Kräutertee, ehe er antwortete.

»Und ich verzeihe dir, denn du bist nicht schuldig.«

Der Diakon riß die Augen auf und sah den Kardinal, der ihm bedrohlich zulächelte, sprachlos vor Staunen an.

»Du bist unschuldig, mein Junge, deine blasphemischen Verstellungen sind nicht dein Werk, sondern dasjenige des Bösen, der dich besitzt und dir einen miserablen Rat gegeben hat. Du hast mir jetzt den sicheren Beweis geliefert, daß du vom Teufel besessen bist. Du kannst nun in deine Kammer gehen und deine Gedanken sammeln.«

Während er die Treppe zu seinem Zimmer hinaufstieg, spürte der Diakon Baldassare seltsame Hitzewellen unter der Haut und plötzliche Wallungen in den Eingeweiden, die ihm bis in die Brust hinaufstiegen. Er spürte nacheinander fast alle Symptome, die der Arzt Codronchi ihm beschrieben hatte: das wandernde Klopfen des Fleisches, das plötzliche Ameisenkribbeln unter der Haut, das Getümmel von Kröten und Schlangen im Magen, und den durch ein Wergbündel verschlossenen Atem. Er spürte den Teufel in allen Teilen seines Körpers, und momentweise schien es ihm sogar, als klammerte er sich wie ein Affe an seinen Rücken und bliese ihm seinen kochenden Atem in den Nacken. In seiner Kammer angelangt, setzte der Diakon sich aufs Bett.

Den sicheren Beweis, daß du vom Teufel besessen bist, hatte der Kardinal gesagt. Und was ist der Teufel, wenn nicht eine absolute Entität des Bösen, selbst in der bunten Vielfalt seiner Offenbarungen? War es nicht gerade der Teufel gewesen, der ihm, nachdem er ihn zu dieser unwürdigen Farce verleitet hatte, die Lösung des lateinischen Rätsels anbot, das auf dem alten zernagten Pergament geschrieben stand? Ja gewiß, der Beweis des Absoluten besteht mit Evidenz in der Existenz des Teufels. Der Teufel existiert in seiner Eigenschaft als negatives Absolutes im Gegensatz zum positiven Absoluten, das mit der göttlichen Wesenheit koinzidiert. In Wahrheit, sagte er sich, gibt es zwei Entitäten, deren Existenz unbeweisbar ist, aber für die Existenz des Teufels war er selbst im Begriff, der lebendige und einleuchtende Nachweis zu werden. Wurde er folglich nicht zufällig zum Nachweis der Existenz Gottes? Ein plötzliches Schwindelgefühl hinderte ihn daran, diese Gedanken weiter zu verfolgen.

Der Kardinal hatte recht. Von wem konnte die heimtückische Einflüsterung, sich als Pestkranker auszugeben, schon stammen? Von wem, wenn nicht vom Teufel? Der Diakon errötete bei dem Gedanken an jene schändlichen und lächerlichen Szenen, und an die Demütigung, die er vom Kardinal, der ihn entlarvt hatte, hinnehmen mußte. Er sagte sich mit Bestürzung, daß er sich jetzt nur noch mit dem Blut des Kardinals Ottoboni loskaufen konnte.

Auf dem Bett seiner kleinen Kammer sitzend, schloß der Diakon die Augen und begann alle möglichen Menschen aufzuzählen, die er aus dem Abgrund, in den er gestürzt war, beneidete: glückliche Schuhmacher, glückliche Kittelschneider, glückliche Schlachter, Schankwirte Ährenleser Gewürzhändler Hufschmiede Lumpensammler Winzer Zwerge Gärtner Trödler Zigeuner Maultiertreiber Komödianten Krüppel Barbiere Brotbäcker. Und glücklich, ungleich ihm, sogar das Bettelvolk, das vor dem Kardinalspalast lagerte, um eine Schüssel Suppe und ein Stück Brot zu ergattern.

Geflogen

In jenen Tagen der Pest und der Hurerei, der Zwietracht und des Hungers blieb der äußere Eingang der Kapelle, die als Anbau zum Palast des Kardinals Ottoboni gehörte, stets geschlossen und verriegelt; aber als der Küster sie eines frühen Morgens durch die innere Tür betrat, um zu putzen, sah er zu seinem großen Erstaunen einen jungen Unbekannten auf den Altarstufen sitzen.

Der alte Küster merkte sofort an seinem ausweichenden Blick und den zerlumpten Kleidern, daß es sich um eine gefährliche Person mit einem ruchlosen Leben handelte. Er sah ihn mißtrauisch an und bemerkte das zerfetzte Hemd und eine blutverschmierte Hand. Ohne Eimer und Besen abzustellen, ging er zu ihm hin.

»Und du, wie bist du hereingekommen bei verschlossener Tür?«

Der Mann breitete mit einer anmaßenden Gebärde seine Arme aus.

»Erkennst du's nicht? Ich bin ein Engel, der vom Himmel herabgeflogen ist.«

»Vom Gesicht her siehst du mir nicht wie ein Engel aus, wahrhaftig nicht.«

»Wie seh ich denn aus, wie ein Teufel?«

»Wenn du's wissen willst, du siehst wie ein Kerl aus der Unterwelt aus. Von wo bist du hereingekommen?«

»Vom Himmel, wenn's Euch beliebt.«

Der Mann deutete mit der Hand auf ein hohes Fenster an der Seite der Kapelle. Der Küster schaute hinauf.

»Du hast das Fenster eingeschlagen! Aber du irrst dich; hier gibt es keine silbernen Leuchter zu stehlen. Der Kardinal ist ein vorsorglicher Mann, der seine Schätze nicht zur Schau stellt«, dann fügte er vorsichtig hinzu, »die sowieso nicht groß sind.«

»Ich bin kein Dieb, ich bin etwas viel Schlimmeres.«

Der Mann sah nicht aus als ob er scherze, und seine Augen zeigten Farbe und Funken der Bosheit.

Der Küster sah ihn beunruhigt an.

»Was bist du also? Ein Straßenräuber, der in der Kirche Schutz vor dem Gesetz sucht? Ist jemand hinter dir her?«

»Genau. Du hast's erraten.«

»Und was gedenkst du jetzt zu tun?«

»Hier bin ich reingekommen, und hier bleib ich.«

»Du denkst wohl, dies sei eine Herberge für Übeltäter? Bei all den verhungerten Bettlern auf der Straße bildest du dir doch nicht ein, daß wir Schurken wie dich beherbergen können?«

»Bist du der Häuptling Eurer familia? Bist du's, der entscheidet, wer im Haus des Kardinals aufgenommen wird? Gewöhnlich sind die Küster dazu da, Hunde und anderes Vieh von der Kirche fernzuhalten, aber ich bin kein Hund.«

»Ich halte mehr von Hunden als von Banditen, die in den Straßen rumstreunen und Leute umbringen und ausrauben. Ich weiß nicht, was du getan hast, aber wenn du von dem Fenster dort oben heruntergesprungen bist, um den Gendarmen zu entgehen, dann heißt das, daß eine große Last auf deiner dreckigen Seele lastet.«

»Ich hab' einen Wucherer kaltgemacht, und hab' mir das Paradies verdient. Du siehst doch, ich fliege schon wie ein Engel.«

Der Mann bewegte nochmals die Arme in der Gebärde des Fliegens.

»Du hast dich aber an der Hand verletzt. So viel mir bekannt ist, verletzen die Engel sich nicht und verlieren auch kein Blut.«

Der Mann erhob sich von den Stufen und bewegte sich mit sicherem Schritt auf die Tür zu, durch die der Küster hereingekommen war.

»Wo ist der Kardinal?«

Der Küster eilte zur Tür, um ihm den Weg zu versperren.

»Du kommst nie im Leben zum Kardinal, wenn ich dich nicht vorher mit dem Kammerherrn reden lasse. Er ist es, der entscheidet, wer mit dem Kardinal reden darf und wer nicht.«

In diesem Augenblick hörte man eine gebieterische Stimme vom Ende des Korridors.

»Wer palavert da an diesem Ort und zu dieser Stunde?«

Der Küster drehte sich um und fand sich Auge in Auge mit dem Kardinal Ottoboni, der in die Kapelle heruntergekommen war, vermutlich angelockt von den Stimmen der beiden.

Der Kardinal besah sich den Mann, ging näher zu ihm hin, und wandte sich dann an den Küster.

»Wie ist er hereingekommen?«

Der Mann gab die Antwort.

»Ich bin von da oben vom Fenster heruntergeflogen, allerheiligste Eminenz.«

»Allerheiligste nun wirklich nicht«, sagte der Kardinal, »soviel steht mir nicht zu.«

Hier schaltete sich der Küster ein, mit verängstigter Stimme.

»Das ist ein Verbrecher, Eminenz, der hier hereingekommen ist, weil er Asyl und Schutz vor dem Gesetz sucht. Die Tür zur Straße ist immer geschlossen, so wie Ihr befohlen habt, aber er ist durchs Fenster hereingekommen.«

Der Kardinal bemerkte die blutverschmierte Hand des Mannes und wandte sich an den Küster.

»Er hat sich an der Hand verletzt. Bring ihn ins Haus, damit man seine Wunde auswäscht. Und dann gebt ihm was zu essen, er ist sicher hungrig.«

»Ich bin halb verhungert, Eminenz, das seht Ihr ganz richtig. Aber wenn ich gegessen habe, dann möchte ich gern mit Euch reden. Ich werde Euch nicht viel Zeit stehlen, aber wenn Ihr mich anhört, dann werdet Ihr es bestimmt nicht bereuen.«

»Ich bereue nur meine Sünden, und mit dir zu reden ist sicherlich keine Sünde.«

Dann wandte sich der Kardinal erneut an den Küster.

»Bring ihn zum Kammerherrn, er wird für alles sorgen.«

Der Küster konnte nicht glauben, daß diesem Verbrecher ein so guter Empfang im Haus des Kardinals bereitet wurde.

»Soll ich ihn wirklich hereinlassen?«

»Tu, was ich sage.«

Der Küster begleitete den Mann durch den Korridor, der von der Kapelle in den Kardinalspalast führte.

»Wenn's nach mir ginge, dann hättest du was anderes bekommen als Essen. Kerle wie du müssen mit Eisenruten behandelt werden, so heißt es in der Bibel, und dann in die Galeeren gesteckt. Ich hätte dich schnurstracks in die Galeeren geschickt, zusammen mit allen anderen Übeltätern, die sich in letzter Zeit in den Straßen von Rom herumtreiben.«

»Deshalb bin ich ja in eure Kirche gekommen, weil ihr hier verpflichtet seid, mich vor den Gendarmen und vor anderen Übeltätern zu bewahren. So wie's in der Bibel steht, wo es heißt, man soll die Räuber beschützen.«

Ungeduldig schnaubend brachte der Küster ihn zum Amtszimmer des Kammerherrn.

Allein in der Kirche, schickte der Kardinal sich an, die tägliche Messe zu lesen. Die Kapelle war kühl und gewährte ihm Erholung von der drückenden Sommerhitze. Der Küster hatte den Auftrag, jeden Morgen die unteren, durch dicke Eisengitter geschützten Fenster zu öffnen, um den Raum zu lüften und die Feuchtigkeit, die den Fußboden durchdrang, aufzulösen. Je nach der Stimmung des Tages dauerte die Messe mehr oder weniger lang – nie länger als eine halbe Stunde, aber in jedem Fall nie kürzer als zehn Minuten, um nicht den Zorn des Herrn zu erregen, der so leicht übelnahm. Der Zwischenfall mit dem Verbrecher verleitete den Kardinal Ottoboni an jenem Morgen zu einer Beschleunigung der Kadenzen seines flüssigen und fließenden Lateins.

Als erstes führte der widerwillige Küster den Mann aus der Unterwelt vor den Kammerherrn, gemäß den Anweisungen des Kardinals. Er sagte, daß er Severo heiße, daß er kein ehrbares Zuhause noch würdige Verwandtschaft aufzuweisen hätte, daß er von einer Bande von Übeltätern verfolgt werde, die ihm Rache wegen eines Wucherers geschworen hätten; mehr wollte er nicht sagen noch wollte der Kammerherr weitere Märchen von ihm hören, denn es war klar, daß er log. Und warum sollte er Dinge erforschen, für die er sich nicht im mindesten interessierte? Er war nur gezwungen, ihn unterzubringen, das war alles.

Er führte ihn zu den Frauen des Hauses, die seine Wunde mit Essig auswuschen und sie dann mit einer sauberen Mullbinde verbanden. Sie zogen ihm das blutige Hemd aus und gaben ihm ein Wams aus der Dienstbotengarderobe. Schließlich brachten sie ihn in eine kleine Gesindestube und stärkten ihn mit Brot, Käse und Obst, und gaben ihm auch einen Krug Wein. Wonach der Mann sich auf den Strohsack legte und in tiefen Schlaf fiel.

Als der Kardinal ihn zu einer Unterredung rufen ließ, schlief Severo immer noch. Man mußte ihn kräftig schütteln, um ihn aus dem Schlaf zu reißen. Der Mann wusch sich das Gesicht in einer Schüssel mit kaltem Wasser und ließ sich dann vor den Kardinal Ottoboni führen.

Im Arbeitszimmer des Purpurträgers angelangt, sah der Mann sich gleich staunend um.

»Ihr habt ein schönes Haus, Eminenz. So ein Haus hab' ich noch nie gesehen.«

»Ich dachte, du hättest vielleicht andere und sogar reichere Häuser besucht, womöglich des Nachts?«

»Ich bin kein Dieb, Eminenz, ich bin ein Mörder.«

Der Kardinal sah ihn an, ohne eine Miene zu verziehen.

»Und das sagst du so einfach?«

»Ich töte im Auftrag, das ist mein Beruf. Dem Kammerherrn

habe ich Flausen erzählt, aber vor Euch möchte ich die Wahrheit nicht verbergen.«

»Und warum nicht?«

»Weil ich sicher bin, daß Ihr die Welt kennt und mich verstehen könnt.«

»Ich kann dich sehr wohl verstehen, aber vergeben kann ich dir in keiner Weise – falls es das ist, worauf du hoffst. Die Gründe ergeben sich schon aus dem Kleid, das ich trage.«

»Ich wollte mir nicht die Sünden vergeben lassen, die sowieso schon zu zahlreich sind, sondern Euch sagen, daß mir Eure Gastfreundschaft aus einer schlimmen Klemme geholfen hat. Ich habe schon einmal für einen Oberhäuptling wie Euch gearbeitet, und ich weiß, daß Ihr Kardinäle versteht, wie es in der Welt zugeht und wie man in Rom lebt und krepiert.«

Der Kardinal war über diese freimütige Rede verwundert, aber er begriff nicht, warum sie ausgerechnet an ihn gerichtet war.

»Du sagst mir, daß du für einen Oberhäuptling wie mich gearbeitet hast. Wenn ich richtig verstanden habe, hast du für einen Kardinal gearbeitet, stimmt's?«

»Ihr habt richtig verstanden, Eminenz.«

»Ich gestehe, daß ich sehr neugierig bin.«

»Das weiß ich, aber ich werde Euch trotzdem nie sagen, wer es war, auch wenn Ihr mich auf Knien bittet. Wenn einer in meinem Beruf seine Zunge nicht im Zaum hält, dann ist er erledigt und ein toter Mann. Ich kann ein Geheimnis wahren, auch unter der Folter.«

»Ich habe keinerlei Absicht, dich foltern zu lassen, und es interessiert mich auch nicht zu wissen, ob das, was du sagst, wahr ist, und wenn es wahr sein sollte, dann wäre es sowieso besser, daß ich nicht wüßte, für wen du gearbeitet hast. Majora premunt.«

»Auch wenn ich kein Latein verstehe, scheint mir das eine saubere Art zu reden. Ich glaube, wir beide werden uns verstehen.«

Wieder war der Kardinal überrascht, aber es gelang ihm, ein verhaltenes Lächeln aufzusetzen, um über eine so unverschämte Vertraulichkeit hinwegzusehen.

»Ich sehe, daß es dir nicht an Freimut fehlt.«

»Ich bin ein ehrlicher Bursche und treu bis in den Tod.«

»Warum bis in den Tod? Was hat der Tod damit zu tun?«

»Es wird tagtäglich gestorben, Eminenz.«

»Es wird tagtäglich gestorben, das ist wahr. Aber du hast auch gesagt, daß du treu bist. Wem bist du treu?«

»Wenn ich Treue verspreche, dann gilt das in jeder Art und Weise. Ihr habt mir jetzt zum Beispiel das Leben gerettet, habt mir zu essen gegeben und mich verbinden lassen, während Euer Küster mich den Hunden vorgeworfen hätte. Gottlob hatte er Angst, andernfalls weiß ich nicht, was er mir angetan hätte. Ihr hingegen habt mich wie einen Christenmenschen behandelt, und deshalb bin ich Euch ergeben.«

Der Kardinal konnte einfach nicht verstehen, was dieser gewissenlose Verbrecher mit seinen Treueschwüren meinte.

»Was bedeutet es für dich, jemandem treu zu sein?«

Severo bemühte sich eine Weile, die richtigen Worte für seinen Gedanken zu finden; dann sah er dem Kardinal ins Gesicht, so als sei der Moment der schwierigen Wahrheit gekommen.

»Ihr habt Feinde.«

Diesmal mußte der Kardinal zuerst nachdenken, bevor er eine Antwort gab. Er verstand den Grund selbst nicht, aber dieser Kerl flößte ihm ein seltsames Vertrauen ein: manchmal, so sagte er sich, sind die Halunken stolz darauf, gewisse Ehrenregeln aus ihren Kreisen zu befolgen. Er beschloß deshalb, daß es günstiger für ihn sei, dieses Treueangebot nicht gleich auszuschlagen.

»Wir alle haben Feinde. Wir sind Menschen, und folglich unterliegen auch wir den Lastern und Schwächen der Menschen.«

»Ich bin es gewöhnt, offen zu reden. Wenn Ihr Feinde habt und mir ein Wort sagt, dann gehe ich hin und haue ihnen den Leib von der Seele. Ihr braucht mir nur den Namen zu sagen, und ich mache mich an die Arbeit. Ich hab' das schon so oft gegen Bezahlung gemacht, aber für Euch mach' ich's umsonst, einfach aus Treue, und verlange nicht einen einzigen Dukaten.«

Der Kardinal war entsetzt.

»Du schlägst mir vor, Morde zu begehen. Meinst du das etwa mit Treue?«

»Ich höre, daß Ihr von Morden sprecht, das heißt, Ihr habt mehr als nur einen Feind.«

»Ich weiß nicht, ob dir klar ist, daß du mit einem Diener der Kirche sprichst.«

»Ihr seid Kardinal. Ich habe Euch doch gesagt, daß es nicht das erste Mal ist, daß ich im Auftrag eines Kardinals arbeite.«

Das Gespräch begann peinlich zu werden. Obwohl er kaum Vorurteile hatte, wußte der Kardinal Ottoboni jetzt doch nicht mehr recht, wie er mit diesem seltsamen Schurken umgehen sollte.

»Du sagst mir erstaunliche Dinge, bei denen ich nicht weiß, ob ich sie glauben soll.«

»Eminenz, das was ich gesagt habe, das kann ich bei allen Heiligen des Fegefeuers schwören.«

Der Kardinal konnte ein Lächeln nicht unterdrücken.

»Ich dachte, die Heiligen hätten ein Anrecht auf einen Platz im Paradies?«

»Aber nicht alle, Eminenz. Es gibt Heilige, die haben alle möglichen Verbrechen begangen, ehe sie auf die Altäre erhoben worden sind. Es gibt auch Heilige der letzten Stunde, die auf Erden Verbrecher waren wie ich, und dann haben sie bereut. Kommen die Eurer Meinung nach gratis ins Paradies? Ich denke, daß sie ein paar Jährchen im Fegefeuer büßen müssen, bevor sie ins obere Stockwerk gelangen. Ab und zu geschieht es auch mir, daß ich an die Seele und das ewige Leben denke, wie alle Christen dieser Welt. Wer sagt Euch denn, daß ich mich nicht eines schönen Tages anders besinne und dann ein Heiliger werde und auf den Altären lande?«

»Richtig. Man soll seinem Ehrgeiz keine Grenzen setzen. Einstweilen hast du ja schon begonnen, von Fenstern herunter- zufliegen.«

Der Kardinal erhob sich, um Severo zu entlassen, aber bevor er ging, wollte er ihm noch seine Fürsorge beweisen. »Hat man in meinem Haus eine Kammer für dich gefunden?«

»Es gefällt mir, hier bei Euch zu sein und unter Eurem Schutz zu stehen, und wenn man mich in den Keller steckt, bin ich trotzdem zufrieden. Und vergeßt nicht, daß ich Euch meine Hände, meinen Dolch und meine Kugeln zur Verfügung stelle. In diesen Zeiten könnten sie Euch dienlich sein. Andernfalls mache ich mich aus dem Staub, sobald Ihr es befehlt.«

Der Kardinal winkte ihm einen Gruß zu und schenkte dieser Kanaille auch noch ein wohlwollendes Lächeln, wobei er es ver- mied, sich über die Zukunft ihrer Beziehung zu äußern. Er war seltsam befriedigt über diese Begegnung, die für ihn eine Bestäti- gung der unerschöpflichen Phantasie des Zufalls war. Aber dann ging er trotzdem zum Kammerherrn, um sich bei ihm zu bekla- gen, denn genauso wie dieser Räuber hereingekommen war, konnte auch eine ganze Diebesbande hereinkommen und das Haus ausplündern. Man solle sofort dafür sorgen, daß auch die oberen Fenster der Kapelle mit Eisengittern versehen würden, denn die Verbrecher, so hatte ihm Severo erklärt, waren ja flug- tüchtig.

Unter den Augen Susannas

Die Ankunft Severos und vor allem seine unerwarteten Angebote brachte die ekklesiastische Gemessenheit ins Wanken, die der Kardinal sich im Umgang mit der Welt auferlegte. Er nahm diese Ankunft und die Angebote als Zeichen des Himmels, und dachte bei dieser Gelegenheit, daß man dem Schicksal nicht ungestraft ausweichen kann. Er beschloß deshalb, jede Vorsicht beiseite zu schieben und den Dialog mit seinem unangemessenen Gast wiederaufzunehmen.

Nicht im geringsten eingeschüchtert, präsentierte sich Severo im Arbeitszimmer des Kardinals und sah sich um, als beträte er diesen Raum voller Drapierungen und Fresken zum ersten Mal. Dann verneigte er sich flüchtig vor dem Purpurträger und näherte sich einem Stuhl, hielt aber gleich wieder inne und sah den Kardinal in Erwartung einer zustimmenden Gebärde an.

»Setz dich ruhig hin.«

Severo setzte sich hin, dann heftete er den Blick auf ein großes Fresko, das eine nackte Frau darstellte, und hinter einem Busch zwei bärtige Männer, die sie aus ihrem Versteck betrachteten. Der Kardinal bemerkte sein Interesse.

»Susanna und die Alten.«

»Eine Hure.«

»Nein, sie ist keine Hure.«

»Aber sie ist ganz nackt, und mir scheint, sie blickt mich mit ihren Augen an.«

Der Kardinal lächelte.

»Sie blickt deinen Stuhl an. Wenn ich mich auf deinen Platz setze, dann blickt sie den Kardinal Ottoboni an.«

Severo schien nicht überzeugt.

»Wird schon stimmen, daß sie keine Dirne ist, wenn Ihr es sagt.«

»Susanna ist eine Gestalt aus der Bibel. Sie war eine ehrbare Frau, verheiratet mit einem ehrbaren Mann, mit dem sie in Babylon lebte. Und das da sind zwei alte Richter, die ihr im Garten auflauern und sie beäugen, während sie nackt ihr Bad nimmt. Dann fordern sie sie auf, mit ihnen zu liegen.«

»Mit allen beiden?«

»Ja, mit allen beiden. Aber Susanna verweigert sich ihren Wünschen, worauf jene ihr drohen, sie wegen Ehebruchs anzuzeigen. Wenn sie ihnen nicht zu Willen wäre, würden sie erzählen, sie hätten sie gesehen, wie sie ihren Gatten mit einem jungen Gärtner betrog. Obwohl Susanna wußte, daß Ehebruch mit dem Tod bestraft wurde, ließ sie sich nicht erpressen.«

»Und die hätten sie wegen eines Ficks zum Tode verurteilt?«

»So lautete das Gesetz in Babylonien. Aber einem Jüngling namens Daniel gelang es, die beiden Alten zu entlarven und zu beweisen, daß sie gelogen hatten. Susanna wurde freigesprochen und die beiden Alten wurden zum Tode verurteilt.«

»Entschuldigt, Eminenz, aber dieser Daniel, hatte der sie gefickt? Wenn nicht, dann stimmt was nicht mit dieser Geschichte.«

»Daniels Zeugnis war uneigennützig und hatte nur den Zweck, eine unschuldige Frau zu retten.«

»Wenn Ihr das sagt.«

»Das sagt die Bibel.«

»Und die beiden Alten werden wegen so einer Kleinigkeit getötet?«

»Üble Nachrede wurde in jenen Zeiten mit großer Strenge bestraft.«

»Wenn man nach der Bibel ginge, wer bliebe dann in Rom noch verschont? Gerade noch die Kürbisse in den Gemüsegärten.«

»Bei uns ist das Gesetz zum Glück weniger streng.«

Der Kardinal ging gewandt zu anderen Themen über.

»Was hat man dir unten in der Küche zu essen gegeben?«

»Zwei Eier und eine gebackene Leber, feine Sachen. Ich war so fertig, daß ich mich nicht mehr auf den Beinen halten konnte.«

»Und jetzt?«

»Jetzt bin ich stark wie ein Hengst.«

Severo sah sich um und bewunderte noch einmal den Luxus des Salons, dann hob er die Augen zur goldenen Kassettendecke und blickte schließlich dem Kardinal ins Gesicht.

»Ihr habt mich doch nicht gerufen, um mir die Geschichte von Susanna zu erzählen?«

Der Kardinal lächelte wohlwollend.

»Du hast mich etwas über diese nackte Frau gefragt, und ich habe dir geantwortet.«

»Und jetzt?«

»Jetzt sage ich dir frei heraus, daß du bei unserem ersten Gespräch etwas gesagt hast, was mich sehr interessiert. Du hast nämlich behauptet, im Auftrag eines Kardinals gearbeitet zu haben.«

»Glaubt Ihr mir nicht?«

»Aus deinen Worten und deiner Sicherheit muß ich schließen, daß du nicht gelogen hast.«

»Es ist die hochheiligste Wahrheit, Eminenz.«

»Du wärest also bereit, mir den Namen des Kardinals zu sagen, der dir den besagten Auftrag gegeben hat.«

Severo erstarrte.

»Das dürft Ihr nicht von mir verlangen. Ihr habt mir gesagt, es interessiert Euch nicht, den Namen dieses Herrn zu kennen. Er ist Kardinal, Ihr seid Kardinal, warum fordert Ihr mich heraus?«

»Darum. Aus Gründen, die ich dir nicht erkläre, die aber mein Amt und meine Sicherheit betreffen, muß ich dich jetzt bitten, mir diesen Namen zu sagen. Du kannst natürlich mit meiner absoluten Verschwiegenheit rechnen.«

Severo war sehr erstaunt über die Bitte des Kardinals, aber er antwortete mit verwegener Sicherheit.

»Es tut mir leid für Euch, aber diesen Namen werde ich Euch nie sagen.«

Der Kardinal hob die Augen, als wollte er die goldene Kassettendecke um Rat fragen.

»Hast du kein Vertrauen in meine Worte?«

»Ich traue niemandem.«

»Ich habe dir meine Verschwiegenheit versprochen, und das ist ein Versprechen, für das dieses Gewand, das ich trage, und dieses Kreuz auf meiner Brust Bürgschaft leisten.«

»Euer Kreuz da auf dem Magen bedeutet mir gar nichts. Ihr könnt mir soviele Versprechungen machen wie Ihr wollt, aber Ihr verliert nur Eure Zeit. Für mich bleibt ein Geheimnis ein Geheimnis, und ich mache den Mund nicht auf, nicht einmal wenn Ihr Euch den Himmelskönig, den Papst und alle Heiligen des Kalenders als Fürbitter herholt.«

Der Kardinal hatte bereits gemerkt, daß Severo hartköpfiger war als er sich vorgestellt hatte.

»Ich habe dich in meinem Hause aufgenommen, ich habe dich pflegen lassen, ich habe dir meine Gastfreundschaft gewährt. Und das ist also deine Dankbarkeit?«

»Ich kann Euch vielmals Danke sagen, wenn Euch am Dank eines hartgesottenen Straßenräubers liegt.«

»Ich sehe, du bist sehr entschlossen, aber ich bin es auch.«

»Bringt mich nicht zur Weißglut, Eminenz. Es tut mir wirklich leid, aber ich kann Euch diesen Namen nicht nennen, weil ich versprochen habe, ihn nicht zu verraten.«

»Hast du einen Schwur getan?«

»Ich habe ein Versprechen gegeben. Für mich ist das mehr als ein Schwur.«

»Und ich verspreche dir, daß ich den Namen niemandem sagen werde. Ist mein Versprechen nicht ebensoviel wert wie deins?«

»Ihr wollt mich in Harnisch bringen, Eminenz.«

Kardinal Ottoboni sprach mit leiser Stimme in vertraulichem

Ton, der den bedrohlichen Sinn seiner Worte vielleicht etwas abmildern sollte.

»Du weißt, daß es unfehlbare Methoden gibt, um Schuldige und manchmal auch Unschuldige zum Reden zu bringen. Es sind Methoden, die von allen Regierenden dieser Welt angewandt werden, und auch von der Kirche, wenn sich die Notwendigkeit ergibt. Du mußt wissen, daß sich unter meinen Wachleuten zwei Gendarmen befinden, die für die Heilige Inquisition gearbeitet haben.«

Severo sah den Kardinal herausfordernd an.

»Auch wenn Ihr mich totschlagt, bekommt Ihr kein Wort aus mir heraus. Und die Heilige Inquisition, die kann mich mal, wenn Ihr gestattet.«

Der Kardinal drehte die Augen zur Decke, ohne weiteren Kommentar.

Von zwei robusten Gendarmen an den Armen gepackt, wurde Severo ans äußerste Ende eines Hausflurs im Erdgeschoß gebracht und beim Licht einer Kerze in ein fensterloses Gelaß gesteckt. Eine Bank an der Wand, eine verbeulte Kupferschüssel achtlos in eine Ecke geworfen, eine mit schweren Eisenstangen verstärkte Tür, und Spinnweben überall. Ein Gefängnis oder ein Ort der Bestrafung, jetzt ohne Funktion, aber in früheren Zeiten vielleicht als Magazin oder Arrestzimmer für aufsässige Dienstboten gebraucht, und vom Kardinal so belassen, wie er es vorfand, als er den Palast erwarb.

»Sperrt Ihr mich ins Zuchthaus?«

»Nein nein, wir leisten dir Gesellschaft«, sagte einer der beiden Männer, ein vierschrötiger und behaarter Kerl, der seinerseits aussah, als wäre er aus dem Zuchthaus entlaufen.

»Man hat uns gesagt, daß du uns Sachen erzählen willst«, sagte der zweite.

»Was soll ich Euch erzählen? Lustige Geschichtchen weiß ich keine. Oder wollt Ihr Geschichten zum Weinen?«

»Wir brauchen keine Geschichten, weder zum Lachen noch zum Weinen. Uns genügt der Name eines gewissen Herrn, den wir dir aus dem Mund ziehen sollen.«

»Den hab ich nicht mal dem Kardinal gesagt.«

»Bei uns werden andere Töne angeschlagen. Bei uns wirst du singen wie eine Nachtigall.«

Die beiden Männer nahmen ein großes Hanfseil von der Bank, zogen es durch zwei an der Decke befestigte Ringe und banden Severo daran fest, der sich vergeblich sträubte. Sie zerrten ihn an den Handgelenken und Fußgelenken nach oben, aufgehängt wie ein Schwein. Dann zogen sie ihm die Schuhe aus.

»Ihr wollt mich doch nicht schlachten?«

»Diese Haken waren tatsächlich fürs Schweineschlachten bestimmt. Man hat sie mit der Axt gezweiteilt und dann hat man Schinken, Speckseiten und Bauchfleisch draus gemacht. Schade, daß du ein bißchen ausgezehrt bist. Kein bißchen Bauchfleisch, Schinken, so mager wie in Hungerzeiten, und mit deinem Speck kann man nicht mal eine Bohnensuppe würzen.«

Der Grimmigere der beiden, der mit dem finsteren Gesicht und Augen, die das Dunkel durchbohrten, näherte die Kerze einer seiner Fußsohlen, gerade so weit, um sie ein bißchen zu verbrennen.

»Spuckst du den Namen jetzt aus?«

»Nein.«

Der Mann hielt ihm noch einmal die Kerze an die Sohle. Severo biß die Zähne zusammen, um nicht zu schreien.

»Scheiße, willst du mich braten?«

»Ich habe erst angefangen.«

»Ich sag doch nichts. Laßt mich nicht unnötig fluchen.«

»Du könntest mir ein lustiges Geschichtchen erzählen, einfach so, um uns zu unterhalten.«

»Geh doch zum Teufel, blöde Bestie!«

»Ich bin eine Bestie?«

Der Mann sah ihn mit wutschnaubenden Nüstern an, dann

ging er wieder zu ihm hin und hielt ihm die Kerze unter den Fuß, bis die Haut zu brutzeln begann.

»Das ist noch gar nichts«, sagte er zu Severo, der sich in den Stricken wand und die Zähne zusammenbiß, um nicht zu schreien.

»Gut. Ich rede.«

»Du brauchst gar nicht so viel reden. Der Name genügt.«

»Carpinetto, Kardinal Carpinetto.«

»So ist's recht. Ich dachte, daß du ein härterer Knochen wärest, so wie du dich aufgeführt hast.«

Der finstere Mann machte dem andern ein Zeichen, der sich mit schnellem Schritt entfernte und dann die Treppe hinaufstieg.

Der Mann ging hinauf in die Beletage, klopfte an die Tür des Kardinals Ottoboni, und betrat sogleich sein Arbeitszimmer, als er die Stimme von drinnen hörte.

»Er hat gestanden, Eminenz.«

»Hat er den Namen gesagt?«

»Carpinetto, Kardinal Carpinetto.«

Ottoboni schwieg eine Weile.

»Es gibt keinen Kardinal mit diesem Holzfällernamen. Er hat Euch an der Nase herumgeführt.«

Der Mann fluchte wütend vor sich hin. Auf einen Wink des Kardinals machte er eine Verneigung und stürmte davon.

»Eine hundsgemeine Türkerei!« sagte er, wieder zurück in der Kammer. »Es gibt gar keinen Kardinal Carpinetto.«

»Jetzt treiben wir sie dir aus, deine Lust, die Leute zu verarschen, du vertrocknete Birne«, sagte der andere.

Der finstere Mann hielt die Kerze an eine von Severos Fersen und bewegte sie nicht, so daß die Flamme sich in das lebendige Fleisch fraß.

Severo zappelte und riß an dem Seil, aber der zweite Mann hatte sein Fußgelenk fest im Griff, so daß seine Ferse über der Flamme blieb.

»Ihr könnt mich auch lebendig braten, ihr zieht mir trotzdem kein Wort aus dem Mund.«

Severo sprach mit zusammengebissenen Zähnen, dann tat er einen erstickten Schrei wegen des Schmerzes der Flamme.

Der Mann zog die Kerze rechtzeitig zurück, um ihm kein Loch in den Fuß zu brennen. Er tat die Arbeit eines erfahrenen Experten, der sein Folterinstrument angemessen benützt.

Severo hatte Zeit, Luft zu holen.

»Aber was haben zwei nachgemachte Schergen wie ihr im Haus eines Kardinals zu tun?«

»Das siehst du doch.«

»Warum macht ihr nicht ein schönes Feuer und bratet mich am Spieß?«

»Wir machen Schweinehack aus dir, wenn du den Namen nicht auskotzt.«

»Ich sage es und wiederhole es, damit ihr es wißt: ich habe einen Brigantenmund, mit doppeltem Zwirn zugenäht.«

Der Mann hielt die Kerze wieder unter seinen Fuß. Severo wand sich mit dem ganzen Körper und versuchte, das Seil zu dehnen, aber der vom Anderen festgehaltene Fuß blieb über der Flamme.

»Traut Euch in Zukunft ja nicht mehr auf die Straße, wenn ich Euch treffe, könnt ihr was erleben.«

»Willst du jetzt reden, ja?«

Der Mann zog die Kerze für einen Augenblick zurück.

»Ich hab' euch doch gesagt, ihr vergeudet eure Zeit.«

Die beiden warfen sich einen schiefen Blick zu, wie in heimlichem Einverständnis, dann ließen sie Severo hängen und gingen hinaus, um sich flüsternd zu beraten. Danach kamen sie in das Gelaß zurück, um einen letzten Versuch zu machen.

»Wenn du jetzt nicht sprichst, dann verbrennen wir dir die Eier.«

»Ich hab' euch schon gesagt, ihr könnt mich auch ermorden und ich spuck' nichts aus.«

Die beiden warfen sich noch einmal einen Blick zu, dann begannen sie schweigend die Knoten des Seils zu lösen, bis Severo wieder auf den Beinen stand.

»Meine Schuhe.«

Sie gaben ihm die Schuhe, die Severo unter Schmerzen anzog, dann begleiteten sie den Humpelnden in die Beletage. Dort stand die Tür offen und der Kardinal erwartete ihn schon. Die beiden Männer verneigten sich, ohne einzutreten, und der Kardinal winkte Severo zu sich heran.

»Schließ die Tür.«

Severo schloß die Tür und näherte sich humpelnd dem Tisch, an dem der Kardinal ihn mit einem Lächeln erwartete, das unter den gegebenen Umständen recht seltsam war.

»Du wolltest den Namen also nicht nennen?«

Severo sah den Kardinal an, ohne zu antworten.

»Ich habe dich nicht gerufen, um dir Vorwürfe zu machen, sondern um dir zu gratulieren.«

Jetzt schwieg Severo, ohne zu verstehen.

»Ich wollte dich auf die Probe stellen. Jetzt weiß ich, daß ich mich auf dich verlassen kann.«

Severo sah den Kardinal verwundert an.

»Und für diese großartige Genugtuung habt Ihr mir die Fersen verbrennen lassen? Habt Ihr gesehen, daß ich ganz krumm laufe? Eure Schergen haben mir beide Füße verbrannt.«

»Die Füße heilen schnell, ich lasse dich verbinden. Und für deine Ehrlichkeit wirst du gerecht belohnt.«

»Wieso Ehrlichkeit, Eminenz, ich bin ein Verbrecher.«

»Ein Verbrecher ja, aber dem, der dir Arbeit verschafft, bist du treu. Diese deine Treue macht viele deiner Missetaten wett. Es gibt wenige, die ein Geheimnis bewahren können wie du. Und jetzt geh hinunter und laß dir von den Frauen des Hauses die Brandwunden verbinden.«

Der Kardinal deutete auf die Tür, und Severo entfernte sich humpelnd.

Von Ostia nach
San Paolo fuori le Mura

Unter einer Sonne, welche die Steine und die Christenköpfe gleichermaßen erglühen ließ, erblindet vom plötzlich aufgewirbelten Staub, begaben sich die Kardinäle und die Konservatoren des Kapitols, die zu Hadrians Empfang zum Hafen von Ostia gekommen waren, auf den langen Marsch nach Rom. Keiner der Kardinäle wagte es, die Kutschen wieder zu besteigen – aus Rücksicht auf den neuen Papst, der bereits unterwegs war auf dem Rücken eines weißen Maultiers, flankiert vom Kaiserlichen Gesandten Manuel auf einem zweiten Maultier, über dessen Farbe uns die Geschichte nichts überliefert hat. Einzig die beiden alten Konservatoren stiegen in ihre Kutschen, da sie sich wegen ihres Alters und in ihrer Eigenschaft als Repräsentanten der weltlichen Macht dazu berechtigt fühlten.

Die Kardinäle und Prälaten des Gefolges machten sich also zu Fuß auf den Weg, müde schon beim Losgehen, und erhitzt unter dem Gewicht ihrer Festgewänder. Mit einer Hand hielten sie die langen Purpurmäntel hoch, und mit der anderen preßten sie sich die großen Hüte auf den Kopf, um zu vermeiden, daß die Stöße des Westwinds sie forttrügen. Von Zeit zu Zeit entblößten die Kardinäle wie die Prälaten des Gefolges das Haupt, um sich Luft zuzufächeln, und um die Fliegen und die winzigen Mücken zu verjagen, die in Wölkchen vom nahen Tiber kamen.

Hadrian ritt an der Spitze des kleinen Zugs und unterhielt sich angeregt mit dem Gesandten Manuel an seiner Seite. Dieses intensive Miteinanderreden, noch dazu in Deutsch, hinderte selbst jene Kardinäle, die sich am nächsten befanden, so sehr sie auch die Ohren spitzten, die Themen dieses Gesprächs zu erfassen, das gewiß von den Bestrafungsplänen des neuen Papstes handelte. Nach den Gerüchten über seine schlechte Gesundheit, zeigte sich Hadrian, der während seiner Reise dem Vernehmen nach Gefahr gelaufen war, seine Seele Gott anheimzugeben, nun erfüllt von einer unerwarteten Kraft.

Die Kardinäle und Prälaten der römischen Kurie, alle zu Fuß, schafften es nicht, Schritt zu halten mit dem Papst, der auf seinem weißen Maultier schnell vorankam. Die Müdesten wurden nach und nach überholt, so daß sie sich ziemlich bald in der Nähe ihrer jeweiligen luxuriösen und mit Wappen versehenen Kutschen befanden, die aus Ehrerbietung gegenüber der demonstrativen Bescheidenheit des Papstes leer hinterherfuhren. Endlich beschlossen die ältesten Kardinäle, unter ihnen Campegio und Colonna, die Reise in der Kutsche fortzusetzen, in der Gewißheit, daß der Papst, ganz vertieft in sein Gespräch mit Manuel, nichts merken würde. Die anderen eminenten Staubfüße litten weiter unter der Hitze, den Fliegen und dem Staub, der sich auf ihren verschwitzten Gesichtern festsetzte. Als sie an einen Brunnen kamen, hielten die Mitglieder des Gefolges an, um ein paar Schluck frisches Wasser aus der Röhre zu trinken und sich die staubigen Gesichter zu erfrischen.

An den Straßenseiten waren die Oleanderbäume ganz weiß vom Staub, aufgewirbelt vom regen Verkehr großer und kleiner Karren während der vergangenen Tage zwischen Rom und Ostia, durch die Fahrten der Arbeiter, welche den noch nach Fisch stinkenden Hafendamm reinigen und die Mole mit bunten Girlanden schmücken sollten. Die ganze römische Kurie befand sich in Furcht vor einer Mißstimmung des flämischen Papstes, und man wollte verhindern, daß seine Nase durch üble Düfte belästigt würde und seine Augen sich auf irgendeinen irdischen Unflat heften könnten.

Die Präfektur der öffentlichen Wege und Ufer hatte versucht, die Straße von Ostia nach Rom mit Wasser besprengen zu lassen, aber diese Unternehmung erwies sich sofort als unmöglich – wegen der Schwierigkeit, die Fässer aus dem Tiber zu füllen, und vor allem weil die starke Sonne die besprengten Strecken sofort wieder ausgetrocknet hätte. So geschah es, daß jeder Tritt der beiden Maultiere an der Spitze des Zugs neuen Staub aufwirbelte, den die Windstöße dann in die Augen der marschierenden Kardinäle bliesen.

Auf der Höhe der kleinen Chiesuola-Kapelle kam dem Zug eine päpstliche Sänfte entgegen, schnellen Schritts getragen von vier Schweizer Gardisten, und gefolgt von weiteren sechs Garden zu Fuß, alle weiß vom Staub, der die Farben der schönen von Michelangelo entworfenen Uniformen verdeckte.

Zunächst sagte Hadrian, daß er lieber weiterhin auf seinem Maultier reiten würde, aber er ließ sich dann doch überreden, zumal die Fliegen ihm *keine Ruhe ließen. Zusammen mit Manuel bestieg er die Sänfte, und stellte die beiden Maultiere den beiden ältesten Kardinälen zur Verfügung, die indes bereits in ihren Kutschen Platz genommen hatten.*

In der Sänfte selbst hatte die päpstliche Vorratsverwaltung ein besonderes Kistchen mit zwei Flaschen frischem Apfelmost deponiert, nach dem es Hadrian, sonst so mäßig in allem, besonders gelüstete, und außerdem ein Körbchen mit Obst – Trauben, Feigen und Pfirsiche. Als der Zug die Höhe der Magliana erreichte, kam unten aus der päpstlichen Sänfte wie aus einem Sieb ein Getropfe, das im Staub der Straße eine deutlich sichtbare Spur hinterließ. Die Mitglieder des Zugs fragten sich, ob der Papst wohl den Apfelmost vergossen habe, was ein schlechtes Zeichen seiner finsteren Stimmung gewesen wäre – oder ob das Tröpfeln sich eher körperlichen Ursachen verdanke. Es blieb ein Geheimnis, zumal später niemand Manuel, geschweige denn den Papst zu fragen wagte.

Kurz vor der Ankunft vor der Basilika von San Paolo fuori le Mura ließ Hadrian die Sänfte anhalten und wollte wieder das Maultier besteigen, nur ungern gefolgt von Manuel. Aber jetzt war das Ziel nah, und endlich noch vor Anbruch der Dunkelheit, erreichte der Papst mit seinem Gefolge San Paolo.

Kardinal Colonna versuchte Hadrian zu überzeugen, sich in eben dieser Basilika krönen zu lassen, weil St. Peter eine einzige Baustelle sei; aber mehr noch, um das Zusammenströmen größerer Menschenmengen in einer Stadt zu vermeiden, wo die Pest jeden Tag ihre Opfer hinmähte und sich unglücklicherweise auch schon unter dem Klerus verbreitet hatte. Indessen gab der Flame Anweisung, daß er am kommenden Morgen alle Kardinäle im Kreuzgang zum Fußkuß empfangen würde, daß jedoch die Krönung dann gemäß der Tradition in St. Peter zu feiern sei.

Dreißig Dukaten

Alle Mitglieder des Heiligen Kardinalskollegiums wurden mittels eines päpstlichen Boten für den Sonntagmorgen in aller Frühe in die Basilika von San Paolo fuori le Mura zusammengerufen, um dort dem neuen Papst den Willkommensgruß zu entbieten und seiner Ansprache nach der Zeremonie des Fußkusses beizuwohnen. Aber es ging das Gerücht, daß Hadrian das Zeremoniell modifizieren wolle, noch ehe er in St. Peter gekrönt wurde, um den Fußkuß, genauer: den Kuß des Pantoffels – den er als eine Entwürdigung der Kardinäle ansah – abzuschaffen, und ihn durch einen einfachen Kuß des Rings zu ersetzen.

Sicher würde der neue Papst, soweit man ihn kannte, nie das herausfordernde Verhalten Leos X. annehmen, der einmal, als er von einer Jagdpartie zurückgekehrt war, die Kardinäle zu sich beorderte, und sich noch in den Stiefeln auf den Päpstlichen Thron setzte. Sollten sie seine verstaubten Stiefel küssen, wie sonst die golddurchwirkten Pantoffeln? Leo X. belustigte sich auf Kosten der Purpurträger, und nachdem er sie mit einem Stiefelkuß gedemütigt hatte, zog er bei anderer Gelegenheit angeblich einen Pantoffel aus und ließ ihn unter den Kardinälen herumreichen, damit sie den Kuß ohne Anstrengung ausführen konnten. Wie schon den allerersten Nachrichten, die seine Boten überbrachten, zu entnehmen war, erschien die Haltung des neuen Papstes von gänzlich anderer Art – stets förmlich, ohne jeden Anflug von Heiterkeit oder Ironie.

Aber das Problem des Pantoffels und des Rings war nur Gegenstand gutmütigen Klatsches. Ganz andere Dinge beunruhigten jetzt die Kardinäle. Es hieß, der neue Papst habe auf seiner

Reise nach Rom einen ziemlich bedrohlichen Satz geäußert: »Die römische Kurie ist voller Flöhe und Läuse.« Behauptungen wie diese lösten Panik aus unter den in Rom residierenden hohen Prälaten, da sie wohl wußten, daß man Flöhe und Läuse erbarmungslos zerquetscht. Wer waren diese Flöhe? Wer waren diese Läuse? Spielte der Papst auf bestimmte Kategorien an, oder handelte es sich um eine allgemeine Äußerung über das römische Parasitentum? Meinte er vielleicht die Schwärme von Dichtern und Dichterlingen, die der verstorbene Leo X. aus allen Teilen Italiens angelockt hatte? Oder bezog er sich gar auf die kostspieligen großen Architekten und Maler, die in den Vatikanischen Palästen und den römischen Kirchen arbeiteten? Bei solchen Mutmaßungen beruhigten sich einstweilen die Gemüter der hohen Prälaten, und sie fühlten sich wundersam unantastbar in ihrer Eigenschaft als Wahrer der Würde des glorreichen Päpstlichen Hofs.

Die wahren Beunruhigungen richteten sich indes mehr auf irdische Probleme. In der Tat fragten sich die Kardinäle – und mit einiger Furcht auch Kardinal Ottoboni – ob der flämische Papst wirklich die Absicht hatte, die »nicht päpstlichen« Benefizien abzuschaffen, die in den vergangenen Jahren das Kardinalsgehalt der Rührigeren unter den Mitgliedern des Heiligen Kollegiums angereichert hatten. Sicher würde das begehrte Amt des Kardinalkämmerers – eines der vornehmsten und ältesten Ämter der Kurie – nicht abgeschafft werden. Es bestand vielmehr die Gefahr, daß mit der Ankunft der Landsleute des Papstes die Konkurrenten sich vermehren könnten.

Für Kardinal della Torre wurde die wahre Gefahr durch Ottoboni repräsentiert, der seine mondänen und kulinarischen Machenschaften weiterhin betrieb. Das ließ ihn als Person, die ihre Energien nicht zu vergeuden pflegte, auf den Gedanken kommen, daß das Amt des Kardinalkämmerers nicht nur alt und ehrwürdig war, sondern auch eine Goldmine für alle, die sich mit den offiziellen Dienstbezügen nicht zufrieden gaben und ihre Aufmerksamkeit auf die Regalien richteten, die sich von diesem Sitz aus leicht ergattern ließen. Also besser keine Zeit verlieren.

Der Kardinal della Torre ließ den Diakon Baldassare zu einem vertraulichen Gespräch rufen.

»Du weißt«, begann er ohne Umschweife, »daß für den nächsten Sonntag, anläßlich der Begrüßungszeremonie für den neuen Papst, alle Mitglieder des Heiligen Kollegiums in die Basilika von San Paolo fuori le Mura beordert worden sind.«

Der Diakon senkte den Kopf als Bestätigung der Information.

»Alle Kardinäle müssen sich vor Tagesanbruch in der Basilika einfinden. Das bedeutet, daß wir unsere Kutschen noch bei Dunkelheit besteigen müssen, wenn man bedenkt, daß die Fahrt von hier nach San Paolo mindestens eine Stunde dauert, und daß die Vorbereitung der Zeremonie noch weitere Zeit in Anspruch nimmt.«

Der Diakon tat, als verstünde er den Sinn dieser immer eindringlicheren Worte nicht.

»Das ist entsetzlich früh, Eminenz.«

»Leo X. hat unsere frühmorgendliche Bereitschaft nie auf die Probe gestellt. Er wußte, daß auch Kardinäle Menschen sind – oft schlecht bei Gesundheit und fast immer schon recht alt.«

»Papst Leos Verscheiden war wirklich ein Unglück.«

»Das größere Unglück ist vielleicht die Wahl Hadrians von Utrecht gewesen, aber ich darf mich nicht darüber beklagen, denn auch ich bin für mein Teil daran schuld.«

»Der Teufel ist nie so häßlich, wie man ihn malt.«

Der Diakon merkte seinen Fehlgriff.

»Verzeiht, ich wollte sagen, daß der neue Papst vielleicht weniger schlimm ist, als man behauptet. Im übrigen weiß man noch sehr wenig über ihn.«

»Genug, um besorgt zu sein. Die ersten Nachrichten lassen das Schlimmste befürchten, vor allem wegen seiner starrsinnigen Unduldsamkeit in bezug auf die Bürokratie. Mit welchen Kriterien wird die Ämterreform durchgeführt werden? Werden wir erleben müssen, daß man die wichtigsten Institutionen mit flämischen Priestern besetzt? Und wer profitiert von dem neuen Durcheinander? Da wäre zum Beispiel das Amt des Kardinalkämmerers, um das ich mich aufgrund meiner Titel und meines Amtsalters mit guten Chancen bewerben kann, sofern der neue Papst nicht eingreift und seinen Landsleuten den Vortritt einräumt. Aber vermutlich wird es mir sowieso von einem Purpurträger gestohlen, der in den vergangenen Monaten genügend Lobeshymnen auf seine eigene Person gesungen und sich durch feierliche Gastmähler und jede Art von Schmeicheleien die Gunst vieler Mitglieder der Römischen Kurie gesichert hat. Dieser Halunke hat sich sogar den Bart scheren lassen, nachdem er die anderen Kardinäle dazu überredet hat, den ihren zu behalten, um dann allein in gutem Licht bei dem neuen Papst dazustehen, der dieses überflüssige Opfer von uns verlangt hat.«

Der Diakon schwieg, um die Fortsetzung der Rede abzuwarten.

»Oder soll ich den Intrigen und Lobhudeleien des Kardinals Ottoboni vielleicht untätig zusehen?«

Der Diakon setzte eine nachdenkliche Miene auf, als Vorwand für sein weiteres Schweigen. Aber der Kardinal akzeptierte diese kalkulierte Zurückhaltung nicht.

»Was meinst du dazu? Und was würdest du mir raten?«

»Ihr habt meinen Rat gewiß nicht nötig, Eminenz.«

»Dann äußere eine persönliche Meinung.«

»Ich glaube nicht, daß das Amt des Kardinalkämmerers eine so große Bedeutung hat für einen Mann wie Euch.«

»Du irrst dich«, fiel ihm der Kardinal ins Wort, »sogar eine äußerst große. Für meinen Stolz, meine familia, und wegen der größeren Autorität, die meine Person dadurch gewinnt.«

»Verzeiht, Eminenz, aber es besteht die Gefahr, daß dieses Amt am Ende Eure wahre Autorität verbirgt – jene, die direkt von Eurer Person ausgeht und nicht von dem Gewand, das Ihr tragt, oder von den Titeln, die Euch verliehen werden.«

»Hast du denn nicht begriffen, daß es eben dieses Gewand ist, das mir Autorität verschafft? Du weißt doch, daß man uns auch deshalb Purpurträger nennt, weil der Purpur inzwischen zu unserer Person gehört. In Byzanz durften nur die Kaiser Purpur tragen, allen anderen war er verboten. Man sagt, die Kutte macht noch keinen Mönch, aber ich behaupte, daß sogar ein Kardinal von seinem Gewand gemacht wird. Ich übertreibe natürlich, aber im Grunde ist die ganze Liturgie nichts weiter als ein System von Formalitäten, in welchem die Erscheinungen die Substanz bestimmen.«

»Ich kann Euch nicht folgen, Eminenz. Ihr habt den Purpur mit Euren Verdiensten erworben, er ist ein Ehrentitel, der auf Eurer Person beruht, nicht umgekehrt.«

»Deine Naivität rührt mich. Den Purpur habe ich mit klingender Münze bezahlt, denn ich kannte seinen Wert. Der Purpur ist sicherlich ein Titel der Ehre und des persönlichen Verdiensts, aber als Instrument der Überzeugung und der Macht ist er mehr wert als ein Schwert. Und das Amt des Kardinalkämmerers stellt mich sogar an die Spitze eines Heers, wie es die Hochwürdige Apostolische Kammer de facto ist. Kardinal Ottoboni wollte auf den Befehl des Papstes hin als einziger bartlos auftreten, denn er wußte, wie wichtig der äußere Schein ist. Ich habe beschlossen, mir meinen ebenfalls zu scheren, auch wenn es ein großes Opfer für mich bedeutet, denn so kann ich dem neuen Papst mit glattem Kinn entgegentreten und von derselben List profitieren, die mein Widersacher für sich ausgeklügelt hat.«

Mutig zerrte der Diakon an der Schlinge, die der Kardinal immer enger um seinen Hals festzog.

»Da Ihr über das Schwert des Purpurs verfügt, dürftet Ihr nicht die Notwendigkeit fühlen, zu anderen Mitteln zu greifen.«

»Wenn ein Purpur auf einen anderen Purpur stößt, was bleibt mir dann anderes übrig, als nach den äußersten Mitteln zu greifen? Sag mir nun ehrlich deine Meinung, und behalte dabei im Sinn, daß gerade du den Eingriff der Hexe Zenaide gewünscht hast.«

Der Diakon wollte mit einer prinzipiellen Stellungnahme antworten.

»Ich bin gegen Gewalt, und zwar gegen jede. Das habe ich gelernt, seitdem ich diese Kutte trage.«

»Du weißt, daß das Sakrament der Firmung dich zum Soldaten Gottes gemacht hat? Willst du das Schwert oder den Dolch zurückweisen, den Gott dir in die Hand gelegt hat?«

»Das mit dem Soldaten ist eine Metapher, Eminenz. Konkret betrachtet wißt auch Ihr, daß ich keinerlei militärische Begabung habe.«

»Ich verlange nicht von dir, daß du gegen meine Feinde in den Krieg ziehst. Aber es wäre jetzt an dir, mir deine Hilfe anzubieten, um gemeinsam mit mir meine Schwierigkeiten zu überwinden.«

»Leider bin ich ein schwacher Mensch, und – ich muß es gestehen – absolut untauglich feige schüchtern und linkisch. Auch deshalb bin ich stets für friedliche Lösungen.«

»Ich ziehe stets die schnellen und radikalen Lösungen vor.«

»Nicht alle haben Euer Temperament, Eminenz.«

»Dann will ich mich klarer ausdrücken. Ich habe mich an dich gewandt, weil ich nicht mit dem Teufel kommunizieren kann, der von deinem Leib Besitz ergriffen hat; andernfalls hätte ich mich direkt an ihn gewandt. Im übrigen weißt du, was du tun sollst, und du weißt auch, daß ich dir nie die Verantwortung für eine Tat aufbürden möchte, die sich als notwendig erwiesen hat, auch wenn ich sie in meiner Eigenschaft als Diener der Kirche mit all meiner Kraft mißbillige.«

»Ihr bringt mich in große Verlegenheit, Eminenz. Ich weiß überhaupt nichts; ich weiß nicht, was ich für Euch tun soll, und wie und wo und wann. Sagt mir in klaren Worten, ob ich einen Mord begehen soll. Und ob es ein Vorschlag ist oder ein Befehl.«

Der Diakon hoffte, den Kardinal, der nie gewagt hätte ausdrücklich einen Mord zu bestellen, in Schwierigkeit zu bringen.

»Ich wiederhole, daß du keinen Mord begehen wirst. Es wird der Teufel sein, der deine Hand führt.«

»Aber wenn sie mich fassen und mich prügeln, wem gelten dann die Prügel, mir oder dem Teufel? Ich habe Euch gesagt, daß ich ein Feigling bin, Eminenz, und ich fürchte und mißbillige jede Gewalt gegen Menschen, ganz gleich welches der Beweggrund und wer das Opfer ist.«

»Du stellst ein Problem, das bereits erwartet wurde und das schon gelöst ist. Zunächst einmal wirst du vermeiden, verprügelt zu werden. Wenn du mit Umsicht handelst, dann kann schwerlich jemand Hand an dich legen. Nach dem was unser alter Kammerherr entschieden hat, wirst du die Kleider eines Burschen von der Straße tragen, wodurch du beweglicher bist, sowohl bei der Tat als bei der Flucht, für die dir ein schneller Zweiradkarren zur Verfügung steht. Wenn du am besagten Ort ankommst, ist es noch dunkel, aber die Persönlichkeit, von der wir reden, mit anderen Worten das Opfer, wird im feierlichen Ornat erscheinen, und deshalb besteht keine Gefahr, daß du dich irrst und eine unschuldige Person triffst. Du wirst sehen, daß alles leichter ist als du denkst. Viele junge Nichtsnutze verüben heute Dutzende von Morden in unserer Stadt, und sie tun es mit großer Leichtigkeit, ja sogar mit Lust. Leider geschieht es immer aus Rache oder Habgier, eine äußerst betrübliche Sache. Dagegen wird der Teufel in dir durch deine Hand zum Wohl der Gerechtigkeit wirken gegen die vielen Übergriffe und die Arroganz, die das Chaos ins Herz der römischen Kirche bringen. Ich muß dich jetzt noch daran erinnern, daß du beim ersten – von dir gewollten – Versuch, den Satan durch die Hexe Zenaide handeln zu lassen, gescheitert bist. Ich bin sicher, daß du diesmal nicht scheiterst.«

Der Diakon Baldassare schwieg. Er hätte nie gedacht, daß der Kardinal sich so klar und kategorisch ausdrücken könnte. In diesem Salon mit den spiegelbehängten Wänden spürte er die unverwechselbare Präsenz des Teufels, der mit seinem Schwanz um sich schlug, um Unordnung und Gewalt in die Welt zu bringen, und der den wohlbekannten Schwefelgeruch verströmte. Er wischte sich mit dem Handrücken den Schweiß von der Stirn und wiederholte das Geständnis seiner Unfähigkeit wie eine Litanei. »Ich habe es Euch schon gesagt, aber aus Ehrlichkeit und Umsicht muß ich es noch einmal wiederholen, daß ich weder das Schwert noch den Dolch zu benützen verstehe.«

»Du tust gut daran, mich noch einmal an deine Sorge zu erinnern, denn ich möchte dir dazu etwas sagen. Du mußt wissen, daß ich mich erst gestern Abend vor dem Einschlafen in die Lektüre alter persischer Märchen vertieft habe. Lesen war seit jeher ein wirksames Mittel für mich, um mir den Schlaf gewogen zu machen – besser als jeder Kräutertee oder Schlaftrunk. Ich las also ein Märchen mit dem Titel ›Der große Schelm von Schiraz‹, in dem eine Frau, die ihrem Mann Geld abknöpfen möchte, um zehn Goldmünzen mit ihm wettet, daß es ihr gelingen wird, mit einem Dattelkern einen Kürbis zu treffen. Er geht auf die Wette ein, will es aber als erster versuchen. An diesem Punkt heißt es in dem Märchen, daß der Mann den Dattelkern auf die Spitze des Zeigefingers legt und ihn mit dem Daumen wegschnippt. Du wirst mich fragen, warum ich dir diese Einzelheit erzähle. Ich erkläre es dir sofort. Mich hat die Gebärde interessiert, mit der er den Dattelkern weggeschleudert hat, denn sie entspricht genau derjenigen, die unsere jungen Burschen anwenden, wenn sie mit Murmeln spielen – tausendfünfhundert Jahre später. Es gibt also Gebärden, die zur menschlichen Natur gehören, so wie Fußtritte austeilen oder sich an der Nase kratzen. Dazu gehört auch die, unsere Feinde mit einer scharfen Klinge zu durchbohren.«

»Kardinal Ottoboni ist nicht mein Feind«, sagte der Diakon schüchtern.

Der Kardinal setzte seine Rede fort, ohne ihm zuzuhören, so als hätte er gar nicht gesprochen.

»Um diese Bewegungen auszuführen, brauchst du nicht zur Schule zu gehen oder zu üben, denn es handelt sich um eine natürliche Gabe des Menschen. Ich halte dir diese lange Rede, um dir zu sagen, daß du dir wegen deiner Unerfahrenheit keine Sorgen zu machen brauchst. In Jahrhunderten, ja in Jahrtausenden, Generation auf Generation, hat der Mensch gelernt, den Dolch zu benützen, wenn sich die Notwendigkeit dafür ergibt. Ich habe gehört, daß sogar die Indianer im Neuen Kontinent, die vor den Priestern fliehen wie wilde Tiere – eine primitive Rasse voller Laster und Roheit – große Experten im Gebrauche der Klinge sind, um ihre Mitmenschen zu töten. Und warum glaubst du verübt man in Rom in dieser Zeit so viele Morde? Weil töten leicht ist – sogar zu leicht, wenn man die Tatsache bedenkt, daß der größte Teil dieser Verbrechen aus unlauteren Gründen verübt wird.«

Der Kardinal machte eine Pause, während der Diakon schwieg, überwältigt von diesem Gespräch.

Konnte das wirklich alles wahr sein, was seine Ohren vernommen hatten? Einen Moment lang erschauerte der Diakon, wie in einem Alptraum, so unwirklich und kränkend erschien ihm die Lage, in die man ihn verwickelt hatte, mit einer Intensität, die Tag um Tag gestiegen war, bis zu dem Augenblick, als Kardinal Cosimo Rolando della Torre, der ihm im Spiegelsalon gegenübersaß, ihn mit klaren Worten aufforderte, den Kardinal Valerio Ottoboni zu töten. Ich möchte mir die Ohren abschneiden, die diesen bösen Worten gelauscht haben, sagte der junge Diakon zu sich selbst.

Unaussprechliche Verbrechen und Schändlichkeiten hatten die Herrschaft der Borgia mit Blut befleckt, aber das waren nunmehr ferne Zeiten, die man besser vergaß. Hatte sich also seit damals nichts geändert? Und ausgerechnet ihm, dem armen Unglücksraben, mußte es geschehen, im Zentrum dieser unseligen Geschichte zu stehen? Mißgeschicke und infame Zufälle waren wegen des verfluchten Niesens über ihn hereingebrochen, und seine wiederholten Versuche, ihnen zu entkommen, waren alle vergeblich geblieben.

Die Stimme des Kardinals, zugleich liebevoll und diabolisch, riß ihn aus seinen Gedanken.

»Auch wenn Töten leicht ist, wirst du natürlich eine Belohnung bekommen, sobald das Werk vollbracht ist.«

Nein, das ist kein Werk, sagte sich der Diakon noch einmal in einem raschen Gedanken, das ist kein Werk, sondern ein Mord.

»Ich danke Euch, aber ich möchte keine Belohnung, Eminenz, denn der wahre Verantwortliche ist, wie Ihr gesagt habt, der Teufel. Deshalb müßt Ihr den Teufel belohnen. Er verdient eine Belohnung, nicht ich.«

Der Kardinal schien beleidigt. Er verharrte eine Weile reglos wie ein Stein, dann zog er ein Säckchen mit klingenden Münzen aus einer Lade. Der arme Diakon glaubte noch einmal einen Augenblick lang, vor dem als Kardinal verkleideten Leibhaftigen zu stehen, und hätte er einen Dolch in der Hand gehabt, dann hätte er ihn vielleicht zu gebrauchen gewußt. Der Teufel saß nicht in seinem Körper, sondern hier vor ihm, unter diesem purpurnen Gewand, hinter diesem bösen Blick.

»Hier sind dreißig Golddukaten, die du inzwischen deiner Schwester Fiorenza übergibst. Mit diesem Geld kann sie sich von einem ehrlosen Leben freikaufen. Es ist ein schönes Sümmchen, und ebenso viel bekommst du auch, wenn du nach Vollendung deiner Mission zurückkehrst.«

Dreißig Silberlinge wie Judas, dachte der Diakon. Er nahm die Tasche voll Münzen und wog sie in der Hand, als ob er ihren Wert und ihre greifbare Substanz prüfen wolle. Es war aber nur seine Verlegenheit und die Scham, den Preis für seine Schandtat in der Hand zu halten. Noch nie im Leben hatte er eine solche

Summe berührt, und jetzt fühlte er, daß sein Gewissen im Begriff war, verführt zu werden, und daß seine so eng umgrenzte Sicht der Welt sich zu einem Horizont ausweitete, der gänzlich neu und voller Abenteuer für ihn war. Das Säckchen mit Münzen hatte ihn einen Augenblick von der Verpflichtung abgelenkt, die nun, nach all den Ausweichmanövern, wie ein unausweichliches Schicksal auf seinen Schultern lastete. Sein Gewissen zuckte in einem letzten Aufbegehren. Er entschloß sich abzulehnen, und dem Kardinal das Satansgeld – diese Besiegelung einer schändlichen Erpressung – zurückzugeben. Nie würde er dieses Geld annehmen, nie und nimmer.

»Ich danke Euch für Euer großzügiges Geschenk, Eminenz. Meine Schwester wird glücklich darüber sein, und ich wünsche mir, daß sie ihr Leben mit Hilfe dieses Geldes ändern kann.«

Seine Worte hatten einen ganz anderen Weg eingeschlagen als seine Gedanken.

»Mit diesem Geld«, sagte der Kardinal, »kann sie sich eine kleine Unterkunft kaufen, und das ist der erste Schritt zur Unabhängigkeit. Eine entsprechende Summe bekommst auch du, und kannst völlig frei und unumschränkt darüber verfügen.«

»Ich hatte noch nie in meinem Leben mit so viel Geld zu tun.«

»Du wirst sehen, daß der Teufelskot nicht so übel riecht wie man sagt, und wenn du ihn mit Maß und Klugheit benützt, dann kann er dich zu ehrlichen und für dich und deinen Nächsten vorteilhaften Handlungen beflügeln.«

Der Diakon hörte nicht mehr auf die Worte des Kardinals, er verfolgte andere Gedanken, die ihn zu einem letzten verzweifelten Versuch von Flucht und Befreiung bewegten.

»Ich hoffe, Ihr gestattet mir, Euch noch einmal zu wiederholen, Eminenz, daß die Aufregung meine Hand sicherlich zittern läßt. Da ich fürchte, durch meine Aufregung zu scheitern, möchte ich im Fall eines Mißerfolgs nicht Euren Zorn auf mich ziehen.«

»Der Zorn paßt nicht zu dem Gewand das ich trage, aber ich

hoffe trotzdem, daß du mir keine Gelegenheit dazu gibst. Du weißt, daß sich auch unter den feierlichen Gewändern des Papstes das abscheuliche Laster des Zorns verstecken kann. Du wirst gehört haben, daß Papst Julius II. fluchte und bedrohlich und schrecklich wurde, wenn jemand versuchte, seine Pläne zu durchkreuzen. Ich weiß nicht, wie ich auf ein Scheitern deinerseits reagieren würde, aber wenn ich vom Zorn gepackt werde, dann bist du der Schuldige, und ich habe einen weiteren Grund, dich zu bestrafen.«

Das war eine Drohung. Der Diakon erkannte sofort die Gefahr, die sich über seinem Kopf zusammenballte. Er biß die Zähne zusammen und sagte sich, daß es für ihn vor allem darauf ankam, nicht zu scheitern. So wie die Dinge jetzt lagen, hätte ein Irrtum oder ein Scheitern wer weiß welche grausamen Rachegelüste beim Kardinal erzeugt.

»Die nötigen Instruktionen wirst du in allen Einzelheiten vom Truchseß des Hauses bekommen«, sagte der Kardinal, wie um das Gespräch zu beenden.

Der Diakon hatte eine plötzliche Eingebung – ein Trugbild der Rettung.

»Warum schickt Ihr ihn nicht, Eminenz? Er ist es gewöhnt, mit Messern umzugehen und kann den Dolch gewiß besser handhaben als ich.«

»Der Truchseß ist ein alter Halunke, den ich vor vielen Jahren von der Straße aufgelesen habe, und auf den ich mich blind verlassen kann. Er ist ungemein erfahren in seiner Arbeit und weiß wie wenige andere mit Messern umzugehen, wenn er bei Tisch das Fleisch tranchiert, aber er ist ein primitiver Mensch mit einem schwachen Verstand, emotional und gelegentlich auch raufsüchtig, und ganz und gar unfähig, nach einem Programm zu handeln und ein Ziel zu verfolgen. Der Truchseß wird dir die nötigen kleinen Instrumente aushändigen, er wird dir ein passendes Kostüm verschaffen und dir ein paar praktische Anweisungen geben, weiter nichts. Dagegen wird der Kammerherr das

Programm für dich machen und dir seinen Dienstwagen mit einem erfahrenen Kutscher leihen, der wiederum der Truchseß sein könnte. Und jetzt solltest du beim Kammerherrn vorbeigehen und dir von ihm die Anweisungen und die Karnevalsmaske geben lassen, die du übers Gesicht ziehen wirst, um nicht erkannt zu werden. Der Teufel zwingt dich zu handeln, aber er befaßt sich nicht mit der Verfahrensweise, da verläßt er sich ganz auf uns.«

»Soll das heißen, daß wir, statt uns des Teufels zu bedienen, uns in seine Dienste stellen? Es ist eine Schande, daß wir uns auf einen so schimpflichen Handel einlassen.«

»Wir haben Gott auf unserer Seite. Gott sieht uns und billigt unser Tun.«

»Ich hoffe, Eminenz, daß Gott zu dieser dunklen Morgenstunde noch schläft und überhaupt nichts sieht.«

»Wir wissen, daß das Böse nur durch das Böse bekämpft werden kann. Und die Gewalt durch die Gewalt.«

Der Kardinal streckte dem jungen Diakon die Hand hin, der zerstreut den Ring küßte und dann das Zimmer verließ, den bitteren Geschmack der Niederlage im Mund, und das unheimliche Echo jenes Satzes in den Ohren, den er schon mehr als einmal vom Kardinal gehört hatte: daß man das Böse nur mit dem Bösen bekämpfen kann.

Abends, als er sich in seine Kammer zurückzog, stieß der Diakon als erstes die Fenster auf, weit in die Dunkelheit hinaus, um sich an der frischen Abendluft zu erquicken. Stattdessen strömte eine Wolke schwüler Luft herein, und vor seinen Augen erschienen die grauen Umrisse der Häuser vor einem finsteren und kompakten Himmel, da und dort durch die Feuchtigkeit des Flusses verschleiert. Vor diesem Szenarium erschien vor seinen Augen plötzlich ein flatternder Purpurmantel am Himmel, und auf dem Mantel ein großer Blutfleck. Der Diakon starrte auf dieses Bild: welches war der Unterschied zwischen dem Rot des Blutes und dem des Purpurs? Das Blut ist eine Spur dunkler, neigt zur Rostfarbe, während der Purpur ein ganz und gar leuchtendes Rot ist. Dieser Blutfleck auf dem Kardinalspurpur zeigte sich vor seinen Augen mit allen Variationen, die seine Phantasie ihm eingab, und es gelang schließlich erst dem Schlaf und der Müdigkeit, die beiden Farben, die sich ohne Unterlaß übereinanderschoben und vermischten, wieder zu löschen.

Während er im Begriff war einzuschlafen, den Kopf voller Fragezeichen, kam ihm der verrückte Anspruch jenes unbekannten Schreibers in den Sinn, der behauptete, den Beweis des Absoluten zu besitzen. Wie relativ ist doch alles in dieser Welt, dachte der Diakon Baldassare, nicht nur die Farben des Purpurs und des Bluts, sondern sogar das Verhalten Gottes, der seinen Schutz und sein Wohlwollen nach unerforschlichen Ratschlüssen oder Zufällen verteilt. Wie weise hatte jene Ratte gehandelt, als sie das anonyme und absurde Pergament zernagte!

Zwei Ohren und nur eine Zunge

Am Abend des zweiten Tags nach seiner bewegten Ankunft im Haus des Kardinals Ottoboni schlief Severo gerade oder träumte von irgendeiner finsteren Gaunerei, als ein Bediensteter seine Kammer im Erdgeschoß betrat, um ihn zu wecken und ihm zu sagen, daß er in ein neues Quartier umziehen müsse. Severo fiel aus allen Wolken.

»Jagt ihr mich weg?«

Der Bedienstete beruhigte ihn und sagte, daß der Umzug auf Weisung des Kammerherrn geplant und vorbereitet worden sei. Severo schlüpfte in seine Schuhe, aber er mußte sich nicht anziehen, weil er aus alter Gewohnheit in allen Kleidern schlief. Der Dienstbote ließ ihn auf einen Karren steigen, der von einem schwarzen Maultier gezogen wurde, dann machten sie sich gemeinsam auf den Weg zum Borgo.

Der ohnehin wortkarge Bedienstete konnte oder wollte keine Erklärung für diesen Umzug geben. Severo war bereits zu Ohren gekommen, daß er einen Auftrag bekommen sollte, aber er wußte noch nichts davon, daß man ihn in ein Refugium umquartieren würde, von wo aus er am folgenden Sonntag vor Morgengrauen aufbrechen und wo er sich nach vollendeter Mission verstecken sollte.

»Du hast wohl gedacht, du bist bei uns in Pension?«

»Das wäre recht bequem gewesen.«

»Ich weiß von nichts, aber für das Haus des Kardinals bist du vielleicht ein unbequemer Gast.«

Der Zweiradkarren überquerte den Circus Agonalis, der noch mit den Resten des Markts übersät war – Körbe ohne Boden,

Haufen von Kohlstrünken und verfaultes Obst –, dann fuhr er durch die völlig menschenleere Via Tor Sanguigna bis zum Tiber, überquerte rasch die Engelsbrücke in Richtung Borgo, wo er vor einer gänzlich mit Nägeln beschlagenen Haustür im Bleigäßchen hielt. Der Bedienstete ließ Severo absteigen und führte ihn in eine kleine Behausung, zwei nebeneinander liegende Kammern im Erdgeschoß, notdürftig möbliert, mit zwei kleinen Fenstern zur Straße und einem Brunnen an einer Wölbung der Wand neben der Feuerstelle in der Küche. Beim Abladen eines Sacks mit Vorräten ließ er sich von Severo helfen und schickte sich an, ihn beim Licht einer Kerze zurückzulassen.

»Und was soll ich jetzt tun?«

»Nebenan ist ein Bett, du kannst dich in Frieden wieder schlafen legen.«

»Und dann?«

»Später kommt der Kammerherr und lehrt dich ein wenig Latein.«

Der Dienstbote ging hinaus, um wieder auf den Karren zu steigen, aber Severo rief ihn noch einmal zurück.

»Und der Hausschlüssel? Ist das hier ein Gefängnis?«

»Den gibt dir der Kammerherr. Vorläufig brauchst du keinen.«

Der Bedienstete verschloß die Tür von außen und fuhr auf dem Karren davon.

Am selben Abend hielt vor dem kleinen Tor von Severos neuer Wohnung im Bleigäßchen eine Dienstkutsche ohne Wappen, und ihr entstieg der Kammerherr des Kardinals Ottoboni. Der bejahrte Prälat schlüpfte mit gesenktem Kopf behende ins Haus, als fürchte er, von indiskreten Augen gesehen zu werden.

»Monsignore«, sagte Severo gleich, »Ihr müßt mir sagen, was ich hier soll. Ich bin etwas schwer von Begriff, Monsignore.«

»Gefällt es dir nicht? Es ist eine Wohnung zu deiner Verfügung, mit den nötigen Bequemlichkeiten. Hier ist der Schlüssel.«

»Für einen Tag, eine Woche, einen Monat? Laßt mich was wissen über mein Schicksal, beim Heiligen Christkind!«

»Für ein Jahr. Du kannst ein Jahr lang hier wohnen, geschützt vor Sonne und Regen. Ist dir das recht? Gefällt dir diese Wohnung?«

»Ob sie mir gefällt? Und wie! Es ist eine hochherrschaftliche Wohnung für einen Verbrecher wie mich.«

Severo deutete auf die Bank vor dem Kamin. Dann nahm er einen Unterrock und zwei beinerne Haarnadeln von einem kleinen Sessel und zeigte sie dem Monsignore.

»Hier ist eine Frau gewesen, und zwar eine junge, wenn Ihr Euch mal die Maße anseht, und nicht schlecht geformt. Was wollt Ihr mir da bieten – ein Haus mit einer Frau drin? Wie soll ich das verstehen?«

Der Kammerherr lächelte amüsiert. Dann sah er Severo eindringlich an.

»Du weißt sicher auch, daß viele Huren lieber hier im Borgo wohnen als im Ortaccio. Hier sind sie näher bei den Pilgern, bei der vatikanischen Priesterschaft und bei denen, die von auswärts kommen und ein Bett zum Übernachten brauchen. Für ein Bett, das ihnen von einer Hure angeboten wird, zahlen die Pilger und die auswärtigen Priester bereitwilliger als für ein leeres Bett. Deshalb ist es möglich, daß dieses Haus an eine von diesen Frauen vermietet war, die alle auch ganz kopflos sind wegen der Ankunft des neuen Papstes. Da hast du die Erklärung für das Kleidungsstück.

»Ihr habt mich auf komische Gedanken gebracht, Monsignore.«

»Ich kann dich verstehen, jeder hat seine Wünsche, aber man muß lernen, sie für gute Gelegenheiten aufzubewahren, und die kommen nicht alle Tage.«

»Und Ihr macht es so?«

»Ich mache es so.«

»Ich hab' ja nur gesagt, mir gefällt die Wohnung, aber die, die da dringesteckt hat«, und Severo deutete nochmals auf den Unterrock, »würde mir noch mehr Freude machen. Ich rede nur so dahin, weil ich eine Zunge im Mund hab, Monsignore, Ihr müßt nicht darauf achten.«

»Der Mensch hat zwei Ohren und nur eine Zunge. Dem Kardinal hast du gefallen, weil du schweigen kannst, drum phantasier' jetzt nicht so herum. Wir haben dir diese Wohnung gegeben, um dich zu verstecken und nicht zu deinem Vergnügen.«

Bei diesen Worten des Kammerherrn spitzte Severo sofort die Ohren.

»Verstecken wovor?«

»Du wirst eine Weile versteckt bleiben müssen, soviel ich weiß.«

»Warum muß ich mich verstecken? Stehe ich nicht unter Eurem Schutz?«

»Vom kommenden Sonntag an kennen wir dich nicht mehr – wie nie gesehen und nie gekannt. Dies ist ein sicheres Haus mit einer doppelten Eichentür und Gittern an den Fenstern, die sogar einen Ansturm von Landsknechten aushalten würden.«

Bei diesen Worten des Kammerherrn schien Severo sich zu beruhigen.

»Die Lanzis kommen hier nicht herein, Monsignore, aber die Küchenschaben, da möcht' ich wetten. Vor denen graut mir mehr, Ehrenwort, hochverehrter Monsignore. Ekelhaft.«

»Du bringst's also nicht fertig, Küchenschaben zu töten. Einen Menschen ja und eine Küchenschabe nicht?«

Severo sah den Kammerherrn mit einem spitzbübischen Lächeln an.

»Was für ein Schlaukopf Ihr seid, Monsignore, Ihr seid wirklich ein Schlaukopf.«

Der Kammerherr wußte, daß er ein Schlaukopf war. Er lächelte ganz dünn.

»Ich bin nicht hergekommen, um dir zu sagen, daß du Küchenschaben töten sollst, mein lieber Severo.«

»Vielen Dank. Wen soll ich nun also umbringen?«

»Dem Kardinal hast du gefallen, das hab' ich schon gesagt, weil du den Mund halten kannst.«

»Aber das Spielchen mit der Kerze, das hat mir gar nicht gefallen, überhaupt nicht.«

»Durch das Bestehen dieser Probe hast du dir das Vertrauen des Kardinals erworben und hast dir für ein Jahr diese Wohnung verdient.«

»Und was verlangt Ihr dafür?«

»Versuch's zu erraten.«

Severo hatte verstanden und zeigte noch einmal ein boshaftes Lächeln.

»Sagt mir, wen ich umbringen soll, und ich geh' hin und befördere ihn ins Jenseits. Ich habe dem Kardinal erklärt, daß das mein Beruf ist.«

Der Kammerherr hatte diese Antwort erwartet, aber nicht so direkt, deshalb war er für einen Augenblick sprachlos.

»Ich habe nichts von Umbringen gesagt. Du bist es, der mir das vorschlägt.«

»Ich bin es gewöhnt, daß mich manchmal einer bittet, jemanden umzubringen. Ich sage ja oder sage nein, je nach Lust und Laune und je nach Bezahlung, denn das ist meine Arbeit. Aber für den Kardinal arbeite ich umsonst.«

Der alte Prälat wußte nicht, wie er auf so viel Freimut reagieren sollte. Er hatte gedacht, daß es schwierig für ihn sein würde, mit diesem Grobian einig zu werden, aber jetzt, wo Severo sich selbst als gedungenen Mörder vorgeschlagen hatte, war plötzlich alles ganz einfach.

»Dieses Haus für ein Jahr und dreißig Dukaten in klingender Münze. Ist dir das recht?«

»Was für ein Schlaukopf Ihr seid. Ihr verlockt mich mit einer schönen Beute, aber Ihr sagt mir nicht, wen ich umbringen soll. Auch nicht, ob es sich um eine gefährliche Arbeit handelt.«

Der Kammerherr überwand noch einmal ein kurzes Zögern, bevor er ihm den Namen des Opfers nannte.

»Du kennst den Namen des Kardinals della Torre?«

»Natürlich.«

»Übermorgen früh wird er sein Haus an der Piazza dell' Oro vor Sonnenaufgang verlassen und zusammen mit seinem Kammerherrn, dem Dekan und einem anderen Herrn des Hauses eine Kutsche besteigen, die ihn zur Basilika des Heiligen Paulus bringen soll, um den Papst zu begrüßen, der aus Spanien ankommt.«

Eine plötzliche Freude erleuchtete Severos Gesicht.

»Ein Kardinal! Ihr macht mir ein Riesengeschenk! Ich habe noch nie einen Kardinal umgebracht, mein Ehrenwort. Das ist wie Honigschlecken.«

»Ich habe dir lediglich gesagt, daß der Kardinal della Torre übermorgen vor Sonnenaufgang seinen Palast verläßt, etwas anderes habe ich nicht gesagt.«

»Mein Mund bleibt verschlossen, da könnt Ihr ruhig sein, kein Sterbenswort.«

»Gibt es noch etwas, das du brauchst?«

Severo dachte eine Weile nach.

»Ich habe mein Werkzeug nicht dabei. Ich bräuchte eine doppelte Schneide.«

»Eine Schneide?«

»Einen kleinen Dolch. Ich kann auch mit einem Schlächtermesser arbeiten, aber diesmal ist es eine Arbeit, die nach allen Regeln der Kunst ausgeführt werden muß, schnell und sicher. Ich darf Euch kein Hackfleisch liefern, es ist das erste Mal, daß ich einen Kardinal absteche.«

»Du findest alles dort in dem Sack.«

»Und weiter?«

»Du mußt vor Sonnenaufgang am Ort sein, das ist hart. Ich schicke dir einen Mann, der dich aus dem Bett holt.«

»Brauch' ich nicht.«

»Und ich schick ihn dir trotzdem. Du scheinst mir ein großer Schlafratz zu sein.«

»Wie Ihr wollt.«

»Gleich danach kommst du hierher zurück und verläßt mindestens eine Woche lang nicht das Haus.«

»Und was soll ich essen?«

Der Kammerherr deutete auf den Sack, den der Bedienstete abgeladen hatte und der noch geschlossen war.

»Da drin sind die Vorräte für nachher. Aber niemand kann dir helfen oder dich nach Hause bringen. Du mußt dich auf deine Füße verlassen. Wenn du willst, schicke ich dir einen Mann mit einem Karren, der dich hinfährt, aber zurückkommen mußt du zu Fuß und allein.«

»Es genügt mir, daß Ihr mir nicht die zwei Kakerlaken schickt, die mir die Fersen verbrannt haben. Wenn sie den Fuß in dieses Haus setzen, kommen sie nicht mehr lebendig heraus. Ich schlitze allen beiden den Bauch auf, Ehrenwort.«

Der Kammerherr sah ihn bekümmert an.

»Sie haben auf Befehl des Kardinals gehandelt, du darfst ihnen nicht böse sein.«

»Sie haben mir die Fersen verbrannt, das hab' ich Euch gesagt. Sie sollen mir ja nicht unter die Augen kommen, sonst bring' ich sie um.«

»Gut gut. Ich schicke dir einen Dienstboten mit einem Karren, der dich zur Piazza dell'Oro fahren wird. Dann mußt du dich selbst zurechtfinden. Gewöhnlich verläßt der Kardinal das Haus zusammen mit den Personen seines Gefolges und dem Kutscher. Das sind alles ältere Leute und schlecht auf den Beinen.«

»Soll ich sie alle töten?«

»Was hast du da nur begriffen? Das wäre ein Irrtum und auch ein unnötiger Schurkenstreich, denn es handelt sich um unschuldige Personen.«

»Diese Riesenameisen haben Augen im Kopf und könnten mich wiedererkennen. Einer mehr oder weniger, was macht das schon aus?«

Der Kammerherr sah ihn strafend an.

»Du bindest dir ein Tuch vors Gesicht. Muß ich dir wirklich alles sagen?«

Severo nickte zustimmend.

»Und jetzt mach den Sack auf. Alles was drin ist gehört dir.«

Severo öffnete den Hanfsack und begann die Waren eine nach der anderen auf den Küchentisch zu legen, wobei er sie einzeln aufzählte.

»Ein frischer Ziegenkäse, vier halbgelagerte Ziegenkäse, zwölf getrocknete Brote, zwei gelagerte Schweinswürste, ein Stück Bauchspeck, Kartoffeln und rohe Zwiebeln, drei Knollen Knoblauch, ein Säckchen grobes Salz, vier Töpfchen Honig, wie mir scheint, getrocknete Pflaumen und Birnen, ein Fäßchen Ich-weißnichtwas.«

»Das sind dreißig Maß Weißwein aus Frascati. Und wenn die Vorräte aufgebraucht sind, dann kannst du sie mit den dreißig Dukaten, die du von einem unserer Dienstleute erhältst, nach Belieben ergänzen.«

»Das ist so eine Menge Zeug, daß ich ein schönes Fest feiern könnte, mit den Dirnen vom Ortaccio. Oder mit denen vom Borgo, die sind sogar besser.«

Der Kammerherr warf Severo einen vernichtenden Blick zu, der wieder im Sack wühlte und ganz unten etwas in ein Tuch Eingewickeltes herauszog.

»Das hier ist versiegelt, ich weiß nicht, was drin ist.«

Der Kammerherr machte ihm ein Zeichen, es zu öffnen. Severo erbrach das Siegel des Bündels und zog zwei kleine, feine und funkelnde Dolche heraus. Er nahm sie in die Hand, berührte die Spitzen mit der Fingerkuppe, zog zuerst eine und dann die andere Klinge über die Zunge, um die Qualität der Schneiden zu prüfen. Dann schnalzte er anerkennend.

»So was Feines hab' ich noch nie gesehen. Ist das geliehen oder ist es ein Geschenk?«

»Ein Geschenk, Severo, ein Geschenk.«

Der Kammerherr strich Severo mit der Hand über den Kopf, und der Mann sah ihn sofort mißtrauisch an, mit einem furchterregenden Blick. Der Kammerherr faßte sich wieder und lächelte ein wenig, um seine Verlegenheit zu verbergen. Dann wickelte er die beiden Dolche wieder in das Tuch und gab sie ihm in die Hand.

»Heb sie gut auf. Und verlaß auf keinen Fall das Haus. Ich halte dich für einen Schwärmer und Narren, aber diesmal mußt du den Kopf fest auf den Schultern behalten.«

»Macht Euch wegen übermorgen keine Sorgen. Ich kremple die Arme hoch und sause los wie der Blitz.«

»Du krempelst die Ärmel hoch, nicht die Arme.«

Severo sah ihn überlegen an.

»Oh nein, Monsignore, für meine Arbeit gebrauche ich die Arme und nicht die Ärmel.«

Der Kammerherr begriff, daß es keinen Sinn hatte, mit diesem Tölpel über Wörter zu streiten. Er wollte jetzt gehen, aber als er auf die Schwelle trat, packte Severo ihn am Arm.

»Ich hab's mir überlegt, Monsignore. Schickt mir niemand mit einem Karren. Ich gebrauche lieber meine eigenen Füße, da gibt's keine Hindernisse. Wie man zur Piazza dell'Oro kommt, weiß ich.«

»Einverstanden, wir verlassen uns auf dich und auf deinen guten Willen.«

Severo lachte.

»Ihr nennt das guten Willen? Das ist mein Beruf.«

Der Kammerherr trat auf die Straße hinaus und bestieg rasch die Kutsche, um ins Haus des Kardinals Ottoboni zurückzukehren. Seine Mission war beendet.

Begegnung im Dunkel

Und weil die ganze Erde den Sonntag als den Tag der Ruhe erwartete, mit Ausnahme der Lebensmittelverkäufer und der Fischhändler am Portikus der Oktavia und bei den Coppellen, zögerte die Stadt noch wegen des länger währenden Schlafs sich zu beleben, und sogar die Priester verspäteten sich mit ihren heiligen Handlungen in den Kirchen und Sakristeien. Und wer in den frühen Morgenstunden vor Sonnenaufgang einen Blick auf die Stadt hinauswarf, wurde durch eine seltsame Friedhofsstille beunruhigt.

Zu dieser Sonntagsstunde lag Rom noch im Dunkel. Die Häuser waren verschlossen, und aus den Fenstern drangen nur spärliche Lichter. Vom Land ringsherum kamen Karren, beladen mit Gemüse für die Markthallen, und in Weidenkörben oder Zinkwannen brachten schlaftrunkene Fischer ihren Fang zum Markt. Streunende Hunde liefen bereits herum, auf der Suche nach Nahrung, und Scharen von Katzen lagerten vor den geschlossenen Metzgereien. Ein zweirädriger Lastkarren, gelenkt vom Truchseß, der ein schwarzes Leinenwams über den Schultern trug, setzte sich an der Piazza dell'Oro in Bewegung und nahm den Weg zum Torre Argentina – langsam, damit das Pferd auf dem Kopfsteinpflaster nicht stolperte. Kaum aus der Gerbergasse heraus, bewegte das Pferd sich wieder in Richtung Pantheon und Altes Zollamt, nunmehr in rascherem Tritt. Der Karren beförderte eine seltsame, in ein schwarzes Tuch gewickelte Last, die bei den Stößen des Fahrzeugs schwankte: der Diakon Baldassare war unter dieser Decke versteckt, um zu vermeiden, daß jemand ihn erkannte, was im übrigen zu dieser frühen Stunde kaum möglich schien. Obwohl die Strecke nur kurz war, behagte dem Diakon diese blinde Reise nicht, weshalb er das schwarze Tuch von Zeit zu Zeit hochhob, um einen Blick auf die Stadt zu werfen. Sogar die Steine der Häuser spendeten ihm Trost bei seinem Ausharren in diesem Grabesdunkel.

Die dunkle Straße, in der er die Gasse der Tischler erkannte, die dunklen Häuser, der schwarze Himmel, weckten in ihm Zweifel an der Notwendigkeit sich zu verstecken. Seine Verkleidung als Straßenräuber – ein grünes Wams, eine flickenbesetzte Hose und Socken, die mit Filzsohlen unterlegt waren für einen behenderen Gang – hatte ihn in einen ganz fremden Gemütszustand versetzt, weshalb er das Verbrechen, das er in Kürze begehen sollte, in Gedanken schon dem jungen Straßenräuber zuschrieb, der er in dieser Verkleidung war. Aber im Innersten seines ruhelosen Bewußtseins zwang er sich noch immer, den Teufel einzubeziehen, von dem er aber keinen Ansporn in sich fühlte, diesen Mord zu begehen. Saß in seinem Körper vielleicht doch nur ein kleiner fauler Hausgeist, wie er es einmal dem Kardinal und sich selbst hatte weismachen wollen?

Plötzlich kam ihm zu Bewußtsein, daß er bei der Kirche des Heiligen Blasius vorbeigefahren war, die sich genau am Anfang der Tischlergasse befand. Und er hatte nicht geniest. Was für eine Neuigkeit war das nun wieder? Schlief vielleicht der Teufel in seinem Leib noch zu dieser dunklen Stunde? Oder hatte er sich gerade jetzt aus dem Staub gemacht, wo seine Gegenwart am nötigsten war? Oder handelte es sich um ein verspätetes Eingreifen des Himmels? Oder hatte ihn gar die Aufregung von diesem lächerlichen Leiden geheilt, das ihm so viel Unbill bereitet hatte? Er wußte noch nicht einmal, ob er sich über diese Neuigkeit freuen oder sie bedauern sollte.

Um sich Mut zu machen, preßte er die Hand fest um den Griff des Flammenstiletts, mit dem ihn der Truchseß ausgerüstet hatte, und bemühte sich an nichts zu denken, wohlwissend, daß das Denken stets das Handeln behindert. Man verlangte von ihm zu handeln, sonst nichts. Aber trotz seiner Bemühung, an nichts zu denken, konnte er sich nicht daran hindern, auf seine innere Stimme zu horchen, um zu erfahren, ob dieser Teufel, der seine Hand führen sollte, um den Purpurmantel des Kardinals Ottoboni mit Blut zu beflecken, nun endlich bereit war.

Die Morgenluft war frisch, aber den Straßen und Mauern der Häuser entströmte noch immer die Wärme, die sie in diesen glutheißen Tagen gespeichert hatten. Der Diakon war nahezu glücklich. Teufel oder nicht, in Kürze würde er diese Last von seinen Schultern werfen und nie mehr gezwungen sein, sich den quälenden Diskussionen mit dem Kardinal della Torre und dem alten Prior aus der Via della Scrofa zu stellen. Er mühte sich, in seinen Eingeweiden, seinem Kopf und sogar in den Füßen und vor allem in den Händen die Präsenz des Bösen zu finden. Endlich glaubte er eine Hitzewallung in sich zu spüren. War das ein Zeichen der teuflischen Präsenz? Oder war es nur die Wirkung der Aufregung? Nein, sagte er sich, das muß tatsächlich der Teufel sein, der ihm durch diese Hitze, die sein Gesicht und seine Ohren entflammte, ein Signal seiner Gegenwart gab. Er erinnerte sich an den abscheulichen Codronchi, der ihm alle Symptome einer teuflischen Besessenheit aufgezählt hatte. Eben von diesen Hitzewellen hatte er gesprochen, und deshalb war es ohne Zweifel der Teufel, der sie bewirkte. Plötzlich fühlte er ein Kribbeln in den Händen, und zog daraus weitere Schlüsse: es war offensichtlich, daß der Böse anfing, Zeichen seiner Präsenz zu geben, hier auf dem Karren, der ihn zum Haus des Kardinals Ottoboni brachte.

Einen Augenblick lang ging dem Diakon wieder der Satz des von der Ratte zernagten Pergaments durch den Kopf. War vielleicht der Tod der evidente Beweis des Absoluten? Der Tod ist das unendliche Dunkel oder das unendliche Licht, der totale Abgrund, das Ende der Zahlen, der Theologie, der Wissenschaft.

Was gibt es Absoluteres als den Tod? Waren demnach seine Hand und dieser Flammendolch die logischen und theologischen Instrumente, um eine Antwort auf diese rätselhafte und verrückte Behauptung zu geben? Bei diesem Gedanken wurde er ruhig und sagte sich, daß ihm jetzt kein einziger Gedanke, keine einzige Ablenkung mehr in den Sinn kommen durfte, und er verbarg sich wieder unter dem schwarzen Tuch.

Aber warum hatte er vor der Kirche des Heiligen Blasius in der Tischlergasse nicht geniest?

In der Straße der Thermen des Agrippa angekommen, beschleunigte der kleine Karren seine Fahrt und hüpfte nun über die Löcher und die Travertinblöcke, deren Ecken den Boden durchstießen. Kaum hatte der Diakon das schwarze Tuch, das ihn verhüllte, von den Augen gehoben, als er gleich einen Mann entdeckte, der mit gesenktem Kopf in die entgegengesetzte Richtung ging, vorbei an den noch geschlossenen Werkstätten der Kunstschmiede. Der entschiedene und kräftige Schritt des Unbekannten und sein keineswegs beruhigendes Äußere machten ihn stutzig. Er fragte sich, was wohl sein Schicksal eines ängstlichen und ratlosen Diakons mit dem Schicksal jenes Mannes verbinden könnte, der da im Dunkeln durch die menschenleere Stadt ging. Wie sehr voneinander entfernt sind doch die Menschen, auch wenn sie sich wie streunende Hunde zur gleichen Zeit und am gleichen Ort begegnen.

Einen Augenblick lang schien ihm, als drehe dieser Mann den Blick in die Richtung des Karrens, und sofort bedeckte er sein Gesicht. Ein unbestimmtes Gefühl der Gefahr ging von jener einsamen Figur aus. Das sind die Männer der Nacht, sagte er sich, die sich im Dunkel wohler fühlen als im Licht – zweideutige und gefährliche Gestalten, denen man nicht begegnen möchte. Dieser Mann hatte einen Schauer der Beunruhigung in ihm erzeugt. Wohin ging er zu dieser Stunde? Der Diakon fühlte eine kurze Regung von Eifersucht, ja sogar von Neid. Er sagte sich, daß dieser Unbekannte, wie trostlos sein Schicksal und wie bitter sein Leben auch sein mochte, gewiß keine so ruchlose Aufgabe vor sich hatte wie er.

Severo seinerseits schenkte dem Karren, den er auf der Straße der Thermen des Agrippa kreuzte, nicht wirklich Beachtung, aber er fühlte sich durch ihn beunruhigt. Nur flüchtig hatte er die Gegenwart einer mit einem schwarzen Tuch bedeckten Gestalt wahrgenommen, und hatte sofort seine Schritte beschleunigt, weil er dachte, daß es sich um einen Pestkranken handeln könnte. Nicht weit von dieser Straße, im Hospital des Heiligen Geistes, gleich jenseits des Tibers, hatte man vor kurzem eine Abteilung für die Opfer der Seuche eingerichtet. Ein Schauer lief dem gedungenen Mörder über den Rücken. Severo war gewiß kein ängstlicher Mann, aber angesichts der Pest fühlte er sich wehrlos und zu keiner anderen Verteidigung imstande als sich rasch zu entfernen. Diese Begegnung hatte seine Begeisterung und fast auch die Freude gedämpft, mit der er zu einer Unternehmung aufgebrochen war, die seiner Eitelkeit als gedungener Mörder schmeichelte.

Tags zuvor war er gegangen, um sich die Piazza dell'Oro anzusehen, wo der Palast des Kardinals della Torre stand, und hatte ganz in der Nähe die Baustelle einer noch nicht fertiggestellten Kirche entdeckt, wo er sich verstecken konnte. Von der Baustelle bis zum Haus waren es zwanzig Schritte, die er, um niemandem aufzufallen, ganz ruhig durchmessen würde, bis er sich in der Nähe der Kutsche befände, die den Kardinal erwartete. Es gab immer ein paar Passanten, die stehenblieben, wenn ein Kardinal auf der Straße erschien, und an den Toren ihrer Paläste gab es zu jeder Stunde Grüppchen von Bettlern, die meist weggejagt wurden. Severo sah nicht aus wie ein Bettler. Er würde sich mit ruhigen Schritten nähern, wie ein zufälliger früher Passant. Die

286

Dunkelheit würde sein schurkisches Gesicht verhüllen, und niemand würde ihn bemerken.

Als Severo bei der Baustelle ankam, stand die Kutsche des Kardinals bereits vor dem Haustor. Um diese Zeit waren dort keine Gendarmen, nur der Kutscher wartete schon auf der Straße. Severo stellte sich hinter einen Holzverschlag auf der Baustelle. Er wartete etwa eine halbe Stunde. Endlich öffnete sich das Tor und zwei alte Prälaten der familia erschienen. Severo verließ sein Versteck und ging mit entschlossenem Schitt auf das Tor zu, aus dem im selben Augenblick der Kardinal della Torre trat, gefolgt vom Zeremonienmeister und dem Dechant des Hauses.

Als er wenige Schritte von der Kutsche entfernt war, bedeckte Severo sein Gesicht mit dem Tuch, das er in eine Tasche gesteckt hatte, und hielt den Dolch fest in der Hand. Es war das erste Mal, daß er einen Kardinal tötete, und sein Räuberherz schlug laut wie eine Trommel.

Der Diakon Baldassare – nach all den Versuchen, sich dem Wunsch des Kardinals zu entwinden – hatte beschlossen, tatkräftig und mit zusammengebissenen Zähnen wie ein wahrer Meuchelmörder zu handeln, immer wieder vom Truchseß ermuntert, der vom Kutschbock her sagte: »Du wirst sehen, daß es leicht ist. Einen Menschen zu töten ist die leichteste Sache der Welt.«

Plötzlich streckte der Diakon seinen Kopf heraus.

»Wenn es so leicht ist, dann kannst du ihn ja töten.«

»Das geht nicht.«

»Ich geb' dir dreißig Dukaten.«

Der Truchseß schwieg eine Weile.

»Und woher nimmst du die dreißig Dukaten?«

»Die gibt mir der Kardinal.«

Erneutes Schweigen beim Truchseß.

»Nein, es geht nicht.«

»Warum geht es nicht?«

»Der Kardinal ist ein schrecklicher Mann, ich kenne ihn gut. Wenn er es erfährt, dann sorgt er dafür, daß ich dasselbe Schicksal erleide wie die arme erdrosselte Frau im Kerker von Tor di Nona.«

»Aber die hatte den Abbreviator mit Arsen vergiftet.«

»Manche sagen, unser Kardinal hat ihn vergiften lassen, um sein Amt sofort zu bekommen, aber der andere Kardinal war schneller als er.«

»Du verzichtest also auf die dreißig Dukaten?«

»Mit dem Kardinal ist nicht zu spaßen. Ich möchte nicht, daß man mich den Hunden vorwirft.«

»Dreißig Dukaten ist eine Menge Geld.«

»Nein, es geht nicht. Verlang es nicht von mir.«

Der Diakon versteckte sich wieder unter dem schwarzen Tuch und ließ den Ereignissen ihren Lauf. In seinen Händen drehte er nochmals die gräßliche Karnevalsmaske, die ihm der Kammerherr gegeben hatte: eine krumme Raubvogelnase, feuerrote Backen, mit Beulen übersät, spitze violette Ohren und zwei runde Löcher, durch die er sein Opfer sehen würde. Diese Karnevalsmaske entsprach genau dem Zustand seiner Seele: sie simulierte zugleich das Fest der Narren und seine persönliche Tragödie.

Plötzlich hielt der Karren am Anfang der Straße beim Alten Zollamt, und der Truchseß berührte ihn an der Schulter.

»Wir sind da. Die Kutsche steht schon vor dem Tor.«

Der Diakon nahm das Tuch vom Kopf und sah sich im Dunkeln um. Weiter hinten, vor dem Palast des Kardinals Ottoboni, sah er auf der Straße die Kutsche.

»Wir bleiben hier stehn, hier sieht uns sowieso niemand, und wenn uns einer sieht, dann denkt er, daß es ein Fischkarren ist. Wenn der Kardinal herauskommt, fahre ich dich ohne Gepolter zur Kutsche. Der Rest liegt in deiner Hand, und denk daran: einen Menschen zu töten ist die leichteste Sache der Welt.«

Der Diakon faßte nach seinen Beinen, seinen Armen, seinen Füßen. Er fühlte sich merkwürdig wohl in diesen Kleidern eines einfachen Burschen von der Straße. Er drückte eine Mütze auf den Kopf und stülpte die Karnevalsmaske über die Nase, damit ihn niemand erkannte. Endlich war der Augenblick der Wahrheit gekommen. Er fühlte sich von einer wahnwitzigen Erregung gepackt und fragte sich noch einmal, welches wohl der Unterschied sei zwischen dem Rot des Blutes und dem Rot des Purpurs.

»Jetzt«, sagte der Truchsoß, und fuhr mit dem Karren los, geradewegs auf den Kardinal zu, der aus dem Tor seines Palastes am Alten Zollamt trat.

Das Fest der Gänse und der Hunde

Eine Frauengestalt mit einem zerschlissenen roten Mantel über den Schultern und auf dem Kopf einen alten Kardinalshut, an dessen Krempe kleine Glöckchen befestigt waren, durchquerte rittlings auf einem weißen Maultier die Via Sacra in Richtung Lateran, wobei sie lärmend auf zwei Kupferbecken schlug, um die Aufmerksamkeit der Leute zu erregen. Vier weiße Gänse, mit vier Schnürchen an seinem Schwanz festgebunden, folgten dem Maultier. Das Gesicht der Frau war von einer schwarzen, grün und gelb gefleckten Maske bedeckt, die den aufmerksameren Zuschauern das schreckliche Bild der Pest vor Augen führte. Diese Maske war eine Ausnahme. Seit vielen Jahren waren in Rom die Masken bey Strafe des Galgens verboten, dieweyl jeglichen Tages Vermummte wurden hingemordet zu Hauf, eynem lag das Haupt, eynem die Hand abgehaket auf der Erden, eynem hinge die Schulter herab, eynem ward abgetrent das Beyn, eyner ward geworfen in den Tiber, solchermaszen die Stadt bald verderbt seyn möchte.

Niemand wußte, wer sich in diesem Jahr unter der maskierten Figur verbarg, die durch die Stadt ritt, um das Fest der Gänse und der Hunde zu verkünden, außer einigen wenigen, unter ihnen auch der Diakon Baldassare, der dem Kardinal della Torre die kostbare Nachricht überbrachte: diese Frau war Palmira.

Ermattet von der glühenden und dunstig trüben Augusthitze, aber trotzdem entschlossen, die Gelegenheit einer städtischen Lustbarkeit nicht zu versäumen, folgten Scharen von Kindern und Vagabunden der Karnevalsfigur mit großem Gelärm, während die Passanten versuchten, das unter der Maske versteckte Gesicht zu erspähen.

Noch nie war das Fest der Gänse und der Hunde, das die Römer an die Belagerung des Kapitols durch die eindringenden Gallier erinnern sollte, so traurig und sorgenvoll angekündigt worden. Die Gallier hatten einst den Tarpejischen Felsen in solcher Stille erklommen, daß sie es nicht nur schafften, den Wachen auszuweichen, sondern auch die Hunde nicht zu wecken. Mit großem Geschnatter erwachten stattdessen die Gänse, welche die belagerten Römer trotz der Lebensmittelknappheit nicht geschlachtet hatten, weil sie der Göttin Juno geweiht waren. Und so kam es, daß die Gallier durch das Verdienst der Gänse – und zu deren Ruhm – zurückgeschlagen und besiegt wurden.

Bei diesem Fest, das schon im antiken Rom gefeiert wurde, pflegte man die Hunde ans Kreuz zu schlagen, während die Gänse mit Purpur und Gold geschmückt und beim festlichen Umzug mitgeführt wurden. Das Fest der Gänse und der Hunde hatte sich durch die Jahrhunderte erhalten und wurde in Rom noch immer mit großem Klamauk gefeiert, als eine Art Sommerkarneval, bei dem freilich die Hunde nicht mehr gekreuzigt, sondern auf der Straße verprügelt oder einfach nur laut beschimpft wurden. Ein heidnisches Fest, das die Gouverneure des Kapitols in voller Absicht gleichzeitig mit der Ankunft des verabscheuten flämischen Papstes in der Basilika von San Paolo anberaumt hatten.

Die laute Fröhlichkeit der Jungen und Mädchen, die um die vermummte Karnevalsfigur herumtanzten, während sie auf einem weißen Maultier gleich dem des Papstes durch die Straßen der Stadt ritt, bildete einen krassen Gegensatz zu den vulgären Zwischenrufen und dem lärmenden Gegröl des gemeinen Volks, wobei die unbekannte Botin mit Kohlstrünken beworfen und mit vulgären Gesten verhöhnt wurde, die weniger der Frau galten als dem, was sie mit ihrem Kardinalshut darstellte. Die Leute beugten sich aus den Fenstern, angelockt vom Scheppern der Becken, welche die unbekannte Festverkünderin schlug. Es war üblich, das Fest von einer Hure oder einer gehobenen Kurtisane verkünden zu lassen, die zu solch lärmender Maskerade bereit war. Man einigte sich von Jahr zu Jahr darauf, unter den Frauen, die ihren Namen auf dem Kapitol eingetragen hatten, das Los entscheiden zu lassen. Dann schloß man Wetten um die Identität der Gewinnerin ab, und gab vor, die Verkünderin an ihrem Hintern oder ihren Brüsten zu erkennen. Aber diesmal verhinderte der lange Mantel jede fachkundige Inspektion, und alle fragten sich, auf wen die Wahl in diesem geplagten Sommer wohl gefallen sei.

Die Vorteile dieses Auftrags lagen weniger in den vier Golddukaten, welche der durch das Los bestimmten Prostituierten zugewiesen wurden, als in dem Ansehen, das ihr daraus erwuchs, und der größeren Nachfrage nach neuen und besser bezahlten Diensten. Aber in diesem Jahr sollte die Botin nicht in den Genuß dieser Vorteile kommen – infolge eines Unglücks, das die Welt überraschte und bei der feiernden Menge sogleich ein großes Gerede bewirkte.

Die Botin ritt also weiter auf dem Rücken ihres weißen Maultiers und durchquerte die Straße der Banken im Regolaviertel, wo sich bei ihrem Durchzug nur wenige Fenster öffneten, weil die Bankangestellten auch an Festtagen arbeiteten und sich durch das Karnevaltreiben nicht von ihren Geldgeschäften ablenken ließen. Dann ritt sie durch die Straße der Seiler an der Mauer des Circus des Flaminius entlang, wo sie aus den Fenstern ein paar Huldigungen in Form von faulen Eiern, Kohlstrünken, auskeimenden Zwiebeln und staubigen Lumpen empfing. An einem gewissen Punkt schien das Maultier seine Ruhe zu verlieren und drohte, die maskierte Reiterin aus dem Sattel zu werfen, weil zwei streunende Hunde sie kläffend umkreisten, bis ein alter Brunnenmeister aus seinem Laden herauskam und sie mit Stockschlägen vertrieb.

Als sie das Forum und das Kolosseum hinter sich gelassen hatte, verlangsamte das Maultier seinen Schritt, während die Botin das Beckenschlagen für eine Weile unterbrach. Genau am Anstieg zum Coelius preschte ein bedeckter Zweiradkarren aus einem Seitengäßchen hervor – so als hätte er dort auf ihr Kommen gewartet – und zwei resolute Männer sprangen herab, packten die Frau an den Armen, zerrten sie von ihrem Maultier und zwängten sie mit Gewalt unter die Plane des Karrens, während sie vergebens zappelte und schrie.

Eine räuberische Entführung vor den entsetzten Augen der Leute, die gekommen waren, um dem Vorüberreiten der maskierten Botin zuzusehen, und die jetzt bestürzt das Weite suchten, während das Maultier mitten auf der Straße stehenblieb. Die vier an seinen Schwanz gebundenen Gänse veranstalteten ein großes Geschnatter und schafften damit weitere Verwirrung.

Die beiden Finsterlinge, die sich der jungen Frau bemächtigt hatten, verschwanden rasch mit ihrem Karren, den ein dritter Mann lenkte, der sein Gesicht unter einem schäbigen bis über die Augen heruntergezogenen Hut verbarg. Die kleine Menschenmenge, die sich vor der Lateransbasilika versammelt hatte, um Wetten abzuschließen und auf die Ankunft der maskierten Frau und die öffentliche Enthüllung ihrer Identität zu warten, erfuhr von dem Hinterhalt und konnte sich keinen Vers darauf machen. Tatsächlich wußte sich niemand zu erklären, warum in aller Welt jemand beschlossen hätte, das Symbol dieses antiken Fests zu entführen. Aber die Entführer achteten überhaupt nicht auf die Hunde und Gänse, denn sie hatten ganz andere Dinge im Kopf.

Als Palmira die häßlichen Fratzen der beiden Männer sah, die sie auf den Karren gezerrt hatten, fürchtete sie zuerst, daß ihr Gewalt angetan würde oder daß ihr Leben in Gefahr sei.

»Was wollt ihr von mir?« fragte sie, ihre klingenden Becken noch immer in den Händen. »Was habt ihr mit mir vor?«

Die beiden Männer nahmen ihr die Maske vom Gesicht und betrachteten sie begehrlich. Aber die Befehle, die sie erhalten hatten, lauteten anders.

»Wir teilen dir mit«, sagte der kleinere der beiden Ganoven, »daß wir bezahlt werden, um dich ins Haus eines Freundes von dir zu bringen, und daß man uns empfohlen hat, es mit Anstand zu tun. Das ist alles.«

»Vielen Dank. Mit eurem Anstand habt ihr mir einen Arm verrenkt.«

»Wir sind von Natur aus ein bißchen grob, nicht aus Bosheit.«

»Sagt mir, wer ihr seid und wer euch geschickt hat.«

»Wir sind niemand. Was kann dir schon an Leuten wie uns liegen? Du bewegst dich ja in den Gefilden der Kardinäle.«

»In welchen Gefilden ich mich bewege, das ist meine Sache.«

»Das ist auch unsere Sache, denn wir haben hier etwas, das wir dir von deinem Beschützer aushändigen sollen.«

Palmira riß die Augen auf, während der Mann ihr einen Strauß Rosen und einen Brief übergab, der mit einem feinen Seidenband an den Blumen befestigt war.

»Und was soll das sein?«

»Wieso, bist du blind?«

Palmira öffnete den Brief mit zitternden Händen und las aufmerksam die klare Schrift. »Der Teufel, dem Ihr eines Nachts im kupplerischen Palazzo Riario unweit des Campo de' Fiori begegnet seid, ist hinsichtlich der damaligen notariellen Gebote in sich gegangen und schreibt Euch, auf Eure Verzeihung hoffend, mit zaghafter Hand, wie es sich gebührt für einen, der, auch wenn in diabolischem Gewand, seit je ehrbare und liebreiche Gefühle für Euch hegt. Als ich erfuhr, daß Ihr die Botin des Festes der Gänse und Hunde sein würdet, erwachte in meiner Seele der Wagemut der Liebe, der mich in jener fernen Nacht lenkte, zu neuem Leben. Und so ward ich zu einer kühnen aber ehrbaren Entführung verleitet, welche, so Ihr noch dieselbe glückliche Frau von damals seid, Euch nicht allzusehr mißfallen wird. Es wird eine gewaltige Tröstung für mein ruheloses Gemüt sein, Euch bei meiner Rückkehr von der Basilika San Paolo in meinem Hause anzutreffen – nach einer Begegnung mit unserem neuen aus flandrischen Landen gekommenen Herrn, der so viel Ratlosigkeit in unsere Gemüter gesät hat. Verzeiht mir, edle Frau, meine Kühnheit, und laßt Euch herab, gemeinsam mit mir auf bessere Zeiten zu warten. Zu Eurer Beruhigung möchte ich Euch versichern, daß während der Jahre unserer Trennung bis zum heutigen Tag mein Leben in Gänze – und nicht nur zu einer Hälfte, wie Ihr glauben könntet – vom ehrbarsten und großmütigsten Gebaren gegen meinen Nächsten und sogar gegen meine Feinde geprägt war, und so wird es auch in Zukunft sein. Aber wenn solche Kühnheit Euer Mißfallen erregt, dann mögt Ihr dieses Schreiben den beiden Schurken zeigen, die sich mit Euch auf dem Karren befinden, und sie werden Euch auf meine ausdrückliche Weisung unverzüglich zu dem Ort führen, den Ihr nennt. Ich wünsche mir indes brennend, Euch bei meiner Rückkehr von San Paolo zu umarmen, meine teure Geliebte, und Euch durch meine Worte und das Anerbieten meines Hauses die Liebe, die ich für Euch empfinde, zu offenbaren. Jetzt wißt Ihr, welches die Wünsche und Hoffnungen Eures ergebensten Teufels sind.«

Palmira wollte sich nicht von der Rührung überwältigen lassen. Sie drehte das Briefchen noch einmal in ihren Händen und sah, daß auf dem Blatt das Wappen des Kardinals Cosimo Rolando della Torre eingeprägt war – ein Turm mit Zinnen in der Mitte und darüber, wie ein Horizont gebogen, das Motto: »Tristis eris si solus eris«, traurig ist, wer allein. War es also die gute Seite des Kardinals, die sich in diesem Gewand eines diabolischen Entführers offenbarte? Liebte er sie immer noch, nach so vielen Jahren, dieser Schurke von einem Kardinal? Welche Verwirrung und welches Glück.

»Geht's dir jetzt besser?« fragte einer der beiden Halunken.

»Es geht mir besser, ja«, sagte Palmira, »aber ich verstehe nicht, warum so viel Aufruhr nötig war.«

»Er ist ein lustiger Bursche, dein Beschützer, ihm gefallen die Gaunereien.«

»Ihr kennt ihn also.«

»Er ist's, der uns die Anweisungen gegeben hat, und auch die Blumen und den Brief.«

Wieviel Verwirrung unter dem Himmel. Suche und die Enttäuschung, Ungeduld und Arroganz, aber auch Liebe und Zurückweisung umgrenzen das Bild des Menschen. In Palmiras Gedächtnis waren jene Worte eingegraben, die sie in den fernen Tagen der päpstlichen Bulle sprechen mußte: »Facias et vadas pro factis tuis.« War diese Entführung etwas Gutes, oder war sie etwas Schlechtes, war sie gar nichts, nur eine weitere Leere, erneute Leiden, würde sie zu Schäden oder Hexerei führen? Palmira erschrak jetzt vor allem und jedem, und verschwommen fürchtete sie auch dieses unverhoffte Glück der Rosen und Worte

Der Karren fuhr lärmend durch ein schäbiges Sträßchen voller Löcher, Steine und Staub längs der Claudischen Wasserleitung bis zur Kirche von Santo Stefano Rotondo. Dann fuhr er auf geradem Weg zur Pyramide, und von dort aus, am Aventin vorbei, zum Tiber. Palmira hielt sich mit der Hand an einer Querlatte fest, um nicht hinauszufallen, und in der anderen Hand hielt sie, ganz in Gedanken, den Rosenstrauß und den Brief.

Plante Kardinal della Torre, der sie einst kraft des Dekrets Leos X. über die Konkubinen aus dem Haus gejagt hatte – eine Kränkung, die sie ihm nie verziehen hatte, weil sie danach wieder auf die Straße gehen und sich den Gelegenheitskunden ausliefern mußte – nun eine Wiedergutmachung in Gestalt eines Konkubinats, was unter dem neuen Papst, diesem Rächer der Sünden, noch viel gefährlicher war als früher? Aber wozu diese getürkte Entführung, die alle Lästerzungen der Stadt in Bewegung setzen würde? Und was beabsichtigte er wirklich? Welche Zukunft für sie?

Der Sprung von der bezahlten Prostituierten zur ausgehaltenen Konkubine im Hause eines Kardinals war damals kein leichter Wechsel gewesen, aber einer, der gewichtige Vorteile bot. Als Gelegenheitshure und Schaufensterdirne zu arbeiten hieß, alles aufs Spiel setzen, unter tausenderlei Gefahren und immer mit wenig Geld, denn die Gelegenheitskunden sind gewöhnlich minderwertige Leute, die nur bezahlen, wenn es ihnen paßt, und die nie Geschenke machen. Keine Kleider, keine Halsketten oder Armringe, keine neuen Schuhe, keine Einladungen zum Essen.

Das Leben als Konkubine im Haus des Kardinals della Torre hatte damals ihre materiellen und sentimentalen Probleme gelöst, aber ob es wirklich Liebe war, wußte sie selbst nicht. Im Bett fühlte sie sich wie eine Königin, aber die Liebe war eine allzu verwickelte Sache, an die sie nicht denken mochte. Die Liebe erlebt man, aber man denkt nicht darüber nach – also keine Gedanken! Sie lebte einfach im Haus des Kardinals und einte den Tag mit der Nacht. Vermutlich war sie glücklich, aber sie hatte mit dem Glück nur wenig Erfahrung. Dann war jenes scheinheilige Dekret des Papstes gekommen, und hatte die unglücklichen Konkubinen ins Verderben gestürzt. In jenem Augenblick erst hatte sie mit Trauer an die glücklichste und glorreichste Zeit ihres Lebens gedacht.

Palmira wußte, daß auch Kardinäle unter Einsamkeit und Eitelkeit leiden können, aber daß sie es oft nicht zugeben wollen – aus Stolz und um die Würde des Purpurs nicht zu verletzen. Und so ziehen sie es denn vor, Stärke zu zeigen oder das, was sie ganz einfach bekommen könnten, wenn sie ihre Gefühle und ihre Schwächen offen zeigten, mit Geld zu kaufen. Nur so konnte sie sich diese Entführung erklären. Sie drückte den Rosenstrauß und den Brief Cosimo Rolandos an ihre Brust.

Auf der Höhe der Tiberinsel bog der Karren in die Straße des Monte Savello ein, wo ein paar plötzliche Windstöße Staubwirbel hochtrieben und die Plane, unter der die junge Gefangene saß, hin und her schlugen. Dann fuhr er längs des Tiberufers zur Via dei Pettinari und von dort durch ein Gewirr von Gäßchen, um die Via Giulia gemäß den Anweisungen zu umgehen, und gelangte schließlich zur Piazza dell'Oro.

Palmira schob die Plane zur Seite, um hinauszuschauen, und sie erkannte den Platz; aber ehe sie den Palast des Kardinals erreichten, blieb der Karren ruckartig stehen und der Mann auf dem Kutschbock wandte sich an die beiden Halunken.

»Da muß was passiert sein, es stehen so viele Leute vor dem Palast. Ich begreife das nicht. Auch berittene Gendarmen.«

Einer der beiden Männer stieg vom Karren und näherte sich zu Fuß der kleinen Menschenmenge. Palmira wollte ebenfalls aussteigen, aber der andere Mann hielt sie zurück.

»Laß mich gefälligst aussteigen.«

»Wir wollen zuerst wissen, was passiert ist.«

Nach einer Weile kehrte der andere bestürzt und mit langem Gesicht zurück.

»Er sagt, man hat ihn ermordet!«

»Wen?«

»Den Kardinal. Heute morgen in aller Frühe; ein Unbekannter mit zwei schnellen Dolchstößen.«

»Was für ein Chaos! Und wer bezahlt uns jetzt?« fragten die beiden Halunken. Dann wandten sie sich an Palmira.

»Du kannst jetzt hingehn, wo der Pfeffer wächst.«

Palmira hatte ihr Gesicht mit den Händen bedeckt, nachdem sie die Nachricht vernommen hatte. Sie stieg vom Karren, ihren langen Mantel über den Schultern und den Rosenstrauß mit dem Brief von Cosimo Rolando in den Händen.

Wann endlich würden die besseren Zeiten für sie beginnen? Verzweifelt sagte sie sich, daß man nicht nur durch den Dolch sterben kann, sondern auch durch Einsamkeit. Sie sah auf ihre langen roten Haare, die ihr übers Gesicht fielen, und ging langsam in Richtung ihrer Wohnung am Weißen Brunnen, ohne darauf zu achten, wohin sie ihre Füße setzte, denn es war etwas geschehen, das alles – die Straße, die Stadt, die Erinnerung – ausgelöscht hatte.

Die Ankunft

Die Schrecken der Pest und die Gerüchte über immer zahlreichere Opfer, über die täglichen Toten, die oft auf den öffentlichen Wegen liegenblieben, hatten viele Römer dazu veranlaßt, aufs Land zu flüchten, was Baldesar Castiglione folgendermaßen beschrieb: »Rom sieht aus wie ein geplündertes Kloster, weil sich eine unendliche Zahl von Personen fortbegeben hat.«

Auch viele Prälaten der römischen Kurie hatten sich auf ihre Landsitze in Viterbo, Orvieto, Capranica, Genzano, Albano, Palestrina zurückgezogen. So weit verstreut und fern von Rom, erreichte nicht alle rechtzeitig die Benachrichtigung, daß sie der Begrüßung des neuen Papstes beiwohnen sollten, die im herrlichen Kreuzgang der Basilika von San Paolo fuori le Mura stattfand. Vielleicht aber zog manch einer es vor, die Einladung zu ignorieren und aus Angst vor Ansteckung auf dem Land zu bleiben. Trotz des feierlichen Anlasses und der Gewichtigkeit der Einladung wies die Reihe der Kardinäle, die sich zur Zeremonie einfanden, beträchtliche Lücken auf.

Vielleicht lag darin der Grund, warum nur wenige bemerkten, daß die Kardinäle Valerio Ottoboni und Cosimo Rolando della Torre beim Appell fehlten, und diejenigen, welche die Abwesenheit der beiden Purpurträger bemerkten, dachten sich nichts weiter dabei. Selbst der Papst wurde im Moment nicht der so zahlreichen Abwesenheiten gewahr.

Hadrian, eingeführt vom Prior der Basilika, empfing im Kreuzgang die Kardinäle mit einem Lächeln für jeden einzelnen – ohne Unterschied des Alters, des Namens, noch des Ansehens. Gleich darauf wurden die Kardinäle in der nüchternen Sakristei in einfacher Form und in Demut zum Ringkuß vorgelassen. Schließlich hielt Kardinal Carjaval in seiner Eigenschaft als Dekan und Bischof von Ostia eine Rede, in der er ein Programm der Reformen umriß, von dem einige meinten, daß es insgeheim mit dem neuen Papst abgestimmt worden sei, der es in der Tat ohne Vorbehalt billigte.

Die Punkte, die Carjaval hervorhob, betrafen vor allem die Laster, welche die römische Kirche korrumpierten, und an erster Stelle die Simonie, den Nepotismus, die Verschwendung, den Wettlauf um die Pfründen und anderes Unheil, hervorgerufen durch die Anwesenheit des Bösen in der Hauptstadt der Christenheit. Also forderte er den neuen Papst auf, sich mit guten Ratgebern zu umgeben, um den Mißbrauch der Amtsgewalt zu zügeln, Gerechtigkeit zu schaffen, für die Armen zu sorgen, und Geld zu sammeln für einen Kreuzzug gegen die Türken, welche Ungarn und Rhodos bedrohten – und vor allem: die Ämter mit würdigen Personen zu besetzen. Zu oft, so mahnte er die anwesenden Kardinäle, seien heftige Konkurrenzkämpfe um den Besitz einträglicher Ämter entbrannt, und das sei schädlich gewesen für die Apostolische Römisch-Katholische Kirche sowie für das Herz der Menschen.

In einer kurzen Antwort an Carjaval dankte der neue Papst erst Gott, dann den Kardinälen für seine Wahl, und erklärte sich hierauf entschlossen, die Unordnung einzudämmen, welche die Hauptstadt verseucht habe, »wegen der Sünden der Menschen, aber viel mehr noch derer der Priester und Prälaten der Kirche«, und er fuhr fort mit einer Behauptung, die alle Anwesenden erstarren ließ:

»Wir wissen, daß auf dieser Stätte des Heiligen Stuhls ruchlose Dinge vorgefallen sind, Mißbräuche in geistlichen Dingen, und Ausschreitungen betreffend die Gebote und noch andere Dinge.«

Der neue Papst konnte nicht ahnen, daß eine Bestätigung der »ruchlosen Dinge«, auf die er angespielt hatte, sich gerade vor seinen Augen befand, nämlich die leeren Sitze der Hochwürdigsten Kardinäle Cosimo Rolando della Torre und Valerio Ottoboni.

Zur Unterstützung seiner Reformprojekte und in Erwartung besserer Zeiten bat er die Purpurträger um Verzicht auf das Recht, Bösewichtern Unterschlupf zu gewähren, und um Hilfe mit Gebeten und guten und ehrenhaften Werken.

Aus seinen wenigen aber starken Worten verstanden die Kardinäle, daß sich in Rom vieles ändern würde – zum Besseren oder zum Schlechteren, wie es stets in der Geschichte geht – und daß die besseren Zeiten, die der neue Papst verkündete, für viele von ihnen schlechtere sein würden.

Italo Calvino im dtv

»Calvino ist als Philosoph unter die Erzähler gegangen,
nur erzählt er nicht philosophisch, er philosophiert
erzählerisch, fast unmerklich.«
W. Martin Lüdke

**Das Schloß, darin sich
Schicksale kreuzen**
Erzählung
dtv 10284

Die unsichtbaren Städte
Roman · dtv 10413

**Wenn ein Reisender in
einer Winternacht**
Roman
dtv 10516 und
dtv großdruck 25031

**Der Baron auf den
Bäumen**
Roman · dtv 10578

Der geteilte Visconte
Roman · dtv 10664

**Der Ritter, den es
nicht gab**
Roman · dtv 10742

Herr Palomar
dtv 10877

**Abenteuer eines
Reisenden**
Erzählungen
dtv 10961

Zuletzt kommt der Rabe
Erzählungen
dtv 11143

Unter der Jaguar-Sonne
Erzählungen
dtv 11325

**Das Gedächtnis der
Welten**
Cosmicomics
dtv 11475

**Auf den Spuren der
Galaxien**
Cosmicomics
dtv 11574

**Wo Spinnen ihre
Nester bauen**
Roman
dtv 11896

**Die Mülltonne und
andere Geschichten**
dtv 12344

**Sechs Vorschläge für das
nächste Jahrtausend**
Harvard-Vorlesungen
dtv 19036